Blutlinien

Myriane Angelowski, geboren 1963 in Köln. Nach einem Jahr in Israel folgte ein Studium der Sozialarbeit und nach mehreren Jahren Arbeit als Referentin für Gewaltfragen 2001 die Aufnahme einer selbstständigen Tätigkeit als Coach. Sie lebt und arbeitet in Köln.
www.angelowski.de

Dieses Buch ist ein Roman. Handlungen und Personen sind frei erfunden. Ähnlichkeiten mit lebenden oder toten Personen sind nicht gewollt und rein zufällig.

MYRIANE ANGELOWSKI

Blutlinien

KÖLN KRIMI

emons:

Bibliografische Information der Deutschen Bibliothek
Die Deutsche Bibliothek verzeichnet diese Publikation in der Deutschen Nationalbibliografie; detaillierte bibliografische Daten sind im Internet über http://dnb.d-nb.de abrufbar.

MIX
Papier aus verantwortungsvollen Quellen
FSC® C083411
FSC
www.fsc.org

Umschlagmotiv: © mauritius images/Bridge
Umschlaggestaltung: Tobias Doetsch
Gestaltung Innenteil: César Satz & Grafik GmbH, Köln
Druck und Bindung: CPI – Clausen & Bosse, Leck
Printed in Germany 2013
ISBN 978-3-95451-055-9
Köln Krimi
Originalausgabe

Die Veröffentlichung dieses Werkes erfolgt auf Vermittlung der Agentur Molden, Köln.

Für Anette, Cedric, Doreen, Ralf, Tanja und Uschi

»Wenn wir einen Menschen hassen,
so sehen wir in seinem Bild etwas, was in uns selber sitzt.
Was nicht in uns selber ist, das regt uns nicht auf.«

Hermann Hesse

Köln-Innenstadt, »Maxbar«

Küsse. Zu mehr ließ sich Karina nicht hinreißen. Nach dem zweiten Cocktail knisterte es gewaltig, und für einen Moment gefiel sie sich in der Rolle der Femme fatale. Früher hätte sie sich ihren Gefühlen ohne nachzudenken hingegeben, noch heftiger geflirtet und versucht, die schönsten Augen des Abends mit nach Hause zu nehmen.

Diese Zeiten waren definitiv vorbei.

Dumpfe Technobässe lösten den Elektrobeat ab, die Magie des Augenblicks verflog. Schlagartig überkam Karina Nüchternheit, und sie entzog sich behutsam den Händen, die ihre Hüften fordernd umschlossen. Die Luft in der »Maxbar« war zum Schneiden. Verschwitzte Körper drängten um die Theke, junge, gut aussehende Menschen in angesagten Klamotten tanzten sich auf der kleinen Tanzfläche heiß.

Karina fühlte sich fehl am Platz.

Zudem war sie nicht bereit, ihr Glück für ein kleines Abenteuer aufs Spiel zu setzen. Das Leben hatte sie gelehrt, dass es manchmal besser war, den Kopf einzuschalten. Außerdem blieben ihr schon jetzt nur fünf Stunden Schlaf. Das grelle Licht im Operationssaal kaschierte nichts. Frühdienst. Leben retten und verlieren. Volle Konzentration, vierundzwanzig Stunden.

Karina drückte sich an der Theke vorbei zu den Toiletten, wusch sich das Gesicht mit eisigem Wasser, ließ den Strahl über ihre Handgelenke laufen. Sie sah in den Spiegel. Das Neonlicht über dem Waschbecken konfrontierte sie erbarmungslos mit Krähenfüßen und verschmiertem Lippenstift. Ihre Haut wirkte fahl, die schwarzen Haare strähnig. Super. Geh nach Hause, altes Mädchen. Ein Blick auf die Armbanduhr unterstützte das Vorhaben. Karina bahnte sich einen Weg zurück zum Barhocker, griff die Handtasche und das zeitlose Jackett.

»Das waren nette After-Work-Drinks«, hauchte sie und wusste, dass der unwiederbringliche Endpunkt dieses Flirts gekommen war.

Erstaunte Augen. »Du willst schon gehen?«

»Zwei Cocktails sind genug.« Sie bestellte ein Mineralwasser und stürzte es hastig herunter.

»Soll ich dich nicht wenigstens zu deinem Wagen bringen? Es passiert so viel …«

Für Besorgtheit war Karina empfänglich, trotzdem lehnte sie ab.

Schwer fiel die Tür hinter ihr ins Schloss. Kühle Nachtluft verhalf zu Klarheit, den Alkohol spürte sie kaum. Sie zündete sich eine Zigarette an und widerstand dem kurzen Impuls, doch noch einmal in die Bar zu stürmen und letzte Liebkosungen abzusahnen. *Sei vernünftig, du musst nach Hause.* Außerdem meldete sich ein heller Pfeifton in ihren Ohren. Drei Stunden Beschallung hinterließen Spuren.

Sie atmete durch und sondierte die Lage. Auf der gegenüberliegenden Straßenseite grölten Jugendliche, und ein Typ in Lederkluft versuchte sein Moped anzutreten.

Sie knöpfte die Jacke zu und machte sich auf den Weg zu ihrem Wagen, der in der Nähe der Engelbertstraße stand. Nachtschwärmer kamen ihr entgegen. Auf dem Hohenstaufenring herrschte reges Treiben. Sie fühlte sich sicher. Allerdings meldete sich ihr Gewissen.

Einen einzigen Drink hatte sie nehmen wollen. Einen und nicht zwei. Und überhaupt, was trieb sie sich schon wieder in Bars herum? Brauchte sie die Bestätigung des jungen Gemüses?

Blödsinn. Sie hatte ein Recht darauf, ihr Leben zu genießen.

Rabenmutter!, schimpfte die Stimme in ihr. Du hättest nach Hause fahren und ein langes Telefonat mit deinem Sohn führen müssen. Er macht gerade eine schwere Zeit durch. Stattdessen hast du ihm erzählt, dass du Nachtdienst hast.

Der Dienstplan hatte sich kurzfristig geändert, nur deshalb konnte sie losziehen. Außerdem war sie eine gute Mutter und eine treue Partnerin, wie sie gerade eben mal wieder bewiesen hatte.

Als sie am Café Orlando vorbeiging, klackte unmittelbar hinter ihr ein Zippo-Feuerzeug. Karina widerstand dem Impuls, sich umzudrehen, beschleunigte das Tempo und verfluchte ihre hohen Pumps. *Ganz ruhig. Du bist mitten in der Stadt.*

Autos rasten vorbei, ein Taxi fuhr Schritttempo, ganz in der Nähe knatterte ein Zweitaktmotor. Erleichtert erkannte Karina ihren Wagen und drückte den Türöffner. Die Lichter des Toyotas blinkten zweimal auf wie zur Begrüßung. Sie umfasste den Griff der Fahrertür, ließ sich auf den Sitz fallen, verriegelte und blickte zum Innenspiegel.

Kein Mensch zu sehen. Alles okay, komm wieder runter.

Kurze Zeit später bog sie von der Moltkestraße auf die Aachener, fuhr ein kurzes Stück stadtauswärts und auf die Innere Kanalstraße. Mechanisch schob sie eine CD in den Player und drehte die Musik laut. Triggerfinger. »Oh I beg you: can I follow?« Ihre Daumen schlugen im Takt der Bässe auf das Lenkrad. Als sie an der Linksabbiegerspur stand, um auf die Niehler Straße fahren zu können, bemerkte sie das Motorrad. Der Scheinwerfer blendete. Sie verstellte den Innenspiegel und fuhr zügig los, als die Ampel umschaltete. »I follow you, deep sea baby, I follow you …«

Keine zehn Minuten später parkte sie auf dem Niehler Damm ein. Der Kradfahrer war verschwunden. Motor aus. Musik aus. Stille. Zum ersten Mal an diesem Tag.

Sie stieg aus dem Wagen. Die Nachtluft fühlte sich hier kälter an als in der Innenstadt. Der Rhein floss einen Steinwurf entfernt. Auf der gegenüberliegenden Flussseite leuchteten vereinzelte Lichter von Köln-Stammheim.

Zielstrebig überquerte sie die Straße. Bis zu ihrer Haustür waren es keine zweihundert Meter. Sie zog den Schlüsselbund aus der Jackentasche, als ihr die Tüte mit den Lebensmitteln einfiel, die noch im Auto lag. Der Einkauf musste auf jeden Fall in den Kühlschrank, er lag schon zu lange im Wagen.

Sie machte auf dem Absatz kehrt, ging zu ihrem Auto zurück, öffnete den Kofferraum, griff die Einkaufstüte, schlug den Deckel wieder zu und drehte sich um.

Sturmmaske. Ein Augenpaar so dicht, dass die Gestalt Karina fast berührte. Es roch leicht nach Gummi. Karina blieb nur der Bruchteil einer Sekunde, um die Situation zu erfassen. Zu lang. Sie registrierte eine schnelle ruckartige Bewegung.

»Was …?« Mehr brachte sie nicht hervor.

Kaltes Metall durchstieß ihren Bauch. Die Tüte mit den Lebensmitteln rutschte ihr aus der Hand. Ein Apfel rollte über den Asphalt, kullerte, bis er am Reifen eines geparkten Autos liegen blieb. Karina heftete ihren Blick auf die Augen des Vermummten, suchte nach einem Anhaltspunkt und fand nichts.

Der Angreifer zog das Messer aus ihrem Körper.

Nein! Nicht rausziehen! Fremdkörper dürfen niemals herausgezogen werden. Karina ergriff Panik.

Zu ihrer Verwunderung spürte sie keinen Schmerz. Endorphine. Offenbar schüttete ihr Körper massenhaft körpereigenes Opium zur Schmerzunterdrückung aus. *Los, du musst weg! Ein Bauchstich ist nicht unbedingt tödlich. Schrei, vielleicht hört dich jemand. Schrei, verdammt noch mal!* Sie riss den Mund auf. Gurgelnde Laute. Mehr brachte sie nicht hervor.

Blut rann zwischen ihren Finger hindurch und tropfte auf die Straße. Schritte entfernten sich. Nieselregen setzte ein, leicht und nahezu lautlos. Karina behielt die Umgebung im undeutlichen Blick, drückte instinktiv eine Hand fest auf die Wunde, setzte mühsam Schritte. Zu ihrem Haus schaffte sie es nicht. Die kurze Entfernung unüberwindbar. Nachbarn. Ihr Haus stand näher. *Du hast dich ihnen nie vorgestellt, wolltest ihnen immer einen Kuchen bringen und hast es nicht getan. Verdammt, was spielt das jetzt für eine Rolle?*

Sie fixierte das Einfamilienhaus und bewegte sich vorwärts. Ein enormer Kraftakt, der ihr alles abverlangte. Die tiefrote Nachbarstür glich einem Schlund, der sie magisch anzog. Feuer. Lodernde Flammen. Ihr wurde entsetzlich heiß. *Weiter, los. Ja. Gut so. Nicht aufgeben.*

Wenn sie es bis zur Tür der Nachbarn schaffte, konnte sie weiterleben, dann musste der Tod noch warten und holte sie nicht, hier auf dieser Straße an einem stinknormalen Abend. *Geschafft. Fast.* Nur noch wenige Meter, dann konnte die Rettungskette greifen. Unerwartet wurde sie an den Schultern gepackt und herumgerissen. Blitzschnell fuhr das Messer erneut in ihren Körper. Diesmal in die Brust.

Blut spritzte, sie krallte sich mit ihrer rechten Hand an den Unterarm des Täters. Er riss sich los. *Oh mein Gott. Aorta getroffen.*

Überlebenschance gleich null. Maximal drei Minuten, mehr Zeit blieb ihr nicht.

Rapide nahm der Blutdruck jetzt ab, der Pulsschlag wurde beschleunigt. Sie ermahnte sich, ruhig zu atmen, wollte verhindern, dass sie hyperventilierte. Vergeblich. Sie hechelte. Herzstillstand. Das Wort beschlagnahmte ihre Gedanken. Die Abfolge der körperlichen Reaktionen war zwangsläufig, eine kontrollierte Atmung unmöglich. Hoher Blutverlust verringerte die Sauerstoffzufuhr.

Das Rot der Tür flackerte. Mit letzter Kraft schaffte sie die einzige Stufe. Blut strömte auf helle Steinplatten. Einen Schritt vor der Tür sank sie zu Boden. Karina streckte ihre blutigen Fingerkuppen aus.

Trotz der Kraftanstrengung gelang es ihr nicht, das Holz zu berühren. Der letzte Adrenalinkick blieb aus.

Pulsflackern. Ein deutliches Zeichen für die Unterversorgung des Herzmuskels mit Sauerstoff. Die Mangelversorgung des Gehirns war im vollen Gang. Blutzirkulation und Atmung würden gleich aussetzen. Trotz ihres Wissens überraschte Karina die Schnelligkeit der Vorgänge, und sie spürte kurzzeitig Wut darüber, dass sie keine Chance hatte, das Ruder zu ihren Gunsten herumzureißen. Sie musste kapitulieren, realisierte, dass keine Rettung nahte.

Anderen Menschen hatte sie hundertfach geholfen, ungezählte Male lebensrettende Maßnahmen eingeleitet. Sie selbst kam nicht in den Genuss solcher Unterstützung. Unfair. Das war das letzte Wort ihres Bewusstseins. Ihre Fassungslosigkeit über das eigene Ende stand ihr noch ins Gesicht geschrieben, als sie dem Tod entgegentrat.

Köln-Nippes, Gustav-Nachtigal-Straße

»Das Eigelb ist ja noch voll glasig.« Wilson klang so angewidert, als hätte Frieda ihm Maden serviert.

Lou triumphierte innerlich. Ja, weiter so, Junge! Das lässt sich meine Tochter nicht gefallen. Immerhin hat sie den Feminismus mit der Muttermilch aufgesogen.

Vorsichtig riskierte sie einen Blick an der Zeitung vorbei. Ihre neunzehnjährige Tochter war noch immer im Nachthemd, während Wilson geduscht und angezogen am Tisch saß, den Teller mit dem Spiegelei zur Seite schob und geistesabwesend auf seinem Smartphone herumtippte. In zwanzig Minuten klingelte die Schulglocke des nahe gelegenen Gymnasiums.

Lou bemerkte, dass Frieda zögerte, bevor sie den Teller nahm und das verschmähte Ei in den Mülleimer katapultierte. Das war nicht ganz die Reaktion, die Lou erwartet hatte. Okay, Kind, und jetzt sag ihm, dass er sich ein neues Ei in die Haare schmieren kann! Zu ihrem Entsetzen stellte sich Frieda aber erneut an den Herd. Sie machte eine Faust in der Tasche und verzog sich wieder hinter den Kölner Stadt-Anzeiger.

Der erste richtige Freund ihrer Tochter nervte.

Wilson machte sich breit, belegte stundenlang das Badezimmer, ging wie selbstverständlich an den Kühlschrank und nörgelte auch noch, wenn der Aufschnitt nicht nach seinem Geschmack war. Immerhin wagte er nicht, ihr seine Sonderwünsche anzutragen. Er schrieb sie auf gelbe Notizzettel, die er überall im Haus verteilte. Kleine Botschaften, Hinweise an Frieda, die Lou auf die Palme brachten: *Mäuschen, ich mag das Shampoo von Adidas ☺. – Mäuschen, ich esse sehr gerne Leberwurst zum Frühstück ☺.* Mittlerweile wurde Lou schon aggressiv, wenn sie ein gelbes Post-it sah, und warf sie ungelesen weg.

Eigentlich hatte sie sich diesen Abschnitt ihrer Mutter-Tochter-Beziehung immer als besonders schön ausgemalt. Gern hätte sie Friedas erste ernst zu nehmende Liebe mit offenen Armen in der Familie aufgenommen. Auf keinen Fall wollte sie sich wie ihre Mutter verhalten, die an jedem Jungen, den sie früher mit nach Hause gebracht hatte, rumgemeckert hatte.

Aber Wilson war wirklich eine Marke für sich. Ihr gegenüber verhielt er sich zugeknöpft und einsilbig, aber vor Frieda nahm er kein Blatt vor den Mund.

Und zu Lous Entsetzen tanzte Frieda nach seiner Pfeife. Sie erkannte ihre selbstbewusste Tochter nicht wieder, die irgendwie Spaß daran zu haben schien, einen auf gefügiges Frauchen zu machen. Am liebsten hätte Lou einige Machtwörter gesprochen. Aber Frieda musste Wilson selbst in die Schranken weisen. Also übte Lou sich in Geduld und instruierte sich positiv: *Es ist nur eine Frage der Zeit, bis Frieda explodiert, und dann setzt sie das Jüngelchen vor die Tür.* Bisher blieb dieser Knalleffekt allerdings aus. Frieda erwies sich als geduldig. Sehr geduldig.

Gerade startete sie einen erneuten Anlauf, reichte Wilson den Teller mit einem frischen Spiegelei. Er nahm es entgegen, hob den Blick vom Smartphone, lächelte und blinzelte Frieda zu. Sie küsste ihn auf die Stirn und ging aus der Küche.

Lou faltete die Zeitung zusammen. Wilson schien ein Gespür dafür zu haben, wie weit er den Bogen spannen konnte, und nicht selten zeigte er sich äußerst liebenswert, bevor eine Situation eskalierte. Frieda hatte den Zusammenhang bisher offenbar nicht erkannt, aber Lou machte Wilson nichts vor.

Jetzt aß er sein Ei und spielte nebenbei seelenruhig mit seinem Handy, obwohl er zur Arbeit musste. Wilson hatte einen Ausbildungsplatz als Industrieschlosser ergattert. Wie er das geschafft hatte, blieb Lou schleierhaft, aber sein Chef war anscheinend zufrieden mit ihm. Frieda hörte nicht auf, ihn in den höchsten Tönen zu loben.

Es war Lou, die nun unruhiger wurde und die Spannung schließlich nicht mehr aushielt.

»Musst du nicht los?«

Wilson nuschelte etwas in ihre Richtung, erhob sich aber und verschwand in der Diele. Lou hörte ihn die Treppe hinaufpoltern. Das junge Paar nahm Abschied. Sekunden später fiel die Haustür ins Schloss.

Als Frieda wieder auf der Bildfläche erschien, setzte sie sich wortlos an den Tisch und aß die Reste von Wilsons Ei. Für Lous Geschmack war sie wieder übertrieben geschminkt.

»Wo bleibt denn Maline?«, fragte Frieda und nippte am Kaffee. »Ich hab sie noch gar nicht gehört.«

»Sie hat bei Charlie übernachtet.«

»Sucht sie eigentlich wirklich eine Wohnung? Ich hab ehrlich gesagt nicht den Eindruck.«

»Stört es dich, dass sie vorübergehend bei uns wohnt?«

»Nein«, sagte Frieda. »Wilson hat gefragt.«

Lou zog eine Augenbraue hoch. »Mag er Maline nicht?«

»Er findet sie irgendwie … anstrengend.«

»Inwiefern?«

Frieda zuckte lahm mit den Schultern. »Keine Ahnung.«

»Warum fragst du denn nicht genauer nach?«

»Mensch, Mama, nerv nicht.«

Lou hob beschwichtigend die Hände. »Entschuldige, dass ich mich mit dir unterhalten möchte und wissen will, was in dir oder deinem Freund vorgeht.«

Frieda goss Kaffee nach. »Ich finde es cool, dass sie hier wohnt, auch wenn ich bestimmt nicht bei dir wohnen würde, wenn ich Geld für ein eigenes Apartment hätte.«

»Danke, sehr nett.«

»Ich meine einfach, dieses Haus ist so uncool und eng. Malines Wohnung über Hannas Backstube hat mir dagegen voll gut gefallen. Ich verstehe nicht, warum Hanna sie rausgeworfen hat, und dann so plötzlich.«

»Erstens hat Hanna Maline nicht rausgeworfen und zweitens schon gar nicht plötzlich. Die meisten ihrer Sachen stehen sogar noch auf Hannas Dachboden.«

»Okay.« Frieda stand auf, stellte ihr Geschirr in die Spülmaschine und drückte ihrer Mutter einen Kuss auf die Wange. »Trotzdem, vergraul Maline nicht, okay?«

»Wie bitte? Wenn, dann ist es Wilson mit seinen blöden Notizzetteln, der Maline vergrault …« Lou biss sich auf die Zunge.

Frieda warf ihr einen wütenden Blick zu. »Warum hackst du immer auf Wilson rum? Du kennst ihn gar nicht richtig … du bist … spießig und … ach egal!« Mit hochrotem Kopf stürmte sie aus der Küche und kurze Zeit später aus dem Haus.

Lou blieb verdutzt zurück. Spießig fand sie sich nun wirklich nicht. Und noch nie in ihrem ganzen Leben hatte sie jemals einen Menschen vergrault. Außer vielleicht ihren Exmann oder manchmal ihre Mutter und damals diese schrecklichen Nachbarn, wie hießen sie noch? Lou stutzte und bekam eine Ahnung, wie Frieda auf die Idee gekommen war, so einen Spruch loszulassen.

Als sie wenige Minuten später ebenfalls das Haus verließ, sog sie die kühle Morgenluft ein. In der Nacht hatte es geregnet. Köln lag unter einer grauen Dunstglocke. Im Tagesverlauf sollte es aufklaren, und ab der Wochenmitte prophezeiten die Wetterfrösche herrliches Altweiberwetter.

Lou startete ihren Citroën CX und schaltete das Radio ein.

Als sie über die Zoobrücke fuhr, ermahnte sie sich zu mehr Gelassenheit in Bezug auf Wilson. Sie vertraute Frieda und ihrer Erziehung.

Am Zubringer zum Polizeipräsidium kam sie heute zügig durch. Sie fuhr ins Parkhaus und hatte ihre guten Vorsätze schon vergessen, als sie in Gedanken an ihre aktuellen Fälle dem Fahrstuhl entgegeneilte.

Maline erschien im Türrahmen, als Lou gerade Zucker in ihren Kaffee rührte. Ihre Kollegin nahm einen Schluck aus Lous Tasse.

»Ich hab gleich eine Vernehmung und bin jetzt schon fix und fertig.«

»So siehst du aber nicht aus«, sagte Lou und holte eine zweite Tasse aus dem Schrank über der Spüle. »Was ist denn los?«

»Ich war joggen. Es waren nur fünf Kilometer, aber ich fühle mich, als wäre ich mindestens zehn gelaufen.«

»Hut ab, dass du überhaupt vor der Arbeit laufen gehst.« Lou wusste, wovon sie sprach. Sie joggte seit Ewigkeiten, schaffte es aber selten am Morgen. Maline war völlig untrainiert und lief erst seit ein paar Wochen, weil sie mit dem Rauchen aufgehört hatte. Sie füllte Malines Tasse mit frischem Kaffee. »Und vergiss nicht, wir müssen nachher zum Schießtraining. Diesmal darf uns kein aktueller Fall dazwischenkommen.«

»Keine Sorge, heute schaffen wir es bis nach Leverkusen. Das habe ich im Gefühl.«

Leverkusen, Polizeiinspektion 7, Raumschießanlage

Lou setzte den Gehörschutz sowie die Sicherheitsbrille auf und schaltete den Ton ein, damit sie den Anweisung des Trainers folgen konnte.

»Du kennst das Prozedere«, sagte Mike. »Ziel auf die Symbole. Wenn du trifft, verschwinden sie, ansonsten schieß einfach noch mal.«

Lou stand sechs Meter von der Leinwand entfernt. Obwohl sie bereits einen arbeitsreichen Vormittag hinter sich hatte, gelang es ihr, sich zu konzentrieren. Sie kam gern zum Training, auch wenn sie es nur maximal zweimal im Jahr schaffte.

Gelbe Rechtecke und Kreise wurden auf die Leinwand projiziert. Lou gab fünfzehn Schüsse ab, jedes Symbol verschwand. Sie lud nach und schoss schnell hintereinander weiter. Bei dieser Runde musste sie zweimal nachbessern.

»Immer noch gut«, lobte der Trainer, fuhr den Rollwagen mit der Munition ein paar Meter zurück und zog ein Brett zwischen den Boden und die niedrige Decke.

Lou gab neue Patronen in ihr Magazin.

»Stell dich hinter die Deckung und schieß einmal von rechts und dann von links«, sagte Mike und fuhr sich über seinen Kinnbart.

Erneut feuerte Lou Patronen auf Symbole, die willkürlich auftauchten. Sie hörte die Schüsse gedämpft. Der integrierte Tonempfang in den Kopfhörern schloss automatisch, sobald geschossen wurde.

»Sehr beachtlich«, sagte Mike mit Blick auf das Trefferbild.

Jetzt absolvierte Maline die landeseinheitliche Übung zur Überprüfung der Handhabung und Treffsicherheit, kurz L. Ü. H. T. Nach wenigen Minuten schob auch sie zufrieden ihre Waffe ins Holster.

»Jeder Schuss ein Treffer«, sagte Mike. »Mit dir sollte sich niemand anlegen.«

Gemeinsam überklebten sie die Einschusslöcher auf der Leinwand mit runden Etiketten und sammelten die Patronenhülsen vom Boden auf.

»Es duftet nach Schnitzel«, sagte Maline.

»Stimmt.« Mike lachte. »Hier kannst du riechen, was in der Kantine serviert wird.«

Lou und Maline hängten den Gehörschutz an die Haken, legten die Schutzbrillen ab und verließen die Halle. In einem kleinen Raum neben den Toiletten bauten sie ihre Waffen auseinander, um sie zu reinigen.

»Bist du heute Abend zu Hause, oder triffst du Clemens?«, fragte Maline. »Ich wollte eine Kleinigkeit kochen.«

»Du?«

»Jetzt mach aber mal einen Punkt. Ich koche sehr gern.«

»Und gut«, beeilte sich Lou zu sagen. »Aber eher selten.«

»Ist das ein Vorwurf?«

»Quatsch.« Lou lachte und säuberte den Lauf. »Frieda ist der Meinung, dass ich alle Menschen vergraule und spießig bin. Ich glaube, sie hat Angst, dass du ausziehst.«

»Süße, früher oder später werde ich mir natürlich wieder eine eigene Wohnung suchen«, sagte Maline. »Aber im Augenblick habe ich keine Ambitionen, es sei denn, du bestehst drauf.«

»Ganz im Gegenteil«, sagte Lou schnell. Sie war froh, dass ihre Kollegin bei ihnen eingezogen war. Und zwar nicht nur, weil damit die laufenden Kosten für das Haus bezahlbarer wurden.

Nach der Trennung von Henry vor einigen Jahren hatte sie über einen Verkauf nachgedacht, sich überlegt, dass es vielleicht einfacher war, in einer anderen Umgebung neu anzufangen. Ihr Exmann hatte die Kurve schließlich auch gekriegt. Sein Umzug ins Parkveedel hatte ihm die Trennung erleichtert, schnell war er aufgeblüht. Eine neue Frau hatte er natürlich auch rasch präsentiert. Schwamm drüber. Lou ging es längst gut. Nach einigen Affären lernte sie gerade wieder einen interessanten Mann kennen.

Clemens. Musikproduzent. Humorvoll. Attraktiv und genügsam. Er gab sich mit dem Platz zufrieden, den Lou ihm einräumte. Aber langfristig erhoffte sie sich mehr als eine oberflächliche Geschichte.

Sie bauten die Pistolen wieder zusammen, wuschen sich die Hände mit einer Spezialpaste und gönnten sich noch einen Kaffee im Aufenthaltsraum »Was macht deine Mutter?«, fragte Maline. »Wandert sie fleißig?«

»Heute laufen die Damen von Sarria nach Potomarin. Das sind gute einundzwanzig Kilometer.«

»Respekt! Wie weit ist es noch bis Santiago de Compostela?«

»Ungefähr hundert Kilometer. Wenn alles gut geht, schaffen sie die restliche Strecke in neun Tagen, das ist jedenfalls ihr Ziel.«

Lous Mutter Helene Vanheyden befand sich mit drei Freundinnen aus ihrer Walkinggruppe auf dem Jakobsweg. Im vergangenen Jahr hatten die vier die Pilgerreise schon einmal angefangen, aber Helene hatte sich unterwegs eine Lungenentzündung zugezogen. Schweren Herzens hatte die Gruppe daraufhin die Reise etwa einhundert Kilometer vor dem Ziel abbrechen müssen. Jetzt, ein Jahr später, setzten sie die Wanderung fort. Die Damen, alle um die siebzig, marschierten eisern, und Lous Mutter schickte euphorische SMS. Anscheinend lief diesmal alles nach Plan.

»Hanna und ich wollen diese Woche einen Mädelsabend veranstalten«, sagte Lou. »Gesichtsmasken ausprobieren und schnulzige DVDs gucken. Bist du dabei?«

»Kommt drauf an, ich muss unbedingt mal wieder zu meinem Vater ins Pflegeheim. Ich sehe ihn im Augenblick viel zu selten, und dann sind Charlie und ich irgendwann zum Essen bei Freunden eingeladen. Ich klär das ab und sag dir Bescheid.«

Bevor Lou etwas erwidern konnte, öffnete Mike die Tür. »Anruf von eurer Dienststelle. Es gibt ein Tötungsdelikt in Köln-Niehl. Tom Lechner bittet euch, sofort hinzufahren.«

Köln-Niehl

Missbilligend starrte Frau Cordes auf Malines Augenbrauenpiercing. Kaum wahrnehmbar schüttelte sie den Kopf, ließ sie sichtlich widerwillig die Gästetoilette im Erdgeschoss benutzen und führte sie anschließend wieder hinters Haus. Sie wirkte wie eine Person, die es gewohnt war, den Ton anzugeben. Ihre kräftigen Beine steckten in Gummistiefeln, um den Hals hatte sie einen Wollschal geknotet.

»Ich weiß, Sie erledigen alle nur Ihre Arbeit, aber Ihre Kollegen haben mir die Beete zertrampelt. Können die nicht ein bisschen besser achtgeben?«

Maline schluckte eine passende Antwort herunter, band demonstrativ ihren Mundschutz um und stapfte über den gepflegten Rasen. Sonnenstrahlen brachen durch die Wolken, der Spurensicherungsoverall klebte unangenehm an Malines Haut.

Die Tote lag bekleidet am Ende der Wiese vor einem breiten Beet, in dem dunkelviolette Astern blühten. Ihre Beine waren merkwürdig verdreht, die Füße nackt.

Die Kollegen vom Erkennungsdienst begannen damit, die Leiche mit Folie abzukleben. Sie fingen am Kopf an, nachdem der Fotograf offensichtlich genug Bilder vom Gesicht der Toten geschossen hatte.

»Bis auf die schmale Lücke in der Hecke, die Auffahrt und Garten verbindet, gibt es keine Möglichkeit, auf das Grundstück zu gelangen, geschweige denn einen Blick darauf zu werfen«, sagte Lou. »Die Hecken, die das Grundstück umgeben, sind nahezu blickdicht.«

Maline bemerkte Frau Cordes, die an der Terrassentür stand und aufgeregt winkte. Sie stöhnte innerlich auf und näherte sich über akkurat gesetzte Steinplatten.

»Können Sie bitte dafür sorgen, dass wir so schnell wie möglich unsere Ruhe haben?«

»Entschuldigung, aber bei der Aufklärung eines Verbrechens, und darum geht es hier ganz offensichtlich, sind wir verpflichtet, Spuren zu sichern. Im Moment hat diese Aufgabe absolute Priorität.«

Frau Cordes trat einen Schritt näher. »Das hier ist mein Haus und mein Garten. Und absolute Priorität hat mein Mann, der beim Anblick der Leiche beinahe einen Herzinfarkt erlitten hat. Ich musste den Notarzt rufen, und nun liegt er da und kann sich kaum bewegen.«

»Das tut mir wirklich leid«, sagte Maline, und das meinte sie ganz aufrichtig. »Wenn Sie mich nun entschuldigen, wir haben einen Mord aufzuklären, und die Leiche liegt auf Ihrem Grundstück. Da lassen sich bestimmte Tätigkeiten nicht vermeiden, und befragen müssen wir Sie auch, ob Ihnen das nun passt oder nicht.«

Sie ließ Frau Cordes stehen. Zwei Schutzpolizistinnen informierten Lou und sie über die ersten Maßnahmen, die sie bisher ergriffen hatten.

»Vorsichtshalber haben wir das Grundstück weiträumig abgesperrt und alles so belassen, wie wir es vorgefunden haben. Mit den Eheleuten Cordes konnten wir nicht viel klären, sie scheinen nicht sehr kooperativ zu sein.«

Maline verkniff sich einen Kommentar dazu und näherte sich gemeinsam mit Lou der Toten. In unmittelbarer Nähe zur Leiche hatten die Kollegen einen sicheren Trampelpfad angelegt, damit möglichst keine Spuren vernichtet wurden. Einige Zahlentafeln steckten schon im Boden.

Maline schätzte die Tote auf Mitte vierzig bis allerhöchstens fünfzig Jahre. Zwischen ihren Haaren hing welkes Laub. Die Bluse des Opfers war an zwei Stellen eingerissen und blutdurchtränkt. Drei schwarze Käfer krabbelten vom Hosenbund aufwärts, einige Schmeißfliegen schwirrten umher. Sie schob die Bluse behutsam nach oben. Am Bauch und im Brustbereich klafften Wunden. Maline sah sich die Hände an. Abwehrspuren konnte sie nicht entdecken, aber an der rechten Hand waren die Nägel von Zeige- und Mittelfinger abgebrochen.

»Das Opfer hat ziemlich viel Blut verloren«, meinte Lou, die sich ebenfalls neben die Leiche kniete. »Ich vermute, dass sie noch nicht lange hier liegt, aber warten wir besser ab, was der Rechtsmediziner sagt.«

»Und die Tatwaffe?«, fragte Maline. »Ich tippe auf ein Messer.«

»Ich halte mich lieber bedeckt. Rückschlüsse ohne genaue Untersuchungen sind schwierig. Die Tatwaffe wurde bisher jedenfalls nicht gefunden.«

»Anzeichen für ein Sexualdelikt gibt es offensichtlich nicht«, sagte Maline und starrte auf die Füße der Toten. »Wo sind die Schuhe?«

»Verschwunden, genau wie Papiere, Schlüssel und alle persönlichen Sachen«, schaltete sich ein Kollege vom Erkennungsdienst ein. »Wir haben bisher nur ein leeres Portemonnaie und einige Zigarettenkippen in der Nähe der Leiche entdeckt. Das nenne ich eine ziemlich spärliche Ausbeute.«

Eine Kollegin von der Schutzpolizei kam zögernd näher. »Wir haben weiter die Straße hinauf einen Plastikbeutel mit Lebensmitteln entdeckt. Er liegt zwischen zwei Autos neben dem Bürgersteig. Wir dachten, vielleicht sollte die Auffindesituation fotografiert werden, bevor wir die Tüte sicherstellen.«

Lou schickte den Fotografen mit der Kollegin fort.

Als der Rechtsmediziner eintraf und Lou ihn einwies, zog Maline das Diktiergerät hervor und begann mit der Tatortbeschreibung. Akribisch sprach sie jedes Detail auf das Band. Der genauen Beschreibung des Grundstücks folgte die Lage der Leiche in Einzelheiten. Maline bedauerte schon jetzt die Schreibkraft, die den Text abtippen musste.

»Die Kollegen vom ED haben Blutanhaftungen an einem Blumentopf neben der Haustür entdeckt«, sagte Lou und unterbrach Maline bei ihrer Arbeit. »Sie haben auch die Wiese abgesucht. Es gibt Schleifspuren, die vom Hauseingang über den Weg durch die Hecke zum Fundort führen.«

Maline sah sich um. »Vielleicht wollte der Täter nicht, dass die Tote zu schnell entdeckt wird.«

»Er ist effizient vorgegangen«, sagte der Rechtsmediziner. »Der Täter hat genau zweimal zugestochen. Ich hoffe nur, das die Kollegen Faserspuren und DNA-fähiges Material an der Leiche sichern können und das Landeskriminalamt etwas Hilfreiches entdeckt.«

»Gibt es schon einen Anhaltspunkt, wer die Tote sein könnte?«, fragte Maline.

Lou verschränkte die Arme vor der Brust. »Auf der Vermisstenstelle ist offenbar bisher keine Anzeige eingegangen, die zu unserer Toten passen könnte. Der ED hat Fingerabdrücke genommen, die wir checken lassen. Sollte die Tote jemals erkennungsdienstlich behandelt worden sein, ist ihre Identität schnell geklärt.«

»Woher sie wohl kam?« Maline drehte sich um die eigene Achse. »Mit etwas Glück müssten weitere Spuren im Umkreis zu entdecken sein.«

Lou hob eine Augenbraue. »Vielleicht hat sie ein Auto und es in der Nähe abgestellt. Ich hoffe einfach, dass sie einen Bezugspunkt zu der Gegend hat und nicht vom Täter verschleppt wurde.«

»Die Lebensmitteltüte deutet darauf hin«, sagte Maline. »Ich bin gespannt, ob sie sich der Toten zuordnen lässt, es müsste auf jeden Fall DNA-fähiges Material daran zu finden sein.«

Als die Leiche am frühen Abend endlich abgeholt worden war, traten die Kommissarinnen noch einmal an die Schiebetür und klopften, bis Frau Cordes erschien.

»Einige Dinge sind uns noch nicht klar«, sagte Maline.

»Ich weiß wirklich nicht, wie wir Ihnen da helfen –«

»Falls Sie unsere Fragen jetzt nicht beantworten wollen, müssen Sie spätestens morgen früh um neun Uhr im Präsidium erscheinen«, unterbrach Maline. Sie setzte darauf, dass die Eheleute nicht gewillt waren, in dieser Angelegenheit nach Köln-Kalk zu kommen, und ihre Rechnung ging auf.

»Was möchten Sie wissen?«, fragte Frau Cordes, bat Lou und sie sogar ins Wohnzimmer und bot ihnen Sessel an, während sie sich auf der Couch niederließ.

»Wann haben Sie die Tote entdeckt?«, fragte Maline.

»Das habe ich doch alles schon Ihren Kollegen erzählt!«

»Würden Sie mir trotzdem noch einmal alles so genau wie möglich schildern?«

Frau Cordes seufzte. »Als mein Mann und ich heute Mittag aufgewacht sind, wollte ich eine kleine Runde durch den Garten drehen, wie ich es jeden Tag mache, und da habe ich die … Person dort vor dem Beet liegen sehen.«

»Wie spät war es?«

»Fast elf Uhr. Normalerweise stehen wir sehr früh auf, aber wir kamen gestern Nacht von einer Reise zurück, deshalb haben wir lange geschlafen.«

»Wann sind Sie letzte Nacht nach Hause gekommen?«

»Der Taxifahrer hat uns exakt um null Uhr abgesetzt. Das weiß ich so genau, weil sein Radio eingeschaltet war.«

»Ist Ihnen beim Betreten Ihres Hauses etwas aufgefallen?«, fragte Lou.

»Nein.«

»Haben Sie in der Nacht irgendetwas gehört oder gesehen? Auf Ihrem Grundstück, in der Nachbarschaft?«

»Nein, gar nichts.«

»Wann sind Sie ins Bett gegangen?«

»Gleich nach unserer Ankunft«, sagte Frau Cordes. »Ich habe überall im Haus die Rollläden heruntergelassen. Und, bevor Sie fragen, da lag niemand in unserem Garten, denn ich hatte die Grundstücksbeleuchtung kurz eingeschaltet, wegen der Maulwürfe. Ich wollte sehen, wie viele Hügel die Viecher wieder aufgetürmt haben. Und deshalb bin ich mir sicher, da lag keine Leiche.«

»Und in der Nacht gab es keine Störung?«, fragte Maline und nahm den Blick von einer Berglandschaft im rustikalen Rahmen. »Nichts, was auf das Verbrechen hinweisen könnte, Lärm, Geräusche, Schreie?«

»Mein Mann und ich haben uns bereits dahin gehend ausgetauscht. Wir haben beide außergewöhnlich tief geschlafen.«

»Und Sie sind sich sicher, dass Sie das Opfer nicht kennen?«

»Ich habe ihr ja kaum ins Gesicht gesehen, und mein Mann hat sie nur vom Schlafzimmerfenster aus gesehen. Außerdem sagte ich ja bereits, dass er beim Anblick der Leiche … Ich musste erst einen Arzt rufen, bevor ich die Polizei verständigen konnte …«

»Heißt das, es kann sein, dass es jemand ist, den Sie kennen?«, fragte Lou in ruhigem Tonfall.

»Niemand kann mich zwingen, einem Gewaltopfer in die Augen zu sehen.«

»Wir könnten Ihnen und Ihrem Mann ein Foto zeigen«, sagte

Lou. »Im Gesicht hat die Frau keine Verletzungen, es sieht aus, als würde sie schlafen.«

»Nein!«

»Das Problem ist, dass die Tote in Ihrem Garten liegt«, sagte Maline. »Deshalb müssen wir ausschließen, dass Sie etwas mit der Sache zu tun haben, ob nun direkt oder indirekt.«

»Das ist doch lächerlich!« Frau Cordes verschränkte die Arme vor der Brust. »Sie können nicht ernsthaft glauben, dass mein Mann oder ich etwas mit dem Verbrechen zu tun haben. Das ist absurd.«

»Was wir glauben, spielt keine Rolle«, sagte Lou. »Wir müssen es ausschließen.«

»Also gut, dann zeigen Sie mir ein Foto, aber meinen Mann lassen Sie bitte aus der Sache raus. Sein Gesundheitszustand ist besorgniserregend.«

»Es reicht, wenn wir ihn morgen befragen können«, sagte Maline. Der Fotograf vom Erkennungsdienst hatte eine Porträtaufnahme der Toten gemacht. Dieses Bild war bereits an sämtliche Behörden verschickt worden, Ergebnisse lagen allerdings noch nicht vor. Maline reichte Frau Cordes den Digitalausdruck, den ein Schutzpolizist im Kommissariat abgeholt hatte.

Aufmerksam studierte sie das Foto und ließ sich Zeit mit der Antwort. »Ich habe diese Frau noch nie gesehen«, sagte sie schließlich. »In meinem ganzen Leben noch nicht.«

Maline steckte das Foto wieder ein. »Wie lange waren Sie verreist?«

»Nur vier Tage.«

»Hat jemand in der Zeit in Ihrem Haus gewohnt? Familie? Freunde?«

»Nein.«

»Beschäftigen Sie Personal? Einen Gärtner oder eine Reinigungskraft?«

Frau Cordes schüttelte den Kopf und schien unruhig zu werden. Sie fuhr sich mit den Händen über ihre Knie. »Ich würde mich nun gerne um meinen Mann kümmern. Haben Sie noch Fragen, ansonsten …?«

»Danke, nein«, sagte Maline. »Allerdings werden wir uns sicher noch einmal mit Ihnen in Verbindung setzen.«

Frau Cordes erhob sich gemeinsam mit den Kommissarinnen.

»Eine Frage habe ich doch noch«, sagte Lou, als sie schon an der Tür waren. »Rauchen Sie oder Ihr Mann?«

Frau Cordes schüttelte energisch den Kopf. »Natürlich nicht.«

***

Ich bin mir nicht sicher, ob die Menschen, die ich töte, ahnen, dass sie sterben werden. Durchfährt sie morgens beim Zähneputzen eine Ahnung, dass sie heute alles zum letzten Mal erledigen, essen, riechen? Gibt es einen glasklaren Moment, der ihnen das eigene Ende vor Augen führt, allerdings als absurd erscheint und fehlinterpretiert wird? Haben sie einen Bezug zu der Stelle, an der sie krepieren? Damit meine ich selbstverständlich nicht diejenigen, die in ihrer Wohnung dran glauben müssen, sondern ich rede von öffentlichen Orten, die zu Tatorten werden. Für mich völlig nichtssagend, unverknüpft mit Emotionen, und das ändert sich auch nach den Taten nicht. Aber wie verhält es sich für die, die ich töte? Haben sie diesem einen Platz schon immer einen besonderen Blick geschenkt, spürten sie an diesem Ort stets einen kalten Hauch im Nacken?

Ich werde es wohl nie erfahren, und im Grunde spielt dieser Aspekt keine Rolle. Was zählt, ist, dass meine Opfer eine Wahl hatten. *Sie* haben sich an einer Stelle ihres Lebens falsch entschieden und damit ihr Ende selbst zu verantworten. Mich trifft keine Schuld. Ich suche sie nicht aus, sie laufen mir ins Visier, ich erledige nur die notwendige Drecksarbeit und beseitige die, die auf bestimmten Linien laufen.

Zugegeben, da kommt einiges zusammen. Und ich bin auch etwas stolz darauf, sagen zu können, dass ich den Überblick bisher nicht verloren habe. Ich halte exakt fest, wen ich erledige. Akribisch notiere ich die Koordinaten meiner Opfer. Zuerst handschriftlich in einer altmodischen Kladde. Regentage nutze ich, um meine Notizen in den Computer einzugeben. Seitenweise drucke ich Berichte aus und hefte sie ordentlich ab. Disziplin ist bei so vielen Dingen hilfreich. Wenn mir die Zeit lang wird oder mich diese schreckliche Unruhe packt, gehe ich die Aufzeichnungen durch, und vor meinem inneren Auge läuft eine Art Film ab. So zehre ich von meinen Werken, bewahre Einzelheiten, kann sozusagen die Repeat-Taste für jede Eliminierung drücken.

Ansonsten lasse ich die Dinge auf mich zukommen. Das meiste ist Fügung oder Schicksal. Kaum etwas ist persönlich. Um das zu erkennen, brauchte ich ein Erlebnis, das mir die Augen öffnete. Es widerfuhr mir kurz nach meinem fünfzehnten Geburtstag. Die Tragweite des Erlebten offenbarte sich mir nicht sofort. Es vergingen Jahre, bis sich ein übergeordneter Sinn ergab.

Ich habe die Schwester meines Vaters nie besonders gemocht. Sie war eine quirlige, massige Person, mit übertriebenem Goldschmuck, die Zigarillos rauchte. Noch heute kann ich diesen speziellen Geruch kaum ertragen. Jedenfalls bereiste sie die Welt, und eines Tages nahm sie mich mit nach Peru. Es ist nicht unwichtig, wie es dazu kam, doch darauf möchte ich an dieser Stelle nicht eingehen. Ich verspürte damals nicht die geringste Lust, die Ferien am anderen Ende der Welt zu verbringen. Nach Südamerika lockte mich weder die Sierra noch der undurchdringliche Regenwald. Ich fand alles nur öde, besonders den Süden mit seiner elenden Wüste.

Trotzdem schleifte mich meine Tante durchs Land. Ihre Obsession war die Fotografie. Ich musste ihr als Assistent zur Verfügung stehen und kostbares Zubehör schleppen, das sie den Trägern nicht anvertrauen wollte. Ziemlich schnell erkannte ich, dass ihre Großzügigkeit egoistischer Natur war.

Auf der Suche nach Motiven verschwendete sie viel Geld und mutete uns alle möglichen Strapazen zu. Sie engagierte Führer zum Nevado Huascarán, dem höchsten Berg Perus, ließ uns zu dem schwimmenden Dorf bei Iquitos über den Amazonas rudern und bestand darauf, dass wir tagelang am Titicacasee campierten. Ich langweilte mich zwischen Kautschuk, Kakteen und Moskitos, während meine Tante auf der Jagd nach dem perfekten Foto aufgeregt durch den Staub kroch. Immer im feinsten Stoff mit passenden Schuhen. Eine Witzfigur.

Irgendwann erreichten wir die »Zona Reservado San Fernando«, eine hügelige Region in der Atacama-Wüste. Ich sah nichts als Steine und Schmutz, meine Tante wirkte noch ruheloser als sonst, glühte regelrecht vor Aufregung. Die Gründe blieben mir schleierhaft.

Wir schliefen in Marcona, einem winzigen Nest in der Pampa, als sie mich eines Tages vor Sonnenaufgang weckte und mit der gesamten Kameraausrüstung aus dem Hotel scheuchte, wo unser Fahrer wartete.

Als der Wagen nach kurzer Fahrt stoppte, erkannte ich im fahlen Dämmerlicht eine einmotorige Cessna. Schon vorher hatten wir Inlandsflüge in solchen klapprigen Maschinen zurückgelegt, und ich war nicht scharf darauf, schon wieder eine zu besteigen. Die unruhigen Flüge strapazierten meinen Magen, deshalb folgte ich meiner Tante wenig begeistert und schwer bepackt in das kleine Flugzeug.

»Du wirst Augen machen«, prophezeite sie und präparierte die Nikon.

Als die Maschine startete, ging die Sonne auf. Ich war müde und hungrig. Außerdem teilte ich die Begeisterung meiner Tante in den allermeisten Fällen nicht. Was sie in wahre Schwärmereien versetzte, verursachte mir höchstens ein müdes Lächeln. Von daher hielten sich meine Erwartungen in Grenzen.

Wir waren noch nicht lange in der Luft, als sie mich am Arm zog und wild in die Tiefe gestikulierte. »Du musst hinuntersehen!«

Was dann folgte, werde ich niemals vergessen. Mir stockte regelrecht der Atem. Aus der Luft sah ich riesige Figuren, gezeichnete Linien im staubigen Nirgendwo. Trapeze und Dreiecke in Perfektion gezogen. Figuren. Ich erkannte einen Affen, eine wirklich unglaublich gelungene riesenhafte Zeichnung.

»Er hat an einer Hand fünf Finger und an der anderen vier«, erklärte meine Tante und schoss aufgeregt Fotos. »Das symbolisiert die neun Dürrejahre, unter denen die Nazca-Menschen einst litten.«

Nach dem Affen erschien ein Hund. Ein Wal. Eine menschliche Gestalt. Ein Kolibri. Ich saß mit offenem Mund da und konnte mich nicht sattsehen. Es folgte Figur um Figur, Linie um Linie. Manche unterbrochen durch Wege und Straßen, aber die Abbildungen waren zu erkennen.

Die Pilotin flog Schleifen.

Meine Tante war völlig aus dem Häuschen, fotografierte und schrie mir Erklärungen ins Ohr. »Die Figuren werden Nazca-Linien genannt, es sind sogenannte Scharrbilder. Die Linien erstrecken sich über eine Gesamtfläche von fünfhundert Quadratkilometern. Sie sind um 800 vor Christi durch Menschenhand entstanden, indem die obere Gesteinsschicht, der rote Wüstenlack, in schmalen Bahnen abgetragen wurde. Jahrhundertelang lagen sie vor den Füßen der Zivilisation. Unbemerkt, weil niemand in der Lage war, das riesige Ganze zu erkennen. Wahnsinn, oder?«

»Wer hat sie gemacht?«

»Darüber forscht die Wissenschaft, aber es scheint klar, dass es sich bei den Bildern um Kultstätten handelt. Wahrscheinlich waren sie religiös-zeremonielle Pfade, die mit einer gewissen Regelmäßigkeit beschritten wurden.«

Ich saß ganz still. Tief beeindruckt von dem, was ich sah, erkannte ich, dass wir vor einigen Tagen am Boden über die Linien gegangen waren. Natürlich hatte ich die Furchen wahrgenommen, aber das Gesamtbild erschloss sich erst hier oben, in der Höhe.

»Über sechshundert Darstellungen sind bis heute vermessen und katalogisiert. Diese Perfektion, diese Genauigkeit! Das ist doch einfach unglaublich!«

Ich gab meiner Tante recht. Das war faszinierend. Jedoch störte mich ihr Gekreische nach einer Weile, und ich verlor das Interesse an ihren langatmigen Ausführungen.

Dennoch bildeten die Nazca-Linien den Höhepunkt unserer Peru-Reise, und ich blieb meiner Tante dankbar dafür, dass sie mich mitgenommen hatte. Für mich stellten sich die Scharrbilder als Offenbarung, Fingerzeig, Wegweiser und Wendepunkt meines Lebens heraus. Und ich verstand die Botschaft, begann überall nach Geoglyphen zu suchen. Es gibt sie auch in unserer westlichen Welt, man muss nur Ausschau danach halten, Linien beachten und ihnen folgen.

Ich kann sie jedenfalls sehen, habe seit damals diesen besonderen Blick und scanne meine Umgebung danach. Manchmal schwinge ich mich auf, kreise wie ein Adler über Städten, Dörfern und Waldgebieten. Der Anblick, der sich mir bietet, steht dem Erlebnis in Peru in nichts nach. Nur die Motive unterscheiden sich.

Wenn ich den Linien hier folge, sie aufmerksam betrachte, bilden sie Symbole wie einen Dreizack, Runen und geheime Zeichen. Aber letztlich spielt das Motiv keine Rolle, es geht um die Personen, die auf den Linien gehen.

Gewisse Menschen gehen auf bestimmten Pfaden. Möchte ich Müttern folgen, halte ich mich dort auf, wo ihre Linien verlaufen. Will ich Abtreibungsgegnern begegnen, postiere ich mich woanders. Es gibt Schnittmengen, Linien, die sich kreuzen, die verschiedene Personengruppen zusammenbringen, die nichts auf gemeinsamen Linien zu suchen haben.

Mein Interesse richtet sich auf Individuen, die sich einnisten und kein Recht haben, da zu sein, wo sie sind. Sie interpretieren das Schweigen der Masse als Zustimmung und bilden sich ein dazuzugehören. Trampeln auf Pfaden, die nicht für sie angelegt wurden, und tun so, als wären sie dazu berechtigt. Ich mache ihnen einen Strich durch die Rechnung und stehe dabei nicht allein. Ich habe Verbündete, überall, in Europa, ja sogar in der ganzen Welt.

Wir sind eine beachtliche Gruppe.

Auch in Köln verlaufen Linien. Riesige Scharrbilder liegen wie ein Netz über der Stadt. Ich laufe sie regelmäßig ab, lege große Entfernungen zurück und bin, so oft es geht, unterwegs. Auf den Ringen, vor Bars sowie zweifelhaften Diskotheken, in verschiedenen Vierteln und den S-Bahn-Linien der Stadt.

Köln-Nippes, Neusser Straße

Lou schaffte es am nächsten Morgen um sechs Uhr aus dem Bett, obwohl sich die Tatortaufnahme in die Länge gezogen hatte und die anschließende Besprechung bis in den späten Abend hinein gedauert hatte. Informationen mussten zusammengetragen werden, damit der MK-Leiter die Arbeitsaufträge für den kommenden Tag koordinieren konnte. Ben Stollberg leitete diese Ermittlungen, und Lou war froh, dass ihr diese Aufgabe diesmal nicht zufiel. Sie fühlte sich wohl, wenn sie vor Ort tief im Fall steckte, sich nicht mit der Koordination beschäftigen und von einer Besprechung zur nächsten hetzen musste. Ben hatte wahrscheinlich bis tief in die Nacht am Schreibtisch gesessen und war erst im Morgengrauen zu seiner Familie nach Rösrath gefahren.

Sie öffnete das Fenster und inhalierte die frische Morgenluft. Sie liebte die erste Stunde des Tages, wenn Sonnenstrahlen das Inventar streiften, als wollten sie alles behutsam wecken. In diesen Minuten schwebte eine besondere Magie durchs Haus, und am liebsten hätte sie diese Augenblicke festgehalten.

Sie machte fünf flüchtige Kniebeugen, sprang unter die Dusche und betrat dreißig Minuten später die Backstube ihrer besten Freundin auf der Neusser Straße. Hanna bewachte eine Maschine, die gerade große Mengen Sauerteig knetete, und wischte sich mit dem Handrücken Mehl von den Wangen.

»Wo ist denn der Neue?«, fragte Lou nach zwei Wangenküssen und setzte sich mit einer Tasse Kaffee an den Küchentisch, der schon hier gestanden hatte, als Hannas Eltern noch das Geschäft führten.

»So neu ist der Neue nicht, Michel arbeitet schon über zwei Monate bei mir«, sagte Hanna. »Aber wenn du schon fragst, er hat einen Tag Urlaub.«

»Schon wieder?«

»Ja, schon wieder.« Hanna steckte eine widerspenstige Haarsträhne unter ihr Kopftuch. »Du magst ihn einfach nicht, oder?«

»Ich bin mir noch nicht sicher.«

»Er macht seine Sache wirklich sehr gut. Ich denke, ich kann ihm das Geschäft bald überlassen. Er ist nett, sensibel, gut aussehend …«

Lou stellte die Tasse etwas heftig ab. »Das sind ja wohl keine Kriterien für eine Geschäftsbeziehung! Jetzt sag nicht, dass du auf ihn stehst.«

»Er nimmt mir schon jetzt eine Menge Arbeit ab und will die Bäckerei tatsächlich übernehmen!«

Lou schnitt eine Grimasse. Der Gedanke, dass Hanna ihr Geschäft aufgeben wollte, gefiel ihr ganz und gar nicht. Vielleicht wurde sie deshalb mit Michel nicht richtig warm. Die Bäckerei Morgenroth gehörte seit Ewigkeiten zu Lous Leben. Sie verstand ja, dass Hanna sich nach normalen Arbeitszeiten sehnte und endlich wieder in vollen Zügen am sozialen Leben teilnehmen wollte. Deshalb hatte sie sich bei verschiedenen Kölner Museen als freie Mitarbeiterin beworben. Aber wenn Hanna wirklich das Handtuch warf, dann war es nicht nur vorbei mit den gemütlichen Morgenstunden, sondern es bedeutete auch das Ende einer Ära.

»Meine Tochter findet es übrigens ätzend, dass du Maline wegen Michel aus ihrem Apartment rausgeworfen hast«, sagte Lou.

Hannas Augen blitzten angriffslustig. »Wie bitte? Ich habe Maline nicht vor die Tür gesetzt!«

»Das sieht Frieda anders.«

»Maline hat freiwillig ihre Koffer gepackt, als ich ihr erzählt habe, dass Michel eine Wohnung braucht. Ich glaube, sie war heilfroh, dass ich ihr einen Anlass zum Auszug gegeben habe.«

»Das glaube ich kaum. Maline hat gern über der Bäckerei gewohnt.«

»Das habe ich ja auch immer gedacht, aber verhalten hat sie sich anders.«

»Ich sage dir nur, was Frieda sagt.«

Hanna seufzte. »Wie macht sich Mister Post-it?«

Lou nahm sich ein warmes Butterhörnchen und biss hinein. »Bitte nicht dieses Thema.«

»Und deine Brückenlaufbekanntschaft? Du erwähnst ihn so sparsam.«

»Clemens bringt mich zum Lachen.«

»Und mich zum Weinen.« Hanna sprach nun lauter, weil die Maschine einen ziemlich Lärm veranstaltete. »Der Kerl lädt dich zum Frühstück ins Rösrather Möbelzentrum ein, sorry, der Laden heißt ja jetzt Höffner, weil er Coupons für Gratissekt, eine Tasse Kaffee und zwei belegte Brötchenhälften hat. Der ist doch nicht ganz dicht!«

»Das war ein Scherz, Hanna! Clemens wollte witzig sein, und ich fand die Aktion lustig. Andauernd ziehst du über ihn her. Kein Wunder, dass ich so wenig erzähle.«

Hanna schaltete die Maschine ab und sah Lou durchdringend an. »Aber mal ehrlich, dieser Clemens ist doch nicht deine Liga.«

»Clemens ist vielleicht ein Kompromiss, aber er ist unkompliziert.«

Hanna lachte. »Mensch, Süße, du weißt, dass ich dich wieder glücklich sehen will. Nur Clemens ist einfach Zeitverschwendung, das kann ich jetzt schon sehen, weil ich emotional unbeteiligt bin. Aber triff dich mit ihm, hab deinen Spaß, und dann ist die Sache schnell wieder vorbei.«

Die Worte ihrer besten Freundin verfehlten ihre Wirkung nicht.

Clemens war toll, wirklich. Er ließ ihr den nötigen Freiraum, hatte kaum Ansprüche und stellte keine unnötigen Fragen. Es gab wenig, was Lou störte. Manchmal erschien er ein wenig unzuverlässig. Es konnte vorkommen, dass er Verabredungen kurzfristig absagte, das nervte Lou etwas. Dazu wohnte er seit dem Ende einer langjährigen Beziehung vorübergehend in einer winzigen Einzimmerwohnung und schämte sich für sein notdürftiges Quartier. Deshalb blieb die Wohnung für Lou tabu, was sie übertrieben fand, aber respektierte. Er suchte intensiv eine neue Bleibe, zu zwei Besichtigungsterminen hatte er sie mitgenommen, und Lou hoffte, dass er bald etwas fand. Es war nicht schön, dass sie sich nie in Ruhe treffen konnten und sich ihr Liebesleben zu großen Teilen vor ihrer Tochter abspielte.

Aber davon abgesehen war Clemens aufmerksam und ein guter Lover. Fürs Erste gab sich Lou damit zufrieden.

Sie erhob sich. »Genug über ›Two and a half Men‹ gequatscht. Süße, ich muss los, Maline abholen und ab ins Präsidium. Wir haben einen schwierigen Fall zu lösen.«

Köln-Kalk, Polizeipräsidium, Walter-Pauli-Ring

Bei der Frühbesprechung fasste der stellvertretende Kommissariatsleiter Tom Lechner alle laufenden Ermittlungen zusammen und brachte somit die Mitarbeiter der gesamten Dienststelle auf den aktuellen Stand.

Als Erstes teilte Tom den Ermittlungsstand im Fall eines Vierjährigen mit, der mit zwei Schlägen gegen den Kopf getötet worden war. Als tatverdächtig galt die Mutter, die jedoch jede Schuld bestritt und den Vater des Kleinen beschuldigte. Der Fall erhitzte seit Wochen die Kölner Gemüter. Lou lauschte interessiert. Beide Elternteile saßen zurzeit in U-Haft.

Im zweiten Fall ermittelten die Kollegen im Zuhältermilieu. Offenbar hatte es in der Nacht eine Schießerei am Friesenplatz gegeben, zusätzliche Kräfte aus anderen Kommissariaten eilten über die Flure. Lou hatte von diesem Fall schon auf dem Weg ins Präsidium aus dem Radio erfahren. Nun erhielt sie Hintergrundwissen. Der Tatverdächtige hatte zwei Männer angeschossen und schwer verletzt. Er befand sich auf der Flucht, die Fahndung lief.

Tom beendete die Besprechung, übergab Ben das Wort und überließ der MK »Garten« den Raum. Bei der Aufgabenverteilung zu diesem Fall mussten nur die Kollegen anwesend sein, die involviert waren.

»Die Idee, einen Mantrailer einzusetzen, habe ich mit Tom diskutiert, aber wir sind der Meinung, dass ein Spürhund in unserem Fall nicht wirklich Sinn macht«, sagte Ben, als die Ermittlungsgruppe unter sich war. Er putzte die Gläser seiner Nickelbrille mit einem Papiertaschentuch. »Erstens ist in Stuckenbrock kein Team verfügbar, weil in Hamm ein Mädchen vermisst wird und alle Hunde im Einsatz sind. Zweitens sehen wir den Nutzen nicht. Ein Hund zeigt uns eine Blutspur an, aber zweifelsfrei einen Zusammenhang zum Opfer kann er nicht herstellen.«

Lou teilte diese Auffassung. Ein Diensthund konnte Leichen- und Blutgeruch in unterschiedlichen Verwesungsstadien anzeigen, unter günstigen Umständen auch noch nach Wochen.

Aber in ihrem jetzigen Fall würde das wenig bringen. Wenn sich jemand im Umkreis des Grundstückes der Cordes' verletzt hatte, wenn zum Beispiel ein Kind gestürzt war und sich das Knie aufgeschlagen hatte, würde der Spürhund auch bei diesem Blut anschlagen.

»Stattdessen sollten wir von allen Fahrzeugen auf dem Niehler Damm, die im Umkreis von einem Kilometer geparkt sind, Halterfeststellungen machen.«

Maline stöhnte auf.

Lou war auch nicht begeistert, aber die Herangehensweise leuchtete ihr ein. Es ging nicht nur darum, eventuell das Auto des Opfers zu finden, sondern auch um Informationen durch andere Fahrzeugführer. Hatte jemand etwas beim Einparken gesehen oder an seinem Wagen bemerkt? Blut, Kratzer, sonstige Auffälligkeiten.

»Außerdem habe ich das Foto des Opfers vervielfältigt. Damit gehen die Kollegen der Schutzpolizei in Niehl bereits von Tür zu Tür.«

Ben schob einen Stapel Computerbilder über den Tisch und sah die Kommissarinnen über den Brillenrand hinweg an. »Wer was macht, ist mir egal. Eine von euch sollte sich jedenfalls um die Fahrzeughalter kümmern, und die andere fährt in die Rechtsmedizin und koordiniert anschließend die Arbeit vor Ort. Mit den Eheleuten müsst ihr auch noch einmal sprechen, vor allem mit Herrn Cordes.«

Bergisches Land, bei Vilkerath

Schweren Herzens verzichtete Samuel auf den obligatorischen Nachmittagskuchen, obwohl es Amerikaner gab, die er für sein Leben gern aß. Schon bei dem Gedanken an die dicke Zuckergussschicht lief ihm das Wasser im Mund zusammen. Pech gehabt. Heute gab es Wichtigeres.

Er musste seine Mutter erreichen, am besten vor dem Abendsilentium. Zwischen siebzehn und achtzehn Uhr war es den Internatsbewohnern untersagt, Telefonate zu führen. In dieser Zeit sollten alle ihre Handys, Computer oder Spiele ausschalten.

Silentium bedeutete Stille, und zwar kategorisch. Silentium und kategorisch, diese beiden Wörter waren die meistbenutzten in diesem bescheuerten Internat.

In Ausnahmefällen waren Telefongespräche natürlich erlaubt, Samuel hätte nur einen Ton sagen müssen, aber genau das wollte er vermeiden.

Vier Monate lebte er jetzt hier, und sein Fazit war ernüchternd.

Er vermisste Köln, seine Freunde, und ja, auch wenn er es nicht gerne zugab, er vermisste auch seine Mutter. Zum wiederholten Mal drückte er die Taste mit der Kurzwahl, auf der er ihre Nummer gespeichert hatte, aber sie nahm wieder nicht ab. Stattdessen lief diese beknackte Ansage. *The person you have called …*

Durch das geöffnete Fenster hörte er Gelächter, Geschirrgeklapper und das Singen der Kleinen, die in der Sonne Gummitwist sprangen. Er ließ sich aufs Bett fallen und strich den langen Pony hinter die Ohren.

Parallel drückte er die Kurzwahltaste. Wieder und wieder.

Für dich bin ich Tag und Nacht erreichbar.

Von wegen!

Gelaber und leere Versprechungen. Darin war sie ganz große Klasse. Abgeschoben hatte sie ihn, fortgeschickt in die Einöde.

Unterstaat lag einen Steinwurf von der Bergischen Schweiz entfernt. Die Waffeln, die es dort gab, waren super, aber das war auch schon alles. Samuel langweilte sich zwischen Wiesen,

Feldern und den Fachwerkhäusern des Internats, in dem seiner Meinung nach überwiegend rückständige Kids lebten, die ihn ständig vollblubberten. *Samuel, willst du Fußball spielen? Reiten? Für den Debattierklub üben?* Hallo? Er wurde in zwei Wochen sechzehn und nicht neun.

»Hey, Sammy, es gibt Kuchen.« Fiona hatte sich mal wieder angeschlichen, ihr rundes Grinsegesicht erschien im Fensterrahmen. Sie ging ihm so was von auf die Nerven.

»Kommst du?«, fragte sie mit ihrer gellenden Stimme.

»Keinen Bock.«

»Aber du magst doch Kuchen so.«

»Verzieh dich.«

Wieso führten sich hier alle auf wie in Bullerbü?

Mit Blick auf seine Armbanduhr wurde ihm klar, dass ihm die Zeit davonlief, und damit schwand die Möglichkeit, dass er seine Mutter erreichte. Und je häufiger er ihre Nummer wählte, ohne sie an die Strippe zu bekommen, umso wütender wurde er. Er tippte die Handynummer jetzt ohne Pause und steigerte sich immer mehr in Rage.

»Shit! Verdammter!«, schrie er und sah, wie sich Fiona wegduckte. Impulsiv nahm er sein Kopfkissen, warf es durch das Fenster und hoffte, Fiona zu treffen.

Er musste nachdenken, weil er große Scheiße gebaut hatte. Das passierte einfach so, da konnte er gar nichts machen. Nächtliches unerlaubtes Entfernen war hier eine große Sache, die Direktorin machte einen unheimlichen Wind deswegen. Dabei wusste sie nicht mal, dass er nach Köln getrampt war. Und was er dort gemacht hatte, behielt er bisher auch für sich. Seiner Mutter hätte er sich anvertraut, wenn sie endlich an dieses beknackte Handy gegangen wäre.

Samuel wollte einfach nicht, dass ihm die Direktorin der Schule zuvorkam. Warum gab es hier auch tausend Regeln? Gäbe es die nicht, hätte er keinen »eklatanten Vertrauensbruch« begangen, so einfach war die Sache. Wie sich die alte Schulleiterin aufgeregt hatte und mit ihr das ganze verklemmte Kollegium. Unerlaubtes Entfernen vom Internatsgelände bei Nacht. Hu, welch schreckliches Vergehen. Asche auf sein Haupt.

Er konnte wirklich nur den Kopf über das Theater schütteln, das die alte Ziege veranstaltete.

Samuel, das ist kein adäquates Verhalten.

So ein Scheiß, wenn er das schon hörte. Er hasste es, eine Sonderrolle zu spielen, und noch weniger mochte er es, wenn seine Mutter oder irgendwelche bekloppten Lehrer über ihn mit gedämpfter Stimme sprachen. *Die Defizite seiner ersten Lebensjahre kann er ja kaum aufholen. Als adoptiertes Kind soll er die bestmögliche Erziehung genießen, damit ihm später wirklich alle Türen offen stehen.*

Wie ihn dieses pädagogische Gelaber ankotzte. Und seine Mutter konnte ihm auch gestohlen bleiben. Seine schlechten Leistungen waren nicht der Grund, warum er hier gelandet war. Zugeben würde sie das nie. »Der Junge ist unberechenbar«, so lautete die offizielle Erklärung.

Die Glocke der Schulkapelle begann zu läuten. Sämtliche Internatsbewohner stürmten ins Haus und verschwanden für eine Stunde von allen öffentlichen Plätzen. Auch sein Zimmergenosse kam herein, legte sich aufs Bett und schloss die Augen.

Samuel mochte ihn nicht und ärgerte ihn, wann immer sich die Gelegenheit ergab.

»Hey, Beckmann, Jakob hat erzählt, dass du auf Fiona stehst.«

Aber zu Samuels Enttäuschung ließ sich der Streber nicht provozieren und legte lediglich einen Finger auf die Lippen.

»Leck mich!« Samuel stemmte die Füße gegen die Wand und versuchte weiter, seine Mutter zu erreichen. Aber auch während des Silentiums hatte er kein Glück.

Köln-Nippes, Kuenstraße

Das Überbringen von Todesnachrichten gehörte zum Unangenehmsten, was die Arbeit als Polizistin für Lou bereithielt. An der Tür eines ahnungslosen Angehörigen zu klingeln, ihn aus dem Alltag zu reißen und mit dem Unabänderlichen zu konfrontieren, wurde auch nach Jahren keine Gewohnheit. In diesem Fall war zusätzliches Fingerspitzengefühl gefragt. Eine der Halterfeststellungen führte zu Dr. Karina Marcks. Das musste längst noch nichts bedeuten. Aber zum einen parkte ihr Auto unmittelbar neben dem Fundort der Lebensmitteltüte, und zum anderen war die Ähnlichkeit zwischen dem Foto der Toten und dem Bild ihres Personalausweises aus dem Register des Einwohnermeldeamtes frappierend.

Nach Sekunden, die endlos erschienen, ertönte der Türsummer, und die Kommissarinnen betraten den dunklen Treppenaufgang des Mietshauses.

Im ersten Stock erwartete sie ein drahtiger, etwa vierzigjähriger Mann in Anzug und Krawatte.

»Herr Thomas Marcks?«, fragte Lou vorsichtshalber.

Anstelle einer Antwort reagierte er mit abschätzenden Blicken und einem kurzen Nicken.

»Kriminalpolizei Köln«, sagte Lou und zeigte wie Maline ihren Ausweis.

Marcks wich ein wenig zurück. »Ist was mit dem Jungen? Was hat er angestellt?«

»Nichts«, sagte Lou schnell. »Können wir reinkommen?«

Marcks ging vor in die Küche und blieb mitten im Raum stehen. Es roch nach Kaffee. Die Sonne schien durch geputzte Fenster. Ein Tisch, drei Stühle, Krimskrams, das rote Lämpchen eines DeLonghi-Kaffeeautomaten blinkte. An den Wänden hingen ungewöhnlich schöne Porträtaufnahmen von Menschen aus aller Welt.

»Tolle Bilder«, bemerkte Maline.

Marcks reagierte nicht.

Am Retro-Kühlschrank hielten kleine Magneten eine Kinderzeichnung. Ein dreibeiniges Pferd fraß Gras. Lou spürte einen Kloß im Hals.

»Was ist denn los?« Marcks fuhr sich durch die Haare und sah auf seine Armbanduhr. »Eigentlich muss ich dringend los.«

Lou räusperte sich. »Herr Marcks, wir haben ein Tötungsdelikt und vermuten, dass es sich bei der betroffenen Person um Ihre Frau handeln könnte. Wir möchten Ihnen daher gerne ein Foto zeigen.«

Maline gab ihm das Bild, das lediglich das Gesicht der Toten zeigte. »Ist sie das?«

Marcks hielt das Foto, zitterte leicht, nickte und wurde blass.

Geduldig behielt Lou ihn im Auge und wartete. Auf diese Nachricht reagierten Menschen sehr unterschiedlich. Schreie, Stille, Wutausbrüche, Grinsen, Aggression, Tränenbäche. Es war klug, abzuwarten und keine voreiligen Schlüsse zu ziehen.

Maline legte das leere Portemonnaie auf den Küchentisch, das die Kollegen bei der Leiche gefunden hatten. »Gehörte das Ihrer Frau?«

Thomas Marcks griff danach, drückte es an die Brust und starrte Maline an. »Aber wie … was ist passiert …?«

»Herr Marcks, es tut mir leid, aber wir gehen beim bisherigen Ermittlungsstand davon aus, dass Ihre Frau ermordet wurde.«

Dieser Satz durchstieß endgültig Marcks' Selbstbeherrschung. Er wankte und klammerte sich an die Kante der Spüle.

»Was meinen Sie mit … ermordet?«

»Die genauen Umstände müssen noch untersucht werden.«

Er taumelte. Lou half ihm auf einen Stuhl.

Maline reichte ihm ein Glas Wasser. »Sollen wir einen Arzt rufen oder einen Freund, eine Freundin?«

Marcks trank einen Schluck. Beide Hände zitterten, ein Augenlid begann heftig zu zucken. »Nein, es geht schon.«

Lou nahm Platz, während Maline an der Tür blieb. Minuten verstrichen. Sie warteten, bis Marcks das Gespräch von sich aus aufnahm.

»Wissen Sie schon, wer meiner Frau das angetan hat?«, fragte er schließlich und suchte Lous Blick.

»Wir haben gehofft, dass Sie uns weiterhelfen können.«

»Sie ist ausgezogen ... schon vor Monaten und wollte die Scheidung.«

Lou und Maline tauschten Blicke.

»Meine Frau wohnt nicht mehr hier, das alles ... sie wollte ... Wir waren uns einig, dass ...«

»Wo wohnte sie seit der Trennung?«, fragte Lou.

Marcks nannte die neue Adresse, und damit setzte sich für die Kommissarinnen das Puzzle weiter zusammen. Die Anschrift lag in der Nähe des Leichenfundortes.

»Hat sie sich von Ihnen getrennt?«, fragte Lou.

Marcks zögerte. »Es ging einfach nicht mehr. Wir haben uns nur noch gestritten. Wer sich dann letztlich von wem getrennt hat ... ich denke, wir wollten es beide.«

Lou ließ Thomas Marcks nicht aus den Augen. »Wie lange waren Sie zusammen?«

»Verheiratet. Vierzehn Jahre.«

»Wie war Ihr Kontakt seit dem Auszug?«

»Unser Verhältnis war freundschaftlich ... trotz allem«, sagte Marcks. »Samuel kann das bestätigen.«

»Wir bezweifeln es nicht«, sagte Lou, obwohl sie spürte, dass Marcks nicht die Wahrheit sagte. »Und Samuel ist Ihr gemeinsamer Sohn?«

Thomas Marcks schüttelte den Kopf. »Karina und ihr erster Mann haben ihn adoptiert, als er noch ein Baby war. Er lebt jetzt in einem Internat und ...« Er wurde blass. »Du meine Güte, wie bringe ich ihm bei, dass seine Mutter ...« Er sah flehend von Maline zu Lou, atmete durch. »Entschuldigen Sie bitte, ich würde gerne kurz versuchen, den Jungen anzurufen.«

»Meinen Sie nicht, dass es besser wäre, ihn über den Tod seiner Mutter persönlich in Kenntnis zu setzen?«, fragte Lou.

Marcks bekam einen roten Kopf, wischte Schweiß von der Stirn und legte das Handy aus der Hand. »Sie haben recht. Außerdem ist unser Verhältnis ein wenig ... angespannt. Samuel lässt sich nicht gerne etwas sagen, und die Trennung ist auch nicht spurlos an ihm vorübergegangen. Ich denke, seine Familie, also die Großeltern, sollten sich kümmern. Eigentlich ist es ihre Sache.«

»Was war der Grund für die Trennung?«, fragte Lou.

Er starrte sie aus glasigen Augen an. »Wie gesagt, wir haben uns häufig gestritten, und sie hat gesagt, dass sie mich nicht mehr liebt.«

»Und Sie waren einverstanden mit dem Ende Ihrer Ehe?«

»So etwas muss man akzeptieren, oder? Ich konnte meine Frau ja nicht zwingen zu bleiben. Allerdings hatte ich Hoffnung. Ich dachte, wenn ich sie loslasse, kommt sie vielleicht irgendwann zurück, und ich bin davon überzeugt, so wäre es auch gewesen …«

»Herr Marcks, ich weiß, das hört sich jetzt vielleicht komisch an, aber wir müssen wissen, wo Sie in der Nacht von Sonntag auf Montag waren«, sagte Lou. »Das ist eine reine Routinefrage.«

»Ich war mit meinen Geschwistern im Gaffel am Dom, einmal im Jahr treffen wir uns dort. Das ist Tradition.«

»Wann sind Sie zu Hause gewesen?«

»Ich weiß es nicht genau, so gegen ein Uhr in der Nacht.«

»Kann das jemand bestätigen?«

»Einer meiner Brüder hat mich nach Hause gefahren. Er hat auch bei mir übernachtet. Ich kann Ihnen gerne seine Adresse geben.« Marcks griff einen Notizzettel und schrieb die erforderlichen Daten auf.

»Nur noch eine Frage«, sagte Lou. »Lebte Ihre Frau in einer Beziehung? Gab es einen neuen Mann in ihrem Leben?«

Ganz offensichtlich ein schmerzhaftes Thema. Marcks presste die Lippen zusammen, ballte die Fäuste.

Lou beließ es fürs Erste dabei. Immerhin hatte dieser Mann gerade erfahren, dass seine ehemalige Partnerin ermordet worden war, und schien noch Gefühle für sie zu haben.

Köln-Niehl, Niehler Damm

Schweigend näherten sich Maline und Lou dem weiß verklinkerten Einfamilienhaus mit Rheinblick. Es stand umgeben von kniehohen Hecken auf einer kleinen Anhöhe. Von hier war es bis zum Haus der Cordes' und damit zum Fundort der Leiche ein Katzensprung.

Maline klingelte, und eine kräftige, mollige Frau öffnete nahezu im selben Moment die Tür. Ihre Hände steckten in gelben Gummihandschuhen, schwarze Haare schauten unter einem Tuch hervor.

»Ja bitte?«

»Kriminalpolizei«, sagte Maline. »Können wir hereinkommen?«

Die Frau schielte zu den Gartenzwergen, die windgeschützt neben der Haustür standen, als müsste sie die Figuren um Erlaubnis fragen. »Ich … ich weiß nicht. Vielleicht warten Sie, bis zumindest die Frau Doktor zurück ist …«

»Wie heißen Sie?«, fragte Maline.

»Annemarie Boes.«

»Arbeiten Sie hier, oder sind Sie mit Frau Dr. Marcks verwandt?«

Frau Boes verzog den Mund, als hätte sie in eine Zitrone gebissen. »Nein, ich … kümmere mich um den Haushalt, sozusagen.«

»Ist jemand im Haus, ein Familienangehöriger, mit dem wir sprechen können? Es ist sehr wichtig.«

»Ich bin eben erst gekommen und allein. Die Frau Doktor müsste längst hier sein, ich erwarte sie jeden Moment.«

»Können Sie uns sagen, mit wem Frau Marcks liiert ist?«, fragte Lou. »Gibt es einen Lebensgefährten, irgendjemanden, mit dem sie hier zusammenlebt?«

Frau Boes zögerte.

»Lassen Sie uns bitte kurz ins Haus?«, fragte Maline noch einmal mit Nachdruck.

Die Hausangestellte trat zur Seite.

Bratenduft stieg Maline in die Nase. Sofort meldete sich ihr Magen und erinnerte sie daran, dass sie seit dem Morgen nichts zu sich genommen hatte.

Frau Boes führte sie ins Wohnzimmer. Die Kommissarinnen setzten sich auf eine tiefrote Ledercouch. Maline sah sich um. Hellgraue Fliesen. Einziges Möbelstück neben dem Sofa war ein schwarzer klobiger Metallschrank. Die gegenüberliegende Wand dominierte ein riesiger Flachbildschirm. Keine Fotos. Kaum persönliche Gegenstände. Auf dem Glastisch vor der Couch stand eine Schale mit exotischen Früchten. Für Malines Geschmack war der Raum zu kühl, zu minimalistisch eingerichtet.

Frau Boes wirkte verlegen. »Kann ich Ihnen etwas anbieten?«

Sie verneinten.

Lou lehnte sich zurück, während Maline an die Fensterfront trat, die zum Garten hinausging. Ein lachender großer Steinbuddha saß vor üppigem Bambus. Gerade als sie noch einmal nach Frau Marcks' privater Situation fragen wollte, flog die Haustür auf.

»Jemand zu Hause? Liebling! Puh, ist das warm heute!« Schlüssel klirrten. Schritte näherten sich dem Wohnzimmer. »Stell dir vor, ich habe Karten für das nächste Heimspiel der Haie geschenkt bekommen. Brandt vom Vertrieb ist krank, nein, seine Tochter hat die Grippe oder so was ... Samuel wird sich freuen und ...« In der Tür erschien eine rundliche Frau im teuren Kostüm. Dunkle, schulterlange Haare. Rote Lippen. Lachende Augen.

Die Ähnlichkeit mit Frau Boes, was Statur und Haare anging, war verblüffend. Lediglich die Gesichter unterschieden sich gewaltig. Die Hausangestellte wirkte verkniffen, die Frau, die nun den Raum betrat, strahlte Offenheit aus. Maline räusperte sich, sie ahnte, dass die Heiterkeit in wenigen Sekunden für lange Zeit aus diesem Blick verschwinden würde.

»Wer sind Sie? Frau Boes, haben Sie ...?«

Maline holte Luft. »Frau ...?

»Ackermann, Elise Ackermann. Was ist passiert?«

»Kripo Köln«, sagte Maline. »Wir müssen Ihnen leider mitteilen, dass …«

»Karina? Hatte sie einen Unfall? Ist sie zu schnell gefahren, sie fährt immer … Auto oder Motorrad? Sie war noch so unsicher auf dem Krad. Wo? In welchem Krankenhaus liegt sie?«

Maline schluckte.

»Sagen Sie mir bitte, was los ist!«

»Es tut mir leid, Ihnen mitteilen zu müssen, dass wir Dr. Karina Marcks tot aufgefunden haben.«

Elise Ackermann stand unbeweglich, endlose Sekunden rührte sie sich nicht. Dann wandte sie sich jäh um und stürzte aus dem Wohnzimmer. Maline, Lou und Frau Boes folgten ihr in die Küche, sahen, wie sie einen riesigen Thermohandschuh überzog, den Ofen öffnete und einen Braten hervorholte. Sie setzte das Fleisch auf ein großes Brett, angelte mit der rechten Hand eine Gabel aus einer Schublade und zog mit der linken ein großes Messer aus einem Block.

Frau Boes trat einen Schritt vor. »Frau Ackermann … Elise … soll ich nicht lieber …«

»Lassen Sie sie einfach«, flüsterte Lou und berührte die Haushaltshilfe vorsichtig an der Schulter.

Elise Ackermann begann den Schmorbraten in hauchdünne Scheiben zu zerlegen. Ruhig setzte sie das Fleischermesser an, Schnitt für Schnitt. Dann wurden ihre Bewegungen schneller. Rhythmisch stieß sie die Gabel ins Fleisch, dabei entstanden schmatzende Geräusche. Abrupt begann sie damit, den Braten regelrecht zu zerhacken. Laut schlug die Klinge des Messers auf das Brett. Klack. Klack. Klack.

Maline überlegte, ob sie ihr das Schneidwerkzeug abnehmen sollte, und sah zu Lou.

In dem Moment fiel das Messer zu Boden, und Elise Ackermann warf das gesamte Fleisch im hohen Bogen ins Spülbecken. Sie drehte sich um, machte einen Schritt nach vorne und sackte zusammen, als hätte jemand die Luft aus ihr herausgelassen. Lou und Maline sprangen gleichzeitig vor, fassten sie an den Armen und drückten sie vorsichtig auf einen der Designerstühle.

»Das geht doch nicht«, sagte Elise Ackermann leise. »Karina

und ich, wir … haben morgen … Gäste … wir wollen verreisen, wir …«

Sie brach ab. Ihre Lippen bebten.

Maline befeuchtete ein Handtuch und wischte ihr behutsam Fleischreste von den Händen.

Flehende Augen fanden ihren Blick. »Wie ist es passiert? Und wann?«

»Der genaue Zeitpunkt steht noch nicht fest. Aber wahrscheinlich ist der Tod vorgestern Nacht eingetreten.«

Elise Ackermann schluchzte laut auf.

»Sollen wir nicht erst einmal jemanden anrufen … eine Freundin oder vielleicht einen Arzt?«, fragte Lou.

Sie schüttelte den Kopf. »Warum haben Sie mich nicht früher informiert?«

»Ihre Identität war unklar«, sagte Maline. »Sie hatte keine Papiere bei sich, und gemeldet ist sie unter dieser Adresse auch nicht. Es hat etwas gedauert, bis wir wussten, wer die … sie ist.«

»Karina hat sämtliche Ausweise verloren und neu beantragt. Und die Ummeldung … in solchen Dingen war sie … Sagen Sie mir bitte sofort, was passiert ist.«

Maline holte Luft.

Elise Ackermann schlug mit der Faust auf den Glastisch. »Ich habe ein Recht zu erfahren, was mit meiner Lebensgefährtin geschehen ist!«

»Sie wurde ermordet«, sagte Maline so ruhig wie möglich.

»Das ist unmöglich.«

»Offensichtlich wurde Ihre Freundin durch Gewalteinwirkung so schwer verletzt, dass sie ihren Verletzungen erlag.«

»Gewalteinwirkung?«

»Im Augenblick kann ich Ihnen nicht mehr sagen.«

In dem Moment begann Elise Ackermann zu schreien. Laut. Hemmungslos. Durchdringend.

Frau Boes sackte ebenfalls auf einen Stuhl und hatte Tränen in den Augen.

Maline setzte sich neben Elise Ackermann. »Ich weiß, es ist schwierig für Sie, aber wir wollen den Täter fassen und herausfinden, wie …«

»Warum? Wer sollte Karina …?«

»Genau darüber möchten wir mit Ihnen sprechen. Haben Sie irgendeine Idee, wer Ihrer Freundin das angetan haben könnte?«

Minuten verstrichen.

»Frau Ackermann?«, nahm Maline den Faden wieder auf. »Sollen wir später noch einmal wiederkommen? Möchten Sie alleine sein?«

»Wir sind erst vor einigen Monaten zusammengezogen, aber wir kannten uns schon ewig … Karina ist … war noch verheiratet.« Sie wurde erneut von einem heftigen Weinkrampf geschüttelt.

»Frau Marcks war so ein wunderbarer Mensch«, flüsterte Frau Boes. »Warum sollte jemand eine Kinderärztin töten?«

Elise Ackermann schreckte hoch. »Samuel! Oh Gott, ich muss …« Sie sprang auf und lief aus der Küche, die Diele entlang. Maline setzte ihr nach, folgte ihr durch eine schmale Tür, die Haus und Garage miteinander verband, in der nur ein Auto Platz hatte.

Schon saß Elise Ackermann hinter dem Steuer des Fords. Maline klopfte an die Beifahrerscheibe.

»Sie sollten jetzt besser nicht Auto fahren.«

Elise Ackermann legte den Kopf aufs Lenkrad, den Zündschlüssel hielt sie noch in der Hand. Maline öffnete die Wagentür, nahm ihr behutsam den Schlüssel ab und war froh, dass sie wieder aus dem Fahrzeug stieg.

Mechanisch speicherte Maline Details. Diverse Fahrräder standen neben einer Kawasaki, in der Ecke wartete ein schnittiger Jetski auf den nächsten Sommer. Über einem Stapel Brennholz hing ein Surfbrett, daneben zwei Kajaks. An einer Stange baumelten zwei Bojen und einige Plastikkleiderbügel.

Maline folgte Elise Ackermann in die Diele, sah, wie sie kraftlos zu Boden sank, und ging neben ihr in die Hocke.

»Samuel, ich muss ihn anrufen.«

»Natürlich, ich verstehe, dass Sie mit Samuel sprechen wollen.« Maline berührte Elise Ackermann am Arm.

»Karinas Eltern werden sich um ihn kümmern und nicht zulassen, dass ich mich da einmische. Sie mögen mich nicht besonders.« Elise Ackermann sah sie an. »Können Sie sich mit Ihnen in Verbindung setzen? Ich fühle mich außerstande, jetzt mit den Immenhoffs zu reden.«

Maline nickte.

Eine Weile saßen sie still nebeneinander.

»Mord«, flüsterte Elise Ackermann. »Ich kann mir nichts vorstellen, was so gravierend ist, dass jemand Karina deswegen umbringen sollte. Das ist unvorstellbar!«

»Wir müssen versuchen, uns ein Bild zu machen«, sagte Maline. »In dem Stadium der Ermittlungen kann jeder noch so kleine Hinweis hilfreich sein. Uns interessiert zum Beispiel, warum Sie Ihre Partnerin nicht als vermisst gemeldet haben.«

»Ich komme gerade vom Flughafen. Ich war drei Tage in Madrid, meine Firma ...« Sie begann wieder zu weinen.

»Haben Sie denn nicht miteinander telefoniert?«

»Am Sonntag, aber nur kurz. Bei meinen Geschäftsreisen bleibt immer nur wenig Zeit, und Karina ist ja auch so eingebunden ... Wir sprechen nur miteinander, wenn etwas Dringendes anliegt, ansonsten begnügen wir uns mit SMS.«

»Mit welcher Maschine sind Sie gelandet?«

»Sie verdächtigen mich?« Elise Ackermann rückte von Maline weg. »Sie haben doch nicht alle Tassen im Schrank!«

»Reine Routine.«

»Von wegen. Ich weiß, wie die Sache läuft. Da geschieht einem Menschen wahnsinniges Leid, und dann, eh man sich's versieht, steht man am Pranger.« Sie sprang auf. »Verlassen Sie sofort mein Haus!«

»Frau Ackermann, das ist eine Routinefrage, die ich stellen muss«, beteuerte Maline und erhob sich ebenfalls. »Wir müssen in alle Richtungen ermitteln, und dazu gehört auch, dass ich Ihre Angaben überprüfe. Wir wollen den Mörder Ihrer Freundin finden, das wollen Sie doch auch, nicht wahr?«

»Natürlich.« Elise Ackermann schien sich zu beruhigen. »Entschuldigen Sie bitte meinen Gefühlsausbruch.«

»Kein Problem.«

Maline folgte ihr ins Wohnzimmer, während Lou mit Frau Boes in der Küche blieb.

»Warum hat Ihre Partnerin ihren Wagen nicht in die Garage gefahren, sondern auf der Straße geparkt, wenn Ihr Auto am Flughafen stand?«, fragte Maline, als sie Elise Ackermann auf dem Sofa gegenübersaß.

»Karina hatte ständig Probleme mit dem Schloss, es klemmt, und sie bekam es nicht immer auf. Außerdem ist die Garage sehr eng. Das Einparken ist Millimeterarbeit, und Karina ist ... war nicht gerade die Geduldigste. Deshalb hat sie ihr Auto eigentlich immer auf dem Niehler Damm abgestellt.« Tränen liefen über Elise Ackermanns Gesicht. Sie wischte sie nicht fort, ließ sie einfach laufen und starrte ins Leere.

»Wie hat Thomas Marcks auf das Ende der Beziehung reagiert?«, fragte Maline. »Wie ist er damit klargekommen, dass seine Frau ihn wegen Ihnen verlassen hat?«

»Thomas? Stress hat er gemacht. Er ist ein Idiot, aber Mord?«

»Was heißt Stress? Ist er handgreiflich geworden? Neigt er zu Gewalt?«

»Er hat Karina einmal hier vor dem Haus aufgelauert und eine Riesenszene gemacht. Sie hat sogar die Polizei gerufen, aber wirklich gefürchtet hat sie sich nicht vor ihm und ich auch nicht.«

»Gab es noch andere Probleme, Streit mit der Familie, Freunden?«

»Sie meinen, der Täter könnte auch aus unserem Umfeld stammen?«

»Wir müssen alles in Betracht ziehen. Wie Sie wahrscheinlich wissen, sind die meisten Verbrechen Beziehungstaten.«

»Mir fällt im Moment nichts ein.«

»Ich habe vorerst noch eine letzte Frage: Haben Sie eine Ahnung, was Ihre Freundin am Abend ihres Todes gemacht haben könnte?«

»Eigentlich hätte sie Nachtdienst gehabt, aber es gab irgendeinen Tausch, und deshalb hatte sie früher Feierabend, das schrieb sie mir in einer SMS.« Elise Ackermann hob die Schultern. »Wahrscheinlich war sie noch im ›Weißen Holunder‹, dort hat sie sich manchmal mit Freunden getroffen, wenn ich auf Geschäftsreise war.«

»Gibt es sonst einen Ort, wo sie nach Feierabend gern hingegangen ist?«

»In die ›Maxbar‹, sie mag die Cocktails dort … mochte, muss ich jetzt ja wohl sagen …« Sie begann am ganzen Körper zu zittern und brach erneut in Tränen aus.

Köln-Innenstadt, »Maxbar«

Obwohl es noch ziemlich früh am Abend war, saßen in der »Maxbar« schon einige Leute am Tresen. Zuvor hatten Lou und Maline im »Weißen Holunder« eine Befragung durchgeführt, aber sie war wenig effektiv verlaufen. Zwar hatte sich der Wirt äußerst hilfsbereit gezeigt und bestätigt, dass sich Karina Marcks hin und wieder mit einigen Leuten in seiner Kneipe traf, aber vorgestern Abend war sie nicht hier gewesen, und er hatte sie eine längere Zeit nicht gesehen.

Von ihren Recherchen in der »Maxbar« erhofften sich die Kommissarinnen einen Hinweis, eine Idee, einen Fingerzeig, der sie in diesem Fall voranbrachte.

Von dumpfen Bässen begleitet schüttelte der durchtrainierte Typ hinter der Bar weiter den silbernen Shaker und blickte dabei von den Polizeiausweisen auf das Foto von Karina Marcks, das Lou über die Theke hielt. Seine pink gefärbten Haare standen erstklassig frisiert, die Seiten waren beinahe kahl rasiert.

Geschminkte Augen fanden Malines Blick.

»Klar kenne ich Karina«, flötete er, goss den Inhalt des Shakers in Gläser, steckte jeweils eine Cocktailkirsche auf ein dünnes Holzstäbchen und stellte die Drinks vor zwei Gäste, die im hinteren Teil der Bar saßen.

Maline und Lou nahmen Hocker in Beschlag.

Der Barkeeper kam zurück und lehnte sich über die spiegelblanke Theke. »Karina kommt regelmäßig vorbei. Was wollen Sie von ihr?«

»Können Sie sich erinnern, ob Frau Marcks vorgestern Nacht hier gewesen ist?«, fragte Maline und musste die Frage wiederholen, weil die Musik in peitschende Elektro-Dance-Music überging.

»Ja, hundertprozentig. Sie hat sich amüsiert.«

»Was soll das heißen?«, fragte Lou.

»Nichts, sie hatte einfach einen netten Abend.«

»War sie allein?«

Der Barkeeper lachte, zapfte vier Kölsch, stellte sie vor die Gäste, die auf der gegenüberliegenden Seite der Theke standen, und kam wieder zurück. »Karina war kein Kind von Traurigkeit, aber immer mit Stil, wenn ihr versteht, was ich meine.«

»Kennen Sie die Frau, mit der sich Frau Marcks stilvoll amüsiert hat?«, fragte Maline.

»In dem Fall schon. Es ist meine Schwester. Die Arme hat mir den ganzen restlichen Abend einen vorgeheult und wollte unbedingt Karinas Telefonnummer.« Er lehnte sich vor. »Sagen Sie schon, ist Karina etwas passiert oder hat sie was angestellt?«

»Haben Sie Ihrer Schwester die Nummer gegeben?«

Eine Frau mit raspelkurzen wasserstoffblonden Haaren trat an die Theke, stellte sich direkt neben Maline, musterte die Kommissarinnen ungeniert und bestellte zwei Cocos Kisses.

Der Barkeeper gab braunen Rum, Orangensaft und etwas Maracujasirup in den Shaker.

Maline drehte der Blonden demonstrativ den Rücken zu. »Haben Sie Ihrer Schwester nun die Telefonnummer von Frau Marcks gegeben oder nicht?«

»Die habe ich gar nicht, so gut kenne ich Karina nicht. Ich weiß nur, dass sie Ärztin ist und eine Freundin hat.«

Er gab Eis in ein Glas und verteilte die Cocos Kisses. Die Blondine stiefelte davon.

»Können Sie sich daran erinnern, wann Frau Marcks die Bar verlassen hat und ob sie in Begleitung war?«, fragte Lou.

»Zwischen zwölf und eins, schätze ich, mein Schwesterherz weiß es bestimmt genauer. Aber sie war definitiv allein, da bin ich sicher.«

Maline gab dem Barkeeper ihre Karte. »Dann sagen Sie doch bitte Ihrer Schwester, dass sie zeitnah anrufen soll.«

Köln, Niehler Damm

Elise Ackermann saß im Wohnzimmer ihres Hauses und presste die Handinnenflächen auf ihre Augen. Die Ereignisse des Tages waren wie eine gigantische Welle über sie hereingebrochen, und nun kämpfte sie gegen einen Strudel, der sie in die Tiefe zu reißen drohte. Kein Stein stand mehr auf dem anderen. Innerhalb weniger Stunden hatte sich ihr gesamtes Leben unwiderruflich verändert, und sie hatte keinerlei Einfluss darauf nehmen können.

Als es klingelte, erschrak sie heftig, obwohl sich Karinas Eltern angekündigt hatten. Widerstrebend stand sie auf und ging zur Tür.

Die Immenhoffs betraten das Haus. Tröstende Worte fanden sie jetzt genauso wenig wie eben am Telefon.

»Wo ist Samuel?«, fragte Elise.

»Im Auto, er möchte nicht reinkommen.« Irene Immenhoff klang ungeduldig. »Zeig uns einfach sein Zimmer, den Rest erledigen wir.«

»Aber kann Samuel denn nicht wenigstens noch ein paar Tage bleiben? Ich …«

»Um dich geht es hier nicht«, schaltete sich Bernd Immenhoff ein. »Wir haben eine klare Vorstellung davon, wie es weitergehen soll. Der Junge braucht ein ordentliches Zuhause.«

Elise wollte etwas erwidern, aber Irene ließ sie nicht zu Wort kommen.

»Wir wollten nie, dass er ins Internat kommt.« Sie warf Elise einen vorwurfsvollen Blick zu. »Kinder kann man doch nicht einfach nach Belieben abschieben!«

»Ich wollte nicht, dass Samuel in ein Internat kommt. Karina hat diese Entscheidung ganz allein getroffen und …«

»Bitte!«, fiel Bernd Immenhoff ihr ins Wort. »Lass uns die Angelegenheit möglichst unemotional über die Bühne bringen. Die Situation ist für alle Beteiligten schon schwer genug.«

Stumm führte Elise Karinas Eltern in Samuels Zimmer, das sie bisher nie betreten hatten, und sah ihnen dabei zu, wie sie mit versteinerten Gesichtern einige Sachen des Jungen in zwei Reisetaschen packten.

Überrascht war Elise weder von der Distanziertheit noch von der vorwurfsvollen Art. Karinas Eltern hatten nie einen Hehl aus ihrer Abneigung gegen sie gemacht. Was Elise hingegen wirklich traf, war Samuels Verhalten. Sie mochte den Jungen und hatte immer den Eindruck gehabt, dass die Zuneigung auf Gegenseitigkeit beruhte.

Nach nicht einmal zehn Minuten war der Spuk vorüber. Elise stand am Küchenfenster und sah, wie Irene Immenhoff den weißen BMW mit Bedacht auf die Straße lenkte. Samuel war nur ein Schatten auf der Rückbank.

Wie benommen stieg Elise die Stufen ins Schlafzimmer hinauf. Hier war Karina so präsent, dass sie kaum Luft bekam. Ein erneuter Weinkrampf überfiel sie mit Heftigkeit, nahm ihr den Atem.

Sie flüchtete ins Erdgeschoss, öffnete mit zitternden Fingern eine Flasche Wein und telefonierte nacheinander mit Freundinnen und ihrer Familie. Es gelang ihr nur mit Mühe, die vielen Hilfsangebote abzuwehren. Sie wollte niemanden sehen, nicht abgeholt werden und, wie sie nach dem siebten Telefonat feststellte, auch nicht mehr reden.

Elise wünschte sich, dass Karina zur Tür hineinkäme, lachend das Haus mit Leben füllte, sie neckte, küsste und sie sich gemeinsam über das Abendessen hermachten, bevor sie im Schlafzimmer verschwanden. *Vorbei. Nichts davon wird jemals wieder geschehen.*

Die Gestalt sah Elise, als sie in die Küche ging, um die leere Weinflasche abzustellen. Abrupt verharrte sie in der Bewegung, stand ganz still. Ihr Herz schlug bis zum Hals, als sie realisierte, dass die Silhouette auf der Mauer zu ihrem Grundstück real war und nicht ihrer Einbildung entsprang. Die Person saß einfach da. Rauchte. Elise konnte deutlich die rote Glut sehen. Gott sei Dank hatte sie kein Licht gemacht. Mit klopfendem Herzen spähte sie hinaus. Die Mauer stand in ungefähr acht Metern Entfernung. Es war zu dunkel, um etwas zu erkennen, sie konnte lediglich die Umrisse der Gestalt ausmachen. Mann oder Frau? Unmöglich zu sagen.

Auf Zehenspitzen schlich Elise ins Wohnzimmer, zitternd

am ganzen Körper. Polizei. Sie musste die 110 wählen. Karinas Mörder war noch nicht gefasst. Das Motiv lag völlig im Dunkeln. *Oft sind Verbrechen Beziehungstaten.* Die Worte der Kommissarin wühlten Elise zusätzlich auf. Sie fand ihr Handy und drückte die Nummer, während sie zum Fenster zurückging. Die Gestalt war verschwunden. Erleichterung. Elise entspannte sich. Trotzdem legte sie nicht auf. Freizeichen. Jemand nahm das Gespräch an.

Noch bevor Elise ein Wort sagen konnte, tauchte die schwarze Gestalt direkt am Fenster auf. Bedrohlich nah. Ein bärtiges Gesicht wurde gegen die Scheibe gedrückt. Gleichzeitig schlugen zwei Hände gegen das Glas. Elise schrie, als sie den Mann erkannte. Elmar Wissing. Oh Gott. Den hatte sie vollkommen aus ihrem Gedächtnis gestrichen.

Köln-Nippes, Gustav-Nachtigal-Straße

»Tschüss, bis morgen«, rief Frieda und steuerte mit Wilson zielstrebig auf die Haustür zu.

Maline wischte sich mit dem Handrücken über die Stirn und schob die Baseballkappe in den Nacken. Die Küche sah aus wie ein Schlachtfeld, obwohl sie nur einen Salat zubereitet hatte.

»Ich habe Pizza bestellt, auch für euch! Ich dachte, wir essen alle zusammen. Lou kommt auch gleich.«

Frieda kam in die Küche zurück, während ihr Freund aus der Haustür verschwand. »Du bist ja witzig, weißt du, wie spät es ist? Wir haben längst gegessen. Papa hatte uns ins ›Mitica Italia‹ eingeladen, ich hab jetzt nur schnell ein paar Sachen zusammengepackt und meine Schulsachen für morgen geholt.«

»Das hättet ihr mir aber auch sagen können«, schimpfte Maline.

»Du hast nicht gefragt. Wir sind jetzt bei meinem Vater. Er fliegt morgen ganz früh in die USA, wir übernachten bei ihm.« Frieda schüttelte den Kopf und folgte Wilson.

Maline seufzte. Die Uhr hatte sie überhaupt nicht im Blick gehabt.

Sie beseitigte das Chaos in der Küche und deckte im Esszimmer für drei Personen, bevor sie ins Badezimmer verschwand und unter die Dusche sprang.

Als sie die Treppe wieder hinunterkam, sah sie Lou in die Einfahrt einbiegen. Hinter ihr hielt der Mann vom Pizzadienst und drückte Lous Freund vier Pappkartons in die Hand.

»Wo sind die Kinder?«, fragte Lou, als sie Sekunden später das Haus betrat und ihre Lederstiefel in den Schuhschrank stellte.

»Hat Frieda dich nicht angerufen?«, fragte Maline.

»Nein, bei mir hat sich meine Tochter den ganzen Tag noch nicht gemeldet.«

Clemens verteilte die Pizzen auf die Teller, setzte sich, bediente sich beim Salat, begann zu essen und warf Maline einen entschuldigenden Blick zu.

»Sorry, ich kann einfach nicht länger warten. Ich hab einen Bärenhunger.«

Lou und Maline setzten sich ebenfalls. Maline schielte zu Clemens. Das hellblaue Designerhemd stand ihm ausgezeichnet, und er wirkte wie immer äußerst gepflegt. Vermutlich ging er regelmäßig zur Maniküre. Auf jeden Fall betrieb er Körperkult, joggte und stemmte Gewichte. Maline hatte ihn bisher noch nicht oft gesehen, aber sie mochte seinen Sinn für Humor, auch wenn sie ihn ein bisschen direkt fand. Das hatte sie Hanna gegenüber erwähnt, aber Lous beste Freundin hatte abgewunken: »Mach dir keine Gedanken um Clemens, die Sache ist sowieso nichts Ernstes.«

»Was macht die Arbeit?«, fragte Clemens.

Lou antwortete ausweichend, erzählte von einem älteren Fall, und Maline wurde das Gefühl nicht los, dass Clemens nicht richtig zuhörte. Seine Augen folgten imaginären Linien, die ein Dreieck ergaben. Handy. Fenster. Pizza. Handy. Fenster. Pizza. Als er Malines Blick bemerkte, fuhr er sich über seine blonden Haare, lächelte breit und legte das Smartphone zur Seite.

»Wie lange kennt ihr zwei euch eigentlich?«, fragte er.

»Fast vier Jahre«, sagte Lou, sah kurz zu Maline, dann wieder zu Clemens. »Wieso?«

»Habt ihr euch von Anfang an verstanden?«

»Klar, Maline ist eine super Kommissarin, ich kann mir keine bessere Kollegin vorstellen.«

»Das habe ich etwas anders in Erinnerung«, sagte Maline. »Unnahbar und arrogant bist du mir damals vorgekommen. Und du warst bekannt wie ein bunter Hund. Kein Wunder, bei deinem Werdegang. Wenn ich mit dir durchs Präsidium gelaufen bin, sind wir kaum vorwärtsgekommen, weil alle Welt mit dir quatschen wollte.« Sie trank einen Schluck. »Daran hat sich bis heute nichts geändert.«

»Was hast du denn schon alles in dem Laden gemacht?«, fragte Clemens. »Schutzpolizistin, okay, und dann bundesweite Einsätze in einer Hundertschaft. Und wie ging es weiter?«

»Können wir nicht das Thema wechseln?«, sagte Lou. »Das ist doch alles ewig her.«

»Es interessiert mich aber, mit was für einem knalligen Cop ich zusammen bin«, meinte Clemens und schob sich das letzte Stück seiner Pizza in den Mund. »Bisher haben wir dieses Thema so gut wie ausgespart.«

»Sie war beim Objektschutz«, antwortete Maline. »Anschließend hat sie mehrere Jahre Dienst in verschiedenen Kölner Polizeiinspektionen geschoben. Danach kam das Studium an der Fachhochschule für Öffentliche Verwaltung, und als Kriminalkommissarin hat Lou dann in den Bereichen Erkennungsdienst, Zeugenschutz, Menschenhandel und Prostitution gearbeitet. Hab ich was vergessen?«

Lou schüttelte den Kopf.

»Doch«, fuhr Maline fort. »Du warst auch auf der Kriminalwache und beim KK12, bevor du zum 11 gekommen bist.«

»Was ist denn das KK12?«, fragte Clemens, öffnete den vierten Pappkarton und schnitt die Pizza Salami in vier gleichgroße Stücke.

»Fachkommissariat für Sexualdelikte«, sagte Lou.

»Jedenfalls, wenn es nach der Behörde geht, ist das Ende der Fahnenstange noch nicht erreicht«, fuhr Maline fort. »Lou wird mal ein Kommissariat leiten, sie ist geradezu prädestiniert dafür.«

»Jetzt reicht es aber.« Lou wurde tatsächlich rot. »Ich denke, wir sind beide gerne im Namen der Gerechtigkeit unterwegs.«

Clemens lehnte sich zurück und sah Maline an. »Hast du auch im Streifenwagen angefangen?«

»Ich bin als Quereinsteigerin und erst verhältnismäßig spät von einer großen deutschen Bank zur Polizei gewechselt.«

»Interessant.« Clemens kaute genüsslich. »Ich könnte mir vorstellen, dass dein jugendliches Aussehen gelegentlich für Irritationen sorgt, sowohl bei Tätern als auch bei Opfern oder der Staatsanwaltschaft. Meiner Meinung nach würdest du optisch hervorragend in so eine Abteilung passen, die Beschattungen durchführen. Blasses Gesicht, pechschwarze Wuschelhaare, androgyn und ein bisschen düster, Gesichtspiercings und diese Lederarmbänder am Handgelenk. So sehen solche Spezialcops im Fernsehen immer aus.«

»Observationen reizen mich nicht im Geringsten«, sagte Maline pampiger als beabsichtigt.

Lous Handy klingelte. Sie erhob sich und verschwand in der Diele. Wenige Minuten später rief sie nach Maline.

»Ben hat gerade angerufen. Vor dem Haus von Elise Ackermann ist ein Mann festgenommen worden. Er hat auf ihrem Grundstück randaliert, Frau Ackermann ist beinahe zu Tode erschrocken.«

»Ist sie okay?«

»Ich denke schon«, sagte Lou. »Der Festgenommene sitzt jetzt im Polizeigewahrsam und, jetzt halt dich fest, er behauptet, Karina Marcks umgebracht zu haben. Und Elise Ackermann kennt den Mann.«

»Was?« Maline war schon an der Tür. »Los, komm, worauf wartest du?«

»Wir können ihn nicht vernehmen, er ist völlig betrunken. Alles, was er heute von sich gibt, ist morgen keinen Pfifferling mehr wert.«

Köln-Kalk, Polizeipräsidium, Polizeigewahrsam

Lou und Maline überquerten den kleinen Innenhof des Präsidiums, in dem ein Teil des Fuhrparks abgestellt war. Mit großen Schritten gingen sie auf das Rolltor zu, hinter dem das Gewahrsam lag.

Die Sonne strahlte. Das Wetter veranstaltete Kapriolen. Den einen Tag war es drückend warm, dann regnete es, und das Thermometer fiel. Für heute waren wieder Werte um zwanzig Grad vorhergesagt. Es schien, als kämpfte der Sommer mit dem Herbst.

Maline trat an die Gegensprechanlage, drückte den Knopf und bat um Einlass. Beinahe geräuschlos öffnete sich das Tor.

Die Kommissarinnen betraten die Schleuse, grüßten die Kollegin hinter der Glasscheibe und schlossen ihre Pistolen in die Waffenfächer, bevor sie in den Sicherheitsbereich gelangten.

»Ihr seid aber früh dran«, sagte die Wachdienstleiterin und ging rechts den Flur entlang. »Wir sind gerade dabei, unsere Frühstücksrunde zu drehen.«

Maline und Lou folgten ihr durch den schmalen videoüberwachten Gang, vorbei an Zellentüren, vor denen die abgestellten Schuhe der Häftlinge standen. Jeder hier saß in Socken ein.

Das Trio überholte zwei Polizeibeamte, die Käsebrötchen und Malzkaffee auf einem Rollwagen von Zelle zu Zelle schoben. Manche Klappen wurden geöffnet, andere blieben verschlossen. Niemand wurde zum Essen gezwungen. Für die meisten Insassen war der Aufenthalt im Gewahrsam sowieso nur ein Ereignis von wenigen Stunden.

Die Kollegin blieb vor einer Tür stehen. »Herr Wissing hat die ganze Nacht ziemlich randaliert und uns ganz schön auf Trab gehalten. Wir mussten ihn mit Handschellen fixieren, es ging nicht anders.«

Sie deutete auf den Zellenzettel, der neben der Tür hing. Jeder Kontakt mit dem Häftling wurde mit Uhrzeit und Maßnahme vermerkt. Maline sah auf die Liste, die mehr als zehn Einträge hatte.

Lou linste durch den Spion. »Er liegt ganz ruhig.«

»Seit zwei Stunden schläft er endlich. Wir haben ihn quasi ununterbrochen videoüberwacht. Mal sehen, ob er jetzt ansprechbar ist.«

Die Wachdienstleiterin schloss die Zelle auf. »Herr Wissing, Besuch für Sie.«

Der Häftling lag unter einer braunen Decke und zeigte keine Reaktion. Weiße Tennissocken schauten am unteren Ende der ebenerdigen Pritsche hervor. An den Gelenken waren Fußfesseln angebracht, die wiederum an einer eigens dafür vorgesehenen Metallhalterung festgemacht waren.

»Am besten warten wir in einem der Vernehmungszimmer«, sagte Lou. »Du kannst ihn mit Ruhe wecken.«

Keine fünf Minuten später brachten zwei Beamte einen stämmigen Mann zur Vernehmung. Er kniff die Augen zusammen, murmelte eine Begrüßung und nahm Platz, nachdem Lou ihm einen Stuhl angeboten hatte.

Maline setzte sich hinter den Computer, um das Vernehmungsprotokoll parallel zur Befragung anzufertigen.

Nachdem Lou ihn belehrt hatte, fragte sie Personaldaten ab, die Elmar Wissing bestätigte.

»Möchten Sie ein Glas Wasser?«, fragte sie dann.

»Eine Kopfschmerztablette wäre mir lieber. Mir brummt ganz schön der Schädel.«

»Herr Wissing, können Sie sich an letzte Nacht erinnern?«

»Ich hatte ein paar Bier«, sagte er und strich über seinen Vollbart. »Ehrlich gesagt weiß ich ansonsten nicht mehr viel.«

»Sie wurden festgenommen, weil sie auf einem privaten Grundstück in Köln-Niehl randaliert haben«, half Lou ihm auf die Sprünge.

Wissing schaute erstaunt. »Wirklich? Das ist mir aber peinlich.«

»Das ist noch nicht alles. Sie haben die Bewohnerin fast zu Tode erschreckt, als sie versucht haben, eine Fensterscheibe zu zerschlagen und ins Haus zu gelangen.«

»Hören Sie, dass Ganze tut mir leid, wirklich. Ich weiß nicht, was in mich gefahren ist. Aber das ist doch noch lange kein

Grund, mich ins Gefängnis zu stecken und anzuketten. Soweit ich weiß, habe ich immer meine Papiere bei mir. Meine Frau hätte mich abgeholt, egal in welchem Zustand ich mich befand.«

Lou zeigte auf den Einlieferungsbericht. »Zu den Ketten: Sie haben mehrere Kollegen angegriffen. Und die Kriminalwache hat eine Streife zu Ihrer Frau geschickt, aber niemand hat ihnen geöffnet.«

Wissing kratzte sich am Kopf. Es machte den Anschein, als krame er tief in seinem Gedächtnis.

»Sie ist verreist«, sagte er schließlich. »Jetzt fällt es mir wieder ein. Heute kommt sie zurück.«

Lou beugte sich vor. »Außerdem haben Sie unseren Kollegen bei Ihrer Festnahme entgegengeschrien, dass Sie Dr. Karina Marcks umgebracht haben. Was sagen Sie dazu?«

Elmar Wissing verzog das Gesicht und schloss für einen Moment die Augen.

»Der Name sagt Ihnen doch etwas, oder?«

»Ich möchte meinen Anwalt sprechen.« Jetzt blickte Elmar Wissing Lou geradewegs ins Gesicht. »Ich weiß nicht mehr, was ich gestern gesagt oder getan habe, aber ohne meinen Anwalt läuft hier gar nichts mehr.«

Lou lehnte sich zurück und tippte auf die Unterlagen. »Sie haben einen Prozess gegen Frau Dr. Marcks geführt und verloren. Sie …«

»Die Stümperin hat meinen Jungen auf dem Gewissen!«, schrie Wissing und sprang vom Stuhl.

Lou und Maline schnellten ebenfalls hoch.

»Setzen Sie sich!«, befahl Lou. »Sofort!«

Wissing zögerte, ließ sich dann schwer auf seinen Stuhl fallen. »Sie hat unseren Kleinen auf dem Gewissen, er ist auf ihrem Operationstisch gestorben. Und jetzt will sie nicht einmal dafür geradestehen.«

»Sie ist freigesprochen worden«, sagte Lou, deutete auf eine Akte, die vor ihr auf dem Tisch lag, und setzte sich ebenfalls.

»Ja, weil Justitia eben nicht blind ist«, ereiferte sich Wissing. »Gegen die Weißkittel hat unsereins doch keine Chance! Verdammt noch mal, der Kleine war erst elf Monate alt!«

»Das tut uns sehr leid, wirklich. Aber es ist aktenkundig, dass Sie gedroht haben, Frau Marcks etwas anzutun.« Lou schlug den Ordner auf. »Wörtlich heißt es hier: ›Meine Frau und ich werden nicht ruhen, bis die Schuldigen ihre gerechte Strafe bekommen haben. Allen voran Frau Doktor Marcks, die werde ich kaltmachen.‹«

Wissing verschränkte die Arme vor dem Bauch. »Ich habe damals einiges gesagt, du meine Güte. Mein Sohn ist tot! Gestorben bei einer sogenannten Routineoperation!«

Wissings Schicksal berührte Lou, aber sie musste sich professionell verhalten. Sie hatte einen Mord aufzuklären. »Zweimal haben Sie Dr. Marcks nach der Verhandlung vor der Kinderklinik aufgelauert, vor einem Jahr hat Frau Marcks eine einstweilige Verfügung gegen Sie erwirkt.«

»Und ich habe sie seitdem in Ruhe gelassen!«

»Mag sein«, sagte Lou. »Herr Wissing. Frau Dr. Marcks ist tot. Sie sind dringend der Tat verdächtig, und wie ich Ihnen schon sagte, haben Sie das Recht, die Aussage zu verweigern, bevor Sie sich selbst belasten.«

»Ich war's nicht.« Wissing zeigte sich unbeeindruckt und wirkte auf einmal ganz klar. »Für welchen Tag brauche ich ein Alibi? Los, sagen Sie schon!«

Lou nannte ihm den Zeitraum.

»Ich toure zurzeit an den Wochenenden mit meiner Band, und am Sonntag hatten wir einen Auftritt im ›Klimperkasten‹«, sagte Wissing wie auswendig gelernt. »Jazz, den ganzen Abend und die halbe Nacht. Ich war dicht wie zehn Matrosen und habe bei einem Kumpel auf dem Sofa übernachtet. Dafür gibt es mindestens drei Zeugen.« Er nannte mehrere Namen.

»Wir werden Ihre Angaben überprüfen«, sagte Lou. »Das kann ein bisschen dauern, denn wir müssen den zuständigen Staatsanwalt erreichen und uns mit ihm besprechen. Sie bleiben also noch einen Moment bei uns.«

»Ich will aber nicht wieder in diese Zelle«, rief Wissing.

»Es tut mir leid«, sagte Lou, »das kann ich Ihnen leider nicht ersparen.«

»Was für ein merkwürdiger Zufall, dass er ausgerechnet einen Tag nach dem Tod von Frau Marcks auftaucht und behauptet, sie getötet zu haben«, sagte Maline, als sie wieder in ihrem Büro saßen. »Ich bin gespannt, was seine Zeugen aussagen.«

»Die Haftgründe werden nicht ausreichen«, sagte Lou. »Er hat mit Sicherheit ein Alibi, er ist in Köln gemeldet, geht einer geregelten Arbeit nach, und seine Frau hat angerufen, sie ist zurück und kommt gleich ins Präsidium. Die beiden tun mir leid. Es muss schrecklich sein, sein Kind auf diese Weise zu verlieren.«

»Ich glaube auch nicht, dass er Karina Marcks umgebracht hat«, sagte Maline und ließ die Alu-Jalousie ein Stück herunter, weil die Sonne sie blendete. »Ist nur so ein Bauchgefühl.«

Lou schrieb Vermerke, während Maline ihren Rucksack nahm und zur Tür ging. »Ich fahre mit Chiara noch mal zur Rechtsmedizin. Wir müssen die Kleidung von Karina Marcks sicherstellen und zum ED bringen.«

»Chiara?«, fragte Lou. »Wer ist das denn?«

»Die Praktikantin, die Tom uns aufs Auge gedrückt hat. Ich musste sie gestern Nachmittag auch schon mit zur Anhörung von Herrn Cordes nehmen, der übrigens gar nichts zur Klärung beitragen kann.«

»Das habe ich auch nicht wirklich erwartet«, sagte Lou.

»Wir sollen Chiara in den Fall einbinden.« Maline verzog das Gesicht. »Damit sie sich auf unserer Dienststelle nicht zu Tode langweilt. Immer lustig, unser Tom.«

»Das hat uns gerade noch gefehlt«, schnaufte Lou. »Dann binde du mal schön ein.«

»Nicht so voreilig. Du sollst sie mitnehmen, falls du heute Nacht alarmiert wirst. Soweit ich weiß, hast du doch Bereitschaft.« Maline schlüpfte in ihre Lederjacke und war aus der Tür, bevor Lou einen Kommentar abgeben konnte.

***

Die Hohenzollernbrücke ist ein markanter Ort, hier bin ich häufig anzutreffen. Einem guten Beobachter würde ich auffallen. Aber die Menschen achten nicht aufeinander, und so gehe ich im Strom der Masse unter. Dagegen habe ich selbstverständlich nichts einzuwenden.

Die Sonne verwöhnt uns, es ist zu warm für die Jahreszeit.

Die Stadt ist voll mit Radfahrern, Joggern, Familien und Touristen. Ich lehne am Geländer, mit dem Rücken zum Rhein, ungefähr in der Mitte der Brücke, und spüre das leichte Zittern des Stahlkolosses, wenn Züge darüberfahren.

Ruhig schwinge ich mich auf, kreise wie ein Greifvogel über dem Gewimmel und halte Ausschau nach Personen, die widerrechtlich auf der Linie gehen.

Lange muss ich nicht warten. An diesem Ort bringen Menschen Schlösser an, kleine Dinger, mit denen man einen Spind verschließt oder den Schuppen hinter dem Haus. Die dazugehörigen Schlüssel werfen sie in den Rhein, das soll romantisch sein. Ich finde es albern. Sentimentalitäten sind nicht mein Ding. Vielleicht, weil die meisten Lieben vergänglich sind, jedenfalls in meiner Realität.

Jetzt sehe ich welche heranschlendern, sie lösen sich aus dem Pulk. Es ist, als liefen sie unter einer Glocke, im Zeitraffer, rothalsige Geier zwischen schneeweißen Schwänen. Sie suchen eine passende Stelle am Brückengitter, und wie immer dauert diese simple Angelegenheit unendlich lang.

Ich wende mich ab, spüre Wut in mir aufkeimen, kralle mich am Brückengeländer fest und schlage meine Augen in Kähne, die sich voll beladen den Rhein aufwärtsquälen.

Zwanzig Minuten dauert die elende Platzsuche. Danach läuft alles ab wie unzählige Male zuvor. Schloss anbringen, ans Geländer treten und gemeinsam den Schlüssel in den Fluss werfen. Sekt aus mitgebrachten Plastikgläsern trinken. Geflüsterte Treueschwüre, gefolgt von Küssen.

Ich kann es kaum erwarten, dass sie abziehen. Als sie sich endlich trollen, hole ich meinen Notizblock aus dem Rucksack und übertrage die exakte Stelle des Schlosses auf das Raster, das ich eigens für diesen Beobachtungsposten entworfen habe. Dann trete ich an das Schloss, entziffere die Inschrift und notiere sie. Beinahe siebzig Schlösser habe ich auf diese Weise schon festgehalten. Das erspart mir später beim »Reinigen« Zeit, denn ich lasse nicht zu, dass diese Schlösser hängen bleiben. Ich gebiete der schleichenden Unterwanderung Einhalt.

Neulich habe ich, nur so zum Spaß, die Markierungen auf meinem Block durch Linien verbunden. Ein riesiges geschlossenes Auge wurde sichtbar. Das wunderte mich überhaupt nicht, es ist ein altes Todessymbol und passt meiner Meinung nach hervorragend, denn ich bringe den Tod.

Ich schlendere von der Brücke, will niemanden mehr sehen und bin froh, als ich endlich die Tür zu meiner Wohnung aufschließe. Huhn, Reis und Erbsen. Mikrowellenessen. Während ich kaue, starre ich in den Fernseher, bis mir langweilig wird. In gewisser Weise war der Tag nicht befriedigend, ich fühle mich unausgeglichen. Schleiche ruhelos durch die Wohnung, tigere von einer Wand zur nächsten. Elf Schritte hin und elf zurück.

Es ist längst noch nicht dunkel, als ich mich entscheide, noch einmal loszuziehen. Die Frage ist nur, ob ich diesmal einen gezielten Besuch abstatte oder lieber auf einer Linie patrouilliere.

Irgendwie ist mir nach einer S-Bahn-Fahrt, die Entscheidung fühlt sich richtig an. Es ist verhältnismäßig früh. Langsam schlendere ich zum Hauptbahnhof, habe es nicht eilig und blicke gedankenverloren in Schaufenster, speichere Auslagen und Preise. Meine Fingerkuppen berühren das Jagdmesser in meiner Jacke. Beruhigend liegt es in meiner Hand, während ich den Eigelstein entlangflaniere.

Köln-Kalk, Polizeipräsidium, Walter-Pauli-Ring

»Und warum werden sie aufgehoben und nicht an die Partnerin der Toten zurückgegeben?«, fragte Chiara, nachdem sie Karina Marcks' Kleidung beim Erkennungsdienst abgegeben hatten. »Die Sachen sind doch spurentechnisch abgearbeitet.«

»Weil es sein kann, dass es in ferner Zukunft neue, bessere Methoden gibt, um Täter zu überführen«, sagte Maline geduldig. »Stell dir nur vor, welchen Quantensprung uns die DNA-Analyse gebracht hat.«

Chiara schrieb Malines Antwort auf einen Notizzettel. »Ich gehe eine Runde um den Block«, sagte sie anschließend. »Soll ich euch etwas von der Kalker Hauptstraße mitbringen?«

Die Kolleginnen verneinten. Maline ließ sich auf ihren Bürostuhl fallen und streckte die Beine aus.

»Wir haben einen Zeugen«, sagte Lou, »der in der Mordnacht jemanden gesehen haben will, der am Niehler Damm, ungefähr auf der Höhe des Hauses der Eheleute Cordes, eine Steintreppe zum Rhein hinuntergegangen ist.«

Maline verschränkte die Arme hinter dem Kopf. »Kann er die Person beschreiben?«

»Ungefähr einen Meter achtzig groß oder größer, schlank. Auffälligkeiten: keine«, leierte Lou die Personenbeschreibung runter. »Ich frage mich, was der Täter, vorausgesetzt, es handelt sich um ihn, am Rhein zu suchen hatte. Egal ob vor oder nach der Tat.«

»Wieso? Es gibt Täter, die sich gerne in der Nähe des Tatorts aufhalten. Das gibt ihnen einen besonderen Kick.«

»Schon klar.« Lou biss in ein Butterhörnchen, das sie am Morgen aus Hannas Bäckerei mitgenommen hatte. »Ich kenne Niehl ganz gut. Der Niehler Damm wird zum Rhein hin von einer Mauer begrenzt, es gibt keine Promenade, kein Ufer. Immer mal wieder führen schmale bemooste Steinstufen quasi in den Fluss hinab. Von diesen Treppen aus hast du die Straße nicht im Blick. Als Beobachtungsposten kommen sie nicht in Frage, jedenfalls nicht, wenn du vorhast, jemandem auf dem Niehler Damm aufzulauern.«

»Es kann doch sein, dass er sich da unten gesäubert hat. Immerhin hat er ein ziemliches Blutbad angerichtet und dürfte dementsprechend ausgesehen haben.«

»Wenn ich der Mörder wäre, würde ich zusehen, dass ich Land gewinne, und mir sicher nicht in aller Seelenruhe in unmittelbarer Nähe zum Tatort die Hände waschen.«

»Täter ticken eben anders«, sagte Maline, legte den Kopf in den Nacken und ließ die Schultern kreisen. »Vielleicht hat er eine neugierige Partnerin, die ihm auflauert, wenn er nach Hause kommt. Dann ist es klug, sämtliche Spuren zu verwischen.«

Lous Handy vibrierte. »Meine Mutter und ihre Freundinnen ruhen sich heute in Portomarin aus und trinken gerade Cappuccino im Schatten der Kirche San Juan.« Sie nahm ein weiteres Hörnchen aus der Tüte und biss hinein. »Ich wäre jetzt auch gern in Spanien.«

Als das Telefon klingelte, meldete der Pförtner Herrn Marcks an.

»Anscheinend ist ihm noch etwas eingefallen.« Lou stand auf. »Ich hole ihn unten ab. Versuch du doch, deine Praktikantin zu erreichen. Sie will sicher bei dem Gespräch dabei sein.«

Thomas Marcks lockerte seine Krawatte. »Ich weiß nicht … ich will natürlich keine falschen Verdächtigungen …«

Maline musterte ihn heute mit Ruhe. Klare Gesichtszüge. Ein trainierter Körper. Dichtes dunkles Haar. Den Schlips hatte er locker gebunden, und er roch unaufdringlich nach teurem Rasierwasser. Marcks war ohne Zweifel ein Frauentyp, und Maline fragte sich, wie gut so ein Mann damit zurechtkam, wenn er wegen einer Frau verlassen wurde.

Chiara saß neben Lou, kaute Kaugummi und schrieb fleißig in ihr Notizheft. Maline fiel auf, wie dünn sie war. Pulli und Jeans schlackerten um den Körper.

»Vor über einem Jahr«, begann Marcks, »da ist ein kleiner Junge auf Karinas Operationstisch gestorben. Tragische Geschichte, natürlich. Die Eltern des Kleinen haben meine Frau und die Kinderklinik verklagt und …«

»Entschuldigung, wenn ich Sie unterbreche«, sagte Maline, »aber diesen Hinweis haben wir schon erhalten und sind ihm bereits nachgegangen.«

»Wirklich?«

»Wir haben gestern Elise Ackermann kennengelernt. Warum haben Sie uns nicht gleich gesagt, dass Ihre ehemalige Partnerin mit einer Frau zusammenlebte?«

»Das habe ich doch.«

»Sie haben uns lediglich die Adresse genannt.«

Marcks drehte den Kopf, sah aus dem Fenster und blinzelte gegen die Sonne.

»Kann es sein, dass Sie mit der Trennung nicht zurechtgekommen sind?«

»Wie kommen Sie denn darauf?«

»Warum antworten Sie ausweichend?«

»Karina und ich waren sehr glücklich.«

»Auch das ist keine Antwort auf meine Frage. Herr Marcks, hatten Sie ein Problem mit der Trennung?«

»Nein. Ja. Natürlich war das ein Schock. Aber ich bin klargekommen. Worauf wollen Sie hinaus?«

»Uns ist aufgefallen, dass Sie Frau Dr. Marcks immer noch als ›Ihre Frau‹ bezeichnen und nicht als ehemalige Partnerin.«

»Wir waren ja auch noch nicht geschieden!«, rechtfertigte er sich und fuhr sich über seinen Dreitagebart. »Ich habe Karina geliebt, ich wollte mit ihr zusammen sein. Das Ende kam so unerwartet, und ich hatte keine Ahnung, ich meine, ich kannte Elise schon viele Jahre, und dann dieses …« Er schüttelte den Kopf, lächelte und fuhr in ruhigem Ton fort. »Angelogen hat sie mich, beide haben mich hintergangen, immerhin gehörte Elise auch zu meinem Bekanntenkreis. Dieses ganze ›Wir sind nur Freundinnen‹-Gelaber, so ein Scheiß! Die Affäre lief ewig hinter meinem Rücken, und klar, ich war ziemlich sauer. Das ist kein Verbrechen, sondern menschlich.«

»Und deshalb waren Sie damit einverstanden, dass Sie getrennte Wege gehen?«, fragte Maline.

Marcks' rechtes Augenlid begann zu zucken.

Maline zitierte aus ihren Aufzeichnungen. »Sie haben gestern gesagt, dass die Trennung einvernehmlich abgelaufen ist.«

»Meine Frau ist fremdgegangen, und im Grunde glaube ich nicht, dass wir weiterhin eine Beziehung hätten leben können. Und da spielt es für mich keine Rolle, ob sie mich mit einem Mann oder einer Frau betrügt. Klar war ich wütend und habe ihr allerhand an den Kopf geworfen. Wobei, ehrlich gesagt, richtig ernst genommen habe ich Elise als Konkurrentin nicht. Früher oder später wäre Karina zurückgekommen, da bin ich sicher. Ich weiß allerdings nicht, ob ich ihr jemals wieder vertraut hätte.«

»Nach jetzigem Kenntnisstand sah es aber nicht danach aus, dass Frau Marcks zu Ihnen zurückwollte«, sagte Maline. »Sie hatte die Scheidung eingereicht.«

»Das letzte Wort war noch nicht gesprochen.«

»Jetzt ist das letzte Wort gesprochen.« Maline beugte sich vor, schwieg ein paar Sekunden, um den Satz wirken zu lassen. »Stimmt es, dass Sie Ihrer Frau ein paarmal nachgefahren sind?«

Unerwartet erschien eine Zornesfalte zwischen Thomas Marcks' ordentlich gezupften Augenbrauen. »Wer sagt das?«

»Es ist aktenkundig«, schaltete sich Lou ein. »Sind Sie Karina Marcks zum Haus ihrer neuen Geliebten gefolgt, und haben Sie sie dort vor der Haustür bedroht oder nicht?«

»Bedroht, was für ein Wort«, sagte Marcks gedehnt. »Das halte ich doch für sehr übertrieben! Elise sollten Sie sich mal vornehmen, die Gute ist nämlich ganz und gar kein Unschuldslamm. Sie hat mal einer Ex die Reifen aufgeschlitzt.«

»Wollen Sie damit andeuten …?«

»Ich deute gar nichts an.« Marcks war jetzt in Rage. »Aber Ihre einseitige Ermittlung kotzt mich an.«

Lou stand auf und öffnete das Fenster. »Fakt ist, dass Sie Ihrer Exfrau aufgelauert haben und es zu Handgreiflichkeiten kam. So steht es jedenfalls im Bericht der PI Nord.«

»Das war ein Missverständnis«, sagte Marcks, und Maline sah ihm an, dass es ihn Kraft kostete, ruhiger zu antworten.

Sie entschied, ihn weiterzuprovozieren. »Ein aktenkundiges Missverständnis.«

»Das ist doch absurd. Wie ich höre, haben Sie mein Alibi überprüft, ich denke, damit bin ich aus der Sache raus.« Marcks stand auf. »Und soweit ich weiß, bin ich kein Beschuldigter, ich kann jederzeit gehen.«

»Natürlich.«

»Ich sage Ihnen, wenn Sie mir den Mord an meiner Frau, Entschuldigung, an meiner *Expartnerin*, in die Schuhe schieben wollen, dann sind Sie schiefgewickelt, ich habe Karina nämlich sehr geliebt und …«

»Das sagten Sie bereits.«

Lou schaute auf die Uhr, es war bereits nach Feierabend, sie wollte nach Hause, ein Bad nehmen und ins Bett. Dass sie heute Nacht auch noch Rufbereitschaft hatte, versuchte sie zu verdrängen. Sie schielte zu Maline. Ihre Kollegin saß mit geschlossenen Augen am Fenster und ließ sich von der Nachmittagssonne bescheinen. Ihr ovales Gesicht kam Lou schmaler vor als sonst, die dunklen Wuschelhaare waren für Malines Verhältnisse ziemlich lang. Im Augenblick fanden sie beide kaum Zeit für private Dinge.

Ben Stollberg fasste die Ermittlungen des Tages zusammen. »Elmar Wissings Alibi ist bestätigt. Er hat am fraglichen Abend mit seinen Kumpels Musik gemacht und ist danach auf dem Sofa eines Freundes eingeschlafen. Allerdings war der Rachegedanke immer wieder Thema. Seine Bandkollegen haben ausgesagt, dass er kaum von etwas anderem gesprochen hat. Aber es ist wohl bei der Phantasie geblieben.«

»Dann hat die Schwester des Barkeepers aus der ›Maxbar‹ angerufen. Karina Marx ist in der Nacht, in der sie getötet wurde, definitiv gegen ein Uhr gegangen, und zwar allein.« Ben nahm die Brille ab und rieb sich die Augen. »Im Grunde haben wir bisher so gut wie nichts. Als Tatwerkzeug kommt laut Obduktion ein Messer in Frage, aber besondere Merkmale gibt es leider nicht. Die Faseranalyse des LKA war auch nicht ergiebig, es scheint, als hätte der Täter in gewisser Weise steril gearbeitet, was mir einfach unbegreiflich ist.«

»Mir auch«, sagte Lou. »Es muss doch irgendeine Spur geben: Haare, Fasern …«

»Wir haben nichts, wobei die Fingernagelanalyse noch auf sich warten lässt, aber da Frau Marcks keine Abwehrspuren hat, mache ich mir keine großen Hoffnungen.« Ben klappte seine Aufzeichnungen zu. »Meine Zwillinge haben heute Geburtstag. Ich würde gerne nach Hause fahren und schlage vor, dass wir jetzt Schluss machen. Morgen gehen wir in aller Frühe wieder an die Arbeit. Wir müssen einfach noch einmal von vorne anfangen, akribisch jeden Stein umdrehen.«

»Ich liege heute früh im Bett«, sagte Maline, als sie wenig später gemeinsam mit Lou zum Parkhaus ging.

Auf dem Walter-Pauli-Ring hielt ein Auto mit quietschenden Reifen. Die Kommissarinnen drehten sich um. Chiara stieg in einen Sportwagen, küsste den Fahrer und winkte zum Abschied.

»Kein Wort jetzt«, sagte Maline lachend und hielt Lou die schwere Eisentür auf, die zum Aufgang der Parkdecks führte.

»Ich sag doch gar nichts.« Gemeinsam nahmen sie die Stufen bis zum vierten Stock. »Was machst du heute Abend?«, fragte Lou.

»Ich fahre gleich kurz ins Pflegeheim zu meinem Vater, und dann lasse ich mich von Charlie bekochen.«

»Du hast es gut, ich kann nur hoffen, dass es ruhig bleibt. Ein weiterer Fall während meiner Bereitschaft würde mir gerade noch fehlen.«

Köln, S 13 Richtung Flughafen

Marilyn drückte sich in den Plastiksitz, während immer mehr Menschen die S-Bahn bestiegen. Cesare hatte ein Ticket für die Neunzehn-Uhr-Maschine von Köln nach Treviso, und wie immer begleitete Marilyn ihn zum Flughafen. Viermal im Jahr besuchte Cesare seine Schwester in Venedig.

Drei Ehemänner hatte Gabriella unter die Erde gebracht, sie lagen allesamt auf Venedigs Friedhofsinsel San Michele. Und mit jedem toten Mann hatte sich Gabriellas Vermögen vermehrt. Sie schwamm buchstäblich im Geld. Aber obwohl Cesare ihr einziger naher Verwandter war, hockte sie auf ihrem Vermögen. Um jeden Cent ließ sie ihren Bruder betteln und rückte höchstens lächerliche Summen heraus, die sie dann auch noch an ungeheuerliche Bedingungen knüpfte, die Cesare ihr zugestand und niemals einhielt.

Gabriellas Geiz war ein Problem. Ein weiteres hing mit ihrer Frömmigkeit zusammen. Egal wie klein das Vergehen auch sein mochte: Gabriella stellte jedem das Fegefeuer in Aussicht. Aus ihrer Sicht erwarteten Marilyn und Cesare die ewige Verdammnis, und sie machte kein Hehl daraus, dass ihr diese Strafe noch zu mild erschien. Sie erschien Marilyn nicht nur konservativ, sondern uralt, obwohl sie erst fünfzig wurde und somit nur unwesentlich älter war als Cesare.

Die Wände in ihrem dunklen engen Haus in der Calle de Forno waren mit Heiligenbildern und Holzkreuzen übersät. Wenn Cesare sie besuchte, rannte sie unermüdlich hinter ihm her, besprenkelte ihn mit Weihwasser, rief den heiligen Vito, Schutzpatron der Geisteskranken, um Beistand und erflehte die Genesung ihres jüngeren Bruders. Sie hielt Cesare für verrückt, eine andere Erklärung fand sie nicht für seinen Lebensstil.

Manchmal erschien sie in der Nacht neben seinem Bett und riss ihn aus dem Schlaf. Gabriella war schon bei Tageslicht nicht besonders ansehnlich. Aber nachts, im fahlen Licht einer Kerze, wenn sie sich mit dem Rosenkranz in der Hand über ihn beugte und *»Peccatore, svegliaTi! Tu non hai nessun diritto di dormire. PentiTi, che sei una malatia. Peggio ancora: Mi fai vomitare«* kreischte, konnte man das Gefühl haben, tatsächlich im Vorhof der Hölle gelandet zu sein.

Marilyn hatte solche Situationen erlebt und nicht nur einmal befürchtet, dass Gabriella ihnen eines Nachts die Kehle durchschneiden oder Gift in ihre unwiderstehlichen Spaghetti vongole mischen würde. Trotzdem hatte sich Marilyn immer wieder in das Haus der Verrückten begeben. Cesare zuliebe und natürlich auch, weil jemand auf ihn achten musste. Zudem war Gabriella der einzige Mensch auf der Welt, den sie um Geld bitten konnten. Eine peinliche und zugleich erniedrigende Tatsache, zu der es keine Alternative gab. Seit Jahren verliefen diese Reisen also nach einem bestimmten zermürbenden Ritual.

Seit einiger Zeit flog Cesare jedoch allein nach Venedig. Konfrontationen mit Gabriella stand Marilyn einfach nicht mehr durch. Doch die Sorge um Cesare war groß, wenn er sich in die Lagunenstadt aufmachte. Marilyn traute Gabriella Salviati die schlimmsten Abscheulichkeiten zu.

Cesare hingegen hielt seine Schwester für ein Unschuldslamm, auch was die toten Ehemänner betraf. Im Laufe der Jahre hatte er ihr gegenüber sogar einen übersteigerten Beschützerinstinkt entwickelt: *Wer weiß, wie lange sie noch lebt. Sie hat Diabetes, dazu die Herzprobleme. Sei großzügig, mein Herz. Wir sind so viel besser dran!*

Die S-Bahn füllte sich mehr und mehr. Marilyn tastete nach Cesares Hand und musterte ihn von der Seite. Er trug seinen grauen Mantel aus Schurwolle und eine abgewetzte Ballonmütze mit Fischgrätmuster, obwohl wieder milde Temperaturen herrschten. In Venedig war es bestimmt noch heißer. Aber Cesare fror eigentlich immer.

»Fahr nicht«, flüsterte Marilyn.

Cesare drehte sich wortlos zum Fenster, unumstößliche Dinge diskutierte er nicht.

Marilyns Blick wanderte.

Der Mann saß eingequetscht von einem übergewichtigen Jugendlichen am Fenster. Marilyn erschrak bei seinem Anblick.

Seit Tagen lungerte er in ihrer Straße herum. Wieder trug er diese russische Uschanka, eine dieser Fellmützen mit Ohrenklappen, für die es ebenfalls viel zu warm war. Als sich ihre Blicke trafen, begann Marilyn zu frösteln. Der Mann war klassisch schön, aber seine Augen blieben unbeweglich und erschreckend kalt. Eiskalt. Seine geschwungenen Nasenflügel zitterten, als nähmen sie Witterung auf. Marilyn fühlte sich unbehaglich, drehte sich weg, spürte jedoch weiter den unangenehmen Blick der stechenden Augen auf sich.

»Ich habe für dich vorgekocht.« Cesare zog Marilyn in die gemeinsame Welt zurück. »Für jeden Tag steht Essen im Kühlschrank. Du brauchst es nur aufzuwärmen.«

Das machte er immer. Cesare blickte voraus.

»Leg dir am Abend eine Wärmflasche ins Bett, nachts kühlt es merklich ab. Aber nimm nicht das Heizkissen! Du vergisst nur, den Stecker herauszuziehen. Und wenn das Geld im Umschlag, der in der Küchenschublade liegt, nicht reichen sollte, dann scheu dich nicht, Viktor um ein paar Euro zu bitten. Ich gebe sie ihm wieder, sobald ich zurück bin, hörst du?«

»Natürlich.«

Als die Bahn am Flughafen hielt, stiegen die meisten Fahrgäste aus. Cesare und Marilyn reihten sich ein, zogen gemeinsam den kleinen Trolley zur Rolltreppe. Der Beau mit der albernen Mütze war verschwunden. Marilyn erwähnte ihn Cesare gegenüber nicht. Er machte sich sonst noch mehr Sorgen.

Zielstrebig steuerte Cesare auf den Check-in-Schalter zu und drückte Marilyn zum Abschied einen Kuss auf die grellroten Lippen.

»Fahr nach Hause und pass auf dich auf. Übermorgen bin ich zurück.«

Köln, Nordpark-Residenz

Der Empfangsbereich glich dem eines Hotels. In der Lobby standen Frauen beieinander, stützten sich auf ihre Gehhilfen und unterhielten sich angeregt. Im Café schwatzten kleine Grüppchen und spielten Karten. Der Anblick des Alltäglichen versetzte Maline einen Stich. Ihr Vater nahm an diesem Leben nicht mehr teil, längst war er pflegebedürftig und baute zusehends weiter ab. Zu seiner Parkinson-Erkrankung waren diverse Schlaganfälle hinzugekommen, die sowohl Hirnleistung als auch Motorik stark in Mitleidenschaft zogen. Es gab nur noch wenige Tage, an denen Alfred Brass seine Tochter erkannte, und wenn er sprach, waren seine Mitteilungen auf wenige Worte begrenzt.

Er trug seinen blauen Schlafanzug, als sie das Zimmer betrat. Seine zittrigen Arme ruhten auf der glatt gestrichenen weißen Bettdecke, der Blick ging starr aus dem Fenster. Maline küsste ihn auf die Wange, wischte Speichel aus den Mundwinkeln, zog einen Stuhl heran und hielt seine knöchernen Hände.

»Wo ist denn Pfeiffer mit drei f?« Sie nickte hinüber zum Bett des Zimmergenossen. »Trinkt er wieder heimlich Feuerzangenbowle?«

Heinz Rühmann war der Lieblingsschauspieler ihres Vaters. Seine Mundwinkel schienen zu zucken, aber wahrscheinlich bildete sie sich das nur ein. Es war für sie fast unerträglich, mitansehen zu müssen, wie Körper und Wesen ihres Vaters verfielen. Noch vor einigen Monaten hatten sie Gespräche führen können. Nun gab es diese klaren Momente kaum noch; beinahe lehrbuchmäßig durchlief ihr Vater einzelne Phasen.

Eine Pflegerin kam herein und brachte Medikamente. Maline erfuhr, dass der Zimmernachbar bei seiner Familie übernachtete, es gab einen feierlichen Anlass.

Als sie wieder allein waren, zog sie ihre Jacke aus, stellte den Stuhl so, dass sie ebenfalls hinaussehen konnte, und legte ihre Hände wieder auf seine knochigen Finger. Ruckartig durchstieß er auf einmal die Wand zwischen ihnen und starrte sie entgeistert an.

»Meine Fotos!«

»Was meinst du damit?« Maline forschte in seinen wässrigen Augen, aber er war schon wieder in Starre verfallen, und es gelang ihr nicht, zu ihm durchzudringen.

Sie erinnerte sich daran, dass ihr Vater früher gern Familienbilder angeschaut und Geschichten dazu erzählt hatte. Sie nahm sich vor, zum nächsten Besuch welche mitzubringen, und lehnte sich zurück. Dabei fiel ihr ein, dass sich sämtliche Fotoalben in Kisten über dem Speicher des Apartments befanden, das sie vorübergehend für Hannas neuen Geschäftspartner geräumt hatte, aber das dürfte kein Problem sein.

Sie hörte ihren Vater gleichmäßig atmen und schaute der nahenden Nacht entgegen. Übergangslos glitt Alfred Brass in seine Träume. Das wünschte Maline ihm jedenfalls. Als sich die Konturen der Hausdächer und Schornsteine nicht mehr von der Dämmerung unterschieden, machte sie sich schließlich auf, verließ diese Welt und fuhr in die Kölner Innenstadt. Charlie erwartete sie zum Abendessen.

Köln-Flittard, Ruwergasse

Blut. Überall. Es war bis an die Raufaserwände des Flurs, die weiß lackierte Innenseite der Haustür und den Holzfußboden gespritzt.

Schmeißfliegen bevölkerten die Tote. Starker Verwesungsgeruch empfing Lou. Automatisch atmete sie durch den Mund. Der Kollege vom Erkennungsdienst stieg vorsichtig über die Leiche, während sie sich erst einmal im Eingangsbereich hielt und die Szenerie aufzunehmen versuchte. Auf einem antiken Schränkchen verwelkten Rosen. An der Garderobe hing ein Mantel, und auf der Ablage lagen zwei Knirpse neben einem Motorradhelm. Zwei geschlossene Türen, die von der Diele abgingen, eine weitere stand einen Spalt offen.

Lou schwitzte unter ihrem Overall und fasste auf den Heizkörper, der neben einer Kommode an der Wand hing. Er war bis zum Anschlag aufgedreht. Diese Umgebungswärme hatte den Fäulnisprozess zusätzlich beschleunigt. Lou behielt Chiara fest im Blick. Die Praktikantin hatte eine Mappe in der Hand und schrieb eifrig hinein. Am Telefon hatte sie sich über die nächtliche Alarmierung gefreut. »Meine erste Leiche«, hatte sie verkündet.

Lou überfiel Müdigkeit. Die langen Arbeitstage steckten ihr in den Knochen, und sie hatte sich auf einen gemütlichen Abend gefreut. Musik hören, das Haus mal für sich haben, ein dickes Steak essen, ohne sich von Frieda deshalb Vorwürfe anhören zu müssen.

Bis zum Zwiebelnschneiden hatte sie den Traum von einem ruhigen Abend geträumt, dann hatte die Kriminalwache angerufen.

Chiara war Lou in letzter Minute wieder eingefallen. Durch die Praktikantin würde alles doppelt so lange dauern, weil sie ihr einiges erklären musste. Manchmal war Lou es leid, die Erfahrene zu sein, und es gab Momente, da fehlte ihr die Geduld, eine der Neuen einzuarbeiten. Dann fühlte sie sich alt zwischen all den Kevins, Kims und Lauras, die auf einmal nachrückten.

Lou stoppte ihre Gedanken. An diesem Punkt hatte sie einen Hang entwickelt, ungerecht zu werden. Ihr war es wichtig, dass der Nachwuchs gut ausgebildet und eingearbeitet wurde, nur so konnten die Jungen schließlich die Alten irgendwann entlasten. Aber an Abenden wie diesen lagen die Dinge anders.

Laut Aussage der Schutzpolizei befand sich hinter der angelehnten Glastür die Küche, dort stand ein Fenster offen. Damit war klar, wie die Fliegen an die Toten gelangt waren. Unwillkürlich zog Lou die Kapuze des Spurensicherungsoveralls straffer um ihr Gesicht. Sie ekelte sich vor Schmeißfliegen, die Leichen aus großen Entfernungen riechen konnten, sich aber nicht von ihr ernährten, sondern den Kadaver als Brutstätte für ihre Nachkommen nutzten. Gereizt schlug sie nach einer Fliege, die sich auf ihrem Gesicht niederlassen wollte.

Johanna Feldhaus lag im Licht einer wunderschönen Art-déco-Lampe in der Mitte des Flurs. Chiara ging neben dem aufgeblähten Körper in die Knie, Berührungsängste schien die Praktikantin nicht zu haben. Lou ging ebenfalls näher heran und achtete darauf, wo sie hintrat. Blut und Fäulnisflüssigkeit bildeten eine glitschige Lache. Die Tote trug ein dünnes, ärmelloses Nachthemd und einen Slip, keine Hausschuhe. Sie lag auf dem Rücken, zwei Einstichstellen waren sichtbar.

Lou stutzte. Die Anordnung der Verletzungen erinnerte sie an Karina Marcks. Bauchstich. Bruststich. Diese Übereinstimmung konnte Zufall sein. Trotzdem. Wachsamkeit und Gründlichkeit waren in jedem Fall ratsam.

»Handelt es sich um ein Sexualdelikt?«, fragte Chiara, der Overall schlotterte um ihren mageren Körper. Eine blonde Haarsträhne schaute unter ihrer Haube hervor, die große Hornbrille war ihr auf die Nasenspitze gerutscht.

»Auf den ersten Blick ist nichts zu erkennen.«

»Offensichtlich kannte Frau Feldhaus ihren Mörder«, stellte Chiara fest.

»Wie kommst du denn darauf?«

»Sie ist in Schlafklamotten. So mache ich niemandem die Tür auf, schon gar nicht abends, es sei denn, ich kenne die Person.«

»Vielleicht wurde sie morgens getötet«, gab Lou zu bedenken.

»Auch dann mache ich Unbekannten die Tür nicht im Pyjama auf.«

»Mag sein. Trotzdem heißt das nicht, dass sich Opfer und Mörder gekannt haben müssen. Vielleicht hat er sich unter einem Vorwand Zutritt verschafft.« Lou beugte sich vorsichtig zu der Leiche hinunter und drehte die Hände der Toten ins Licht. »Glattrandige Schnitte. Offensichtlich hat Frau Feldhaus versucht, die Hände schützend vor den Körper zu halten.«

Sie richtete sich auf und scheuchte Fliegen von ihren Schultern.

Chiara zeigte nach oben. »Das Blut ist bis an die Decke gespritzt.«

Lou blinzelte gegen das helle Licht der Lampe. Der strahlend weiße Verputz war übersät von roten Punkten und länglich ausgezogenen Spuren. »Unmöglich.«

»Aber wie sollen die Spritzer sonst dorthin gelangt sein?«

»Durch die Fliegen.«

»Du meinst, die Biester haben das Blut verschleppt, sind also quasi darin rumgewatet, und haben es durch ihre Füße überall verbreitet?« Chiaras ohnehin blasse Gesichtshaut wurde noch heller, und der Ekel in ihrer Stimme war nicht zu überhören.

Lou war ein wenig überrascht, bisher hatte sie die Praktikantin als ziemlich unerschrocken wahrgenommen, deshalb zögerte sie mit der Antwort. Aber Chiara sah sie erwartungsvoll an.

»Normalerweise legen Fliegen ihre Eier im Blut ab«, fuhr Lou also fort. »Das bisschen Blut, das dabei an ihren Beinen hängen bleibt, kann unmöglich so ein Spurenbild erzeugen.«

Chiara schrieb wieder eifrig mit, ihre Brille war leicht beschlagen.

»In Extremsituationen nehmen Fliegen mit ihrem Rüssel Blut auf. Solche Spuren entstehen, wenn sie ihren rot gefärbten Kot rausdrücken und mit dem Hinterteil über die Tapete wischen.«

Chiara schaute Lou ehrfurchtsvoll an. »Wow! Woher weißt du solche Sachen?«

Lou antwortete nicht.

Chiara beschrieb die nächste Seite ihres Blocks.

»Die Frau ist schon eine Weile tot.« Lou deutete auf die

Fäulnisblasen, die sich am ganzen Körper gebildet hatten, und hielt sich mit einer Hand die Nase zu, während sie in die Hocke ging. »Junge Maden mögen weder Licht noch Trockenheit. Deshalb nisten sie sich gern zwischen zwei Hautschichten in den mit Fäulnisflüssigkeit gefüllten Blasen ein. Wenn du genauer hinsiehst, kannst du sie bereits unter der Hautoberfläche wimmeln sehen.«

Die Praktikantin bückte sich interessiert.

Lou zeigte auf eine hohe Wölbung. »Wenn ich hier nur ganz leicht draufdrücke, platzt sie auf und schwemmt eine übel riechende Flüssigkeit und einige Maden hervor.«

»Bei Leichen, die tagelang liegen, macht es immer besonders viel Spaß, sie umzudrehen oder sie überhaupt zu berühren.« Der Kollege vom Erkennungsdienst hielt Scotch-3M-Folie in der Hand. »Und wenn ich jetzt gleich anfange, das Opfer abzukleben, werden Teile der Haut an der Folie hängen bleiben, denn durch das Aufblähen löst sie sich schon jetzt teilweise vom Körper.«

Chiara nickte.

Die Fotografin des ED machte eifrig Bilder.

»Was meinst du, Chiara?« Lou schlug nach einigen Fliegen. »Wie lange ist die Frau tot?«

»Ich habe keine Ahnung.«

»Nach der Größe der Larven zu urteilen, vielleicht fünf bis sieben Tage«, schätzte Lou. »Die ausgewachsenen Fliegen sind kein Anhaltspunkt, weil sie wahrscheinlich durch das geöffnete Fenster hereingekommen sind. Bei der Todeszeitbestimmung kann die Madenentwicklung natürlich Aufschluss geben. Leichenflecken gibt es bei dieser Toten durch den hohen Blutverlust kaum. Die Wunden sind einfach sehr groß.« Lou unterdrückte ein Gähnen. Laut Schutzpolizei hat die Schwester des Opfers die Polizei gerufen. Die Geschwister waren verabredet, aber Johanna Feldhaus ist nicht erschienen und hat auch nicht auf Telefonanrufe reagiert, deshalb ist sie wohl hergefahren. Der Kollege hat gesagt, dass Barbara Feldhaus nicht vernehmungsfähig ist. Der Notarzt hat sie in die Klinik nach Leverkusen gebracht.«

Als Lou in der Nacht durch Köln-Flittard fuhr, begann es schlagartig wie aus Kübeln zu gießen. Sie war todmüde und dankbar, dass Chiara sich von einem Kollegen nach Hause fahren ließ. So musste sie die Praktikantin nicht nach Porz bringen.

Die Scheibenwischer des Citroëns arbeiteten auf höchster Stufe. Lou ließ St. Hubertus rechts liegen, fuhr am Friedhof und der freiwilligen Feuerwehr vorbei. Um die Uhrzeit war kein Fahrzeug unterwegs. Sie wählte Clemens' Handynummer und war überrascht, als er das Gespräch tatsächlich annahm.

»Ich kann nicht schlafen«, sagte er.

»Bist du unterwegs?«

»Wieso? Ich liege im Bett.«

»Ich dachte, ich hätte Fahrgeräusche gehört.«

»Nein, ich bin zu Hause.«

»Wirklich?«

Clemens lachte. »Ist das eins deiner berühmten Verhöre?«

»Quatsch.«

Als Lou nach wenigen Minuten auflegte, überfiel sie ein ungutes Gefühl. Clemens hatte sie angelogen, für so etwas hatte sie einen Riecher.

Sie drehte das Radio an. Als sie auf die Egonstraße fuhr, vertrieb Phil Collins ihre Gedanken und auch die Tatortbilder. Vielleicht setzte sie sich einfach einen Augenblick in die Backstube und schaute Hanna bei der Arbeit zu, die bestimmt gerade Brotteig ansetzte und lauthals »My first, my last, my everything« von Barry White gegen Müdigkeit und Maschinen anträllerte. Brotduft statt Blutgeruch. Lou wollte sofort in diese Welt eintauchen, in der sich alles um Biskuit und Törtchen drehte. Beschlossen. Eine kurze Dusche und auf zu Hanna.

Regen peitschte gegen die Windschutzscheibe, die Sicht war miserabel. Kurz hinter der Flittarder Telegrafenstation stand ein Mercedes am rechten Fahrbahnrand. Warnlichter blinkten.

Lou nahm den Fuß vom Gas. Sie war noch nicht an dem Fahrzeug vorbei, als die Beifahrertür des Wagens aufgestoßen wurde. Im Licht ihrer Scheinwerfer erkannte sie eine blonde Frau. Sie trug einen hellen Mantel und hochhackige Stiefel, steuerte auf den Acker neben der Straße zu, stolperte und rannte weiter. Automatisch stieg Lou auf die Bremse, scherte hinter dem Mercedes ein und sprang aus dem Wagen. Die Frau lief mittlerweile in einiger Entfernung auf eine Baumgruppe zu.

»Polizei! Hallo! Brauchen Sie Hilfe?«, rief Lou.

Offenbar hatte die Frau sie gehört, sie drehte sich um. »Hauen Sie ab! Los … weg …!«

In dem Moment heulte der Motor des Mercedes auf. Das Lenkrad wurde herumgerissen. Der Fahrer des Wagens gab Gas, raste über das Feld und hielt genau auf die flüchtende Frau zu. Augenblicklich saß Lou hinter dem Steuer und jagte mit dem Citroën über die Wiese hinterher. Mit der rechten Hand wühlte sie in ihrer Umhängetasche nach ihrem Handy. Als sie es endlich erwischte, drückte sie die Notrufnummer.

Kein Empfang.

Sie warf das Telefon in die Tasche zurück. Jede Sehne ihres Körpers war angespannt. Immerhin konnte sie erkennen, dass die Gejagte die Baumgruppe erreicht hatte und aus dem Lichtkegel verschwand.

Der alte Citroën rumpelte durch eine Senke. Dort war der Boden zu schlammig, die Reifen drehten durch. Einen Augenblick lang versuchte Lou weiterzukommen, dann stieß sie die Autotür auf und riss die P99 aus dem Holster. Der Mercedesfahrer raste bis an das Wäldchen heran, stoppte. Die Scheinwerfer gingen aus. Im Licht ihres Wagens erkannte Lou die Gestalt eines kräftigen Mannes, der aus dem Fahrzeug sprang und der Frau nachsetzte.

Regen peitschte ihr ins Gesicht. »Stehen bleiben! Polizei!«, schrie sie, die Pistole im Anschlag.

Der Mann verschwand zwischen den Bäumen aus ihrem Sichtfeld. Sie rannte ihm nach. Die glatten Sohlen ihrer Turnschuhe boten kaum Halt, sie rutschte auf der durchgeweichten Wiese ständig aus. Durchnässt erreichte sie schließlich die Bäume und hörte die Hilferufe der Frau. Eine Zehntelsekunde später fiel ein Schuss. Schreie. Lou blieb wie angewurzelt stehen.

Keinen Schritt weiter. Verstärkung anfordern.

Zurück zum Handy, zurück zum Auto.

Lou machte auf dem Absatz kehrt, lief zurück. Die Umrisse des Citroën fest im Blick. Gleich lag der Wald hinter ihr, fast hatte sie die Wiese erreicht. Zum Auto waren es höchstens noch sieben Meter.

Der Schlag auf den Hinterkopf überraschte sie völlig. Sie strauchelte. Gleichzeitig wurde sie an den Haaren gepackt und auf den Bauch geworfen. Eine kräftige Hand drückte ihr Gesicht in nasses Laub. Sie bekam kaum Luft.

»Ein Mucks, und ich jage dir eine Kugel in den Kopf«, flüsterte eine Männerstimme gepresst.

Der Kerl versuchte, ihr die Waffe aus der Hand zu reißen, aber Lou klammerte sich daran fest. Blitzschnell drehte sie den Lauf der Pistole und schoss.

Der Angreifer sackte zur Seite. Lou sprang auf die Beine. Schemenhaft lag eine Gestalt vor ihr, in der Dunkelheit konnte sie das Gesicht nicht erkennen.

»Polizei! Aufstehen. Sofort!«

Ein Schuss. Lou wurde zurückgeschleudert. Schmerz durchfuhr ihren linken Arm. Sie ließ die Waffe fallen und stürzte zu Boden. Das Bild vor ihren Augen verschwamm. Ein zweiter Schuss krachte. Lou traf ein heftiger Schlag am Kopf. Benommen hob sie eine Hand an die Schläfe. Die Haare waren feucht und klebrig.

Motorgeräusche drangen an Lous Ohren. Scheinwerfer streiften Bäume und ihren Körper.

Nicht! Fahr nicht weg. Hier findet mich doch niemand. Nicht, bitte.

Ihre Lider wurden schwer.

Es duftet nach Harz und Fichtennadeln. Unverkennbar. Die feuchte Luft verstärkt den Geruch. Kindheit. Es riecht nach langen Streifzügen durch die Wälder im Bergischen.

Der Regen wurde stärker, prasselte jetzt gleichmäßig. Lou zitterte, ihre Lider flackerten. Schlafen. Nur einen Augenblick.

Köln-Kalk, Polizeipräsidium, Walter-Pauli-Ring

Pünktlich um acht Uhr erschien Maline zur großen Frühbesprechung. Sie hatte schlecht geschlafen, die halbe Nacht wach gelegen und gegen das Beklemmungsgefühl geatmet, dass sie immer ereilte, wenn ihr Vater besonders schlechte Tage hatte und ihr bewusst wurde, dass der Tod ihn belauerte.

Maline kannte die Symptome. Nach dem Tod ihrer Mutter hatte sie sich wochenlang mit einem beängstigenden Gefühl von Luftnot, Herzstolpern und extremem Schwindel herumgeschlagen. Somatome Störungen hatte ihre Ärztin das genannt.

Gestern Nacht waren sie wieder aufgetaucht und erst verschwunden, als sie Charlie geweckt und sich mit ihr zusammen mit einer Tasse heißem Kakao in die kleine Küche gesetzt hatte. Wie Perlen auf einer Schnur war Geschichte um Geschichte aus ihr hervorgesprudelt, die Charlie aufzusaugen schien, allesamt Belanglosigkeiten, die letztlich das Fundament für Malines Erinnerungen bildeten. Später im Bett war Charlie sofort eingeschlafen, aber sie hatte sich durch die Nacht gequält und dem Schrillen des Weckers entgegengestarrt.

»Wo ist Lou?«, fragte Tom.

Chiara gähnte. »Vielleicht verschlafen, es war ziemlich spät gestern, oder früh, muss ich wohl eher sagen.«

Maline sah aus dem Fenster. Kräftiger Wind schob graue Wolken heran, die noch mehr Regen brachten.

»Wie ist es in Flittard gelaufen?« Tom sah Chiara an.

Die Anwärterin schielte auf ihre Notizen. »Lou und ich hatten einen scheußlichen Mord in der Ruwergasse. Die Tote lag schon mehrere Tage in ihrer Wohnung. Die Frau wurde augenscheinlich mit Messerstichen getötet. Allerdings müssen wir den Obduktionsbericht abwarten und …«

Die Tür flog auf. Die Schreibkraft war kreideweiß.

»Lous Wagen wurde kurz hinter Köln-Flittard gefunden. Sie ist angeschossen worden und liegt auf der Intensivstation.«

Köln-Kalk, Evangelisches Krankenhaus, Buchforststraße

Maschinen übertönten Lous Atmung. Die Wangenknochen traten merkwürdig hervor, ihre Haut schien durchsichtig. Die gestandene Kommissarin wirkte zerbrechlich, ihre vollen Lippen blutleer, von den sonst so strahlend blauen Augen wurde das linke von einem Verband verdeckt, das andere war dunkel umschattet. Der linke Arm war bis zum Schulterblatt bandagiert.

Zwei Minuten hatte die Krankenschwester ihnen gegeben, und das war ein großes Entgegenkommen. Maline strich Frieda über die Hygienehaube, die ihre roten Locken verdeckte, und versuchte Halt zu geben, obwohl sie selbst um Fassung rang. Frieda weinte, und Maline ließ ihre Tränen ebenfalls laufen. Als die Stationsschwester hereinkam und stumme Zeichen gab, verließen sie das Krankenzimmer auf Ebene zwei.

Im Eingangsbereich drückte sie Frieda auf eine der beiden Bänke und reichte ihr ein Paket Taschentücher. Sie sprachen kein Wort.

Gewohnheitsmäßig erfasste Maline die Umgebung. Vor den schmalen Schließfächern rechts neben der Information standen vier Frauen eng umschlungen. Sämtliche Plastikstühle, die vor jedem der grünen Beratungstresen standen, waren besetzt.

Zu ihrer Erleichterung sah sie Hanna kommen. Michel folgte einen Schritt dahinter und trug einen üppigen Blumenstrauß.

Maline stand auf und nahm sie in die Arme.

»Ich bin gleich hergekommen«, sagte Hanna atemlos. »Das heißt, Michel hat mich gebracht, ich bin nicht in der Lage, Auto zu fahren. Warum liegt Lou in diesem Krankenhaus?«

»Die haben eine gute Notfallambulanz«, sagte Maline. »Ich glaube allerdings nicht, dass sie euch auf die Intensivstation lassen.« Mit einem Blick auf den Strauß fügte sie hinzu: »Mit Blumen schon gar nicht.«

»Wie geht es ihr denn?« Hanna hatte Tränen in den Augen.

»Sie hat einen Steckschuss im Arm, zudem wurde ihr ein Schlag auf den Hinterkopf verpasst. Das Projektil haben die Ärzte schon herausoperiert, alles in allem hat sie Glück gehabt. Vor allem braucht sie jetzt Ruhe.«

Frieda putzte sich die Nase.

Michel tätschelte ihren Arm. »Das wird schon wieder.«

»Aber sie hat mich eben kaum erkannt«, sagte Frieda. »Sie wirkte wie weggetreten.«

»Das kommt von der Narkose«, sagte Maline. »Außerdem ist deine Mutter geschwächt, weil sie Blut verloren hat und eine Zeit lang in der Kälte lag.«

»Wer hat sie eigentlich gefunden?«, fragte Hanna.

»Eine Frau, die auf dem Weg zur Arbeit war, hat die Polizei alarmiert, weil ihr Lous Wagen auffiel, der wohl mitten auf einem Feld stand. Die Kollegen haben Lou dann neben dem Auto gefunden.«

Frieda schluchzte erneut auf.

»Deine Mutter ist eine Kämpferin.« Hanna strich Frieda über die Wange. »Was ist mit Lous Mutter und Henry? Sollen wir sie anrufen?«

»Mein Vater ist bis nächste Woche in Washington«, sagte Frieda.

»Und ich bin mir nicht sicher, ob es Lou recht ist, wenn wir ihre Mutter verständigen«, sagte Maline. »Vielleicht warten wir heute noch ab, wenn es ihr besser geht, kann sie selbst entscheiden.«

»Nikodemus weiß schon Bescheid«, sagte Frieda. »Aber er wollte Oma auch nicht anrufen.«

Helene Vanheydens Hausangestellter hütete nicht nur das Anwesen der alten Dame in Marialinden, sondern gehörte zur Familie. Lou schätzte ihn sehr.

»Er wird schon wissen, was zu tun ist«, sagte Maline und legte Frieda eine Hand auf die Schulter.

»Meine Mutter und ich, wir haben uns vorgestern gestritten«, sagte Frieda mit zittriger Stimme. »Was ist, wenn sie stirbt? Ich wollte doch nicht …«

»Lou stirbt nicht! Versprochen. Euer dummer Streit ist jetzt unwichtig«, sagte Maline und lenkte Frieda zum ausgelagerten Café des Krankenhauses.

»Wir müssen zurück ins Geschäft«, sagte Hanna, die den beiden gemeinsam mit Michel gefolgt war. »Wollt ihr noch bleiben?«

»Ich muss ins Präsidium«, sagte Maline. Erst jetzt bemerkte sie Hannas gerötete Augen, die Lachfalten um den Mund waren verschwunden, der Pagenkopf schien ungekämmt.

»Sollen wir dich nach Hause fahren?« Michel sah Frieda an.

»Das ist eine gute Idee«, sagte Hanna. »Du willst doch bestimmt bei Wilson sein.«

Maline schaute ihnen nach, bis sie um die Ecke zum Parkplatz verschwunden waren. Sie musste dringend etwas gegen den bitteren Geschmack auf ihrer Zunge unternehmen. Kurz entschlossen betrat sie das Café, bestellte einen Kaffee und machte sich dann noch einmal auf den Weg zurück in die Lobby der Klinik, um sich nach den Öffnungszeiten zu erkundigen.

Plötzlich spürte Maline wieder das heftige Beklemmungsgefühl in der Brust, gleichzeitig brach ihr kalter Schweiß aus. Nur mit Mühe schaffte sie es auf die Damentoilette. Dort hatte sie den Eindruck, dass der Boden unter ihren Füßen nachgab. Taumelnd stützte sie sich auf ein Waschbecken und sah in den Spiegel. Ihre Wangen waren gerötet, der schmale Hals fleckig; in den Fingern spürte sie eine unangenehme Taubheit. Ihr Herz schlug aufgeregt, und sie konnte nicht wirklich tief einatmen. Mit zittrigen Händen drehte sie den Hahn auf, ließ eiskaltes Wasser über ihre Handgelenke laufen und fuhr sich durchs Gesicht.

Als sie endlich in ihrem Wagen saß, sah sie Clemens vorfahren. Er stellte das Auto ab und kam auf sie zugelaufen.

Maline ließ die Fensterscheibe herunter.

»Ich habe sämtliche Termine abgesagt und bin so schnell wie möglich gekommen«, sagte er und beugte sich zu ihr herab.

»Es sieht schlimmer aus, als es ist. Am besten halten wir uns gegenseitig auf dem Laufenden.«

Köln-Kalk, Polizeipräsidium, Walter-Pauli-Ring

Der Überfall auf Lou war *das* Gesprächsthema, als Maline wieder in der Dienststelle ankam. Die Fahndung nach dem Mann, der auf Lou geschossen hatte, lief auf Hochtouren. Lous Personenbeschreibung war vage, sie hatte ihn nicht richtig gesehen. Aber das Waldstück wurde quasi gescannt; wenn es Spuren gab, würden sie gefunden werden.

»Lou hat gesagt, dass zwei Schüsse auf sie abgegeben wurden, aber das andere Projektil haben wir noch nicht gefunden«, sagte Tom Lechner näselnd, er hatte offenbar die erste Erkältung in diesem Herbst. »Eine Hundestaffel durchkämmt das Gebiet bei Stammheim, wir haben Reifenspuren gesichert, nur leider sind Zeugen bisher Fehlanzeige. Vielleicht meldet sich ja die Frau, die vor dem Kerl aus dem Auto geflohen ist. Die Betroffenheit in den Medien ist jedenfalls groß, und auch die Kölner nehmen rege Anteil. Im Minutentakt erreichen uns Hinweise und Genesungswünsche.«

Das überraschte Maline nicht. Vor einigen Jahren hatte ein Serientäter die Kölner in Atem gehalten, der Fall hatte weit über die Grenzen Kölns hinaus Schlagzeilen gemacht. Lou war als eine der ermittelnden Beamtinnen bundesweit bekannt geworden. Auch im Mordfall eines Professors und dem damit verbundenen Skandal um ein ehemaliges Kinderheim hatte sie sich einen Namen gemacht.

Tom wurde ans Telefon gerufen, und Maline sah Ben über den Flur eilen.

»Gut, dass du wieder da bist! Wir haben eine Menge zu erledigen, also los …«

Wahrscheinlich war es der Tonfall, der Maline störte, dieses lapidare »Dann mal fleißig weiter«.

Lou lag im Krankenhaus, angeschossen von einem feigen Unbekannten. Täglich hielten sie alle ihre Köpfe hin, setzten sich für Recht und Ordnung ein und mussten sich dafür bespucken und bedrohen lassen. Von einer Sekunde auf die andere konnte jeder

Kollege in eine lebensbedrohliche Situation geraten und dabei sterben. Jedes Jahr las Maline Nachrufe, die ihr Herz rührten. Natürlich war sie sich der Gefahr bewusst. Immer. Aber es gab Tage, da stellte sich ihr die Sinnfrage, und dabei ging es nicht einmal um den Aspekt der angemessenen Vergütung.

»Klar, Ben!«, brach es aus ihr hervor. »Immer schön weiter, im Gleichschritt marsch. Ärmel hochkrempeln und vorwärts, egal ob deine Kollegin im Sterben liegt oder heute noch zwei Beamte erschossen werden!«

Ben zuckte zurück, wollte etwas erwidern, aber Maline ließ ihn nicht zu Wort kommen. »Und weißt du was? Mir ist es scheißegal, wie viele Fälle sich auf meinem Schreibtisch stapeln. Ich bin es leid, die verdammte Behördenpolitik mitzutragen, mir den Arsch aufzureißen jeden Tag, Woche für Woche! WIR SIND MENSCHEN MIT GEFÜHLEN! Keine Roboter! Wir befinden uns nicht in einem Computerspiel, in dem sich die Heldin den Staub abklopft und weiterrennt. Ich habe keinen Bock mehr auf den Scheiß. Stellt mehr Leute ein, wenn nicht mal die Zeit ist, Überstunden abzufeiern oder in der Sorge um eine Kollegin innezuhalten. Was bist du nur für ein …«

»Das habe ich doch gar nicht gemeint«, fiel Ben ihr ins Wort. »Meinst du etwa, Lous Zustand berührt mich nicht? Glaubst du wirklich, dass einem Menschen in dieser Behörde ihre Lage egal ist? Ich habe lediglich gemeint, dass dich die Ermittlungsarbeit ein wenig ablenken könnte. Aber wenn du der Sache nicht gewachsen bist, dann geh nach Hause, verkriech dich oder setz dich an Lous Bett …«

»Du kannst mich mal, Ben Stollberg!«, schrie Maline, lief über den Flur zum Fahrstuhl, rannte unten am Pförtner vorbei, raus auf den Walter-Pauli-Ring.

Irgendjemand rief ihren Namen, aber sie drehte sich nicht um, überquerte die Straße bei Rot und jagte in Richtung LANXESS-Arena.

Sie spürte leichten Nieselregen auf dem Gesicht, beschleunigte das Tempo und jagte ihren Puls hoch, rannte an der Kölnarena vorbei, querte den Gotenring und lief durch die Adolphstraße Richtung Rhein. Sie dachte an ihren Vater. Von dem Tag an, als ihre Mutter an Krebs gestorben war, war es auch mit ihm bergab gegangen. Nicht auszudenken, wenn ihr etwas passieren würde.

An der Rheinpromenade verfiel sie in leichten Trab, atmete tief durch und spürte, wie sie sich beruhigte. Es gelang ihr, die Fakten in den Fokus zu nehmen. Lou war angeschossen, aber nicht tot. Die Ärzte hatten Entwarnung gegeben. Also beruhig dich, das Ganze sieht schlimmer aus, als es tatsächlich ist, sagte sie sich. Lou ist zäh, sie wird es schaffen.

An der Severinsbrücke drehte sie um, machte sich auf den Weg zum Präsidium und fühlte sich besser.

Als sie im KK11 ankam, ging sie in den Toilettenraum, wusch sich das Gesicht. Anschließend klopfte sie an Bens Bürotür.

»Ich bin zurück. Sorry, ich glaube, ich habe eben ein wenig überreagiert.«

»Schwamm drüber. Jeder muss mal Dampf ablassen.« Ben lächelte. »Bist du wieder einsatzfähig?«

»Klar.«

»Okay. Auf der Lebensmitteltüte, die in der Nähe der Leiche in Niehl gefunden wurde, sind eindeutig DNA-Spuren und Fingerabdrücke von Karina Marcks sichergestellt worden. Wir lassen uns gerade von allen Rewe-Märkten, die zwischen der Arbeitsstelle des Opfers und dem Fundort liegen, Videobänder zum Sichten aushändigen.« Ben trank einen Schluck Kaffee. »Vielleicht entdecken wir Frau Marcks, sehen, dass jemand sie anspricht oder sonst etwas, das uns weiterhilft.«

»Dann muss sie schon samstags eingekauft haben«, sagte Maline.

»Genau, wir müssen die Samstage sichten, außer den Zeiten, an denen Frau Marcks nachweislich in der Klinik war.«

Maline nickte zustimmend. Ein Strohhalm nur, aber besser als nichts.

»Außerdem hat sich eine Zeugin über einen Motorradfahrer aufgeregt, der ihr in der Mordnacht beinahe ins Auto gerast wäre, und zwar auf dem Niehler Damm gegen drei Uhr morgens.«

»Nummernschild? Auffälligkeiten?«

»Nichts, aber wenn wir Glück haben, gibt es weitere Hinweise in diese Richtung.« Ben stellte die Kaffeetasse ab. »Rufst du mal beim LKA an und machst Druck wegen der Fingernägel und Faseranalysen? Tom und ich treten denen schon den ganzen Vormittag auf die Füße, und ein Kollege hat versprochen, sich zeitnah zu melden, aber solche Zusagen sind ja immer relativ.«

»Bin schon weg«, sagte Maline. »Eine Frage noch, wer bearbeitet denn jetzt den Fall von Chiara und Lou?«

»Ich weiß nicht, wem Tom die Sache gegeben hat. Konzentrieren wir uns einfach auf unseren Fall. Damit haben wir alle Hände voll zu tun.«

Köln-Mülheim, Salzstraße

»Ich verstehe immer noch nicht, warum du Cesare nicht eingeweiht hast«, sagte Viktor und rollte eine rosa Sammeltasse in Zeitungspapier ein. »Er kriegt doch einen Schlag, wenn er aus Venedig zurückkommt und die ganze Wohnung wie leer gefegt ist.«

Marilyn wollte eine fertig gepackte Kiste nehmen, doch Viktor war schneller, griff den Karton mit Leichtigkeit und hob ihn auf einen der Stapel im Flur. Fünfundvierzig Kisten hatten sie bereits gepackt, und langsam näherten sie sich dem Ende. Marilyns Blick heftete sich auf seinen ansehnlichen Bizeps.

Viktor grinste. Er war sich seiner Wirkung bewusst und ließ nun die Muskeln spielen, auch wenn er nur mit einem Edding »KÜCHE« auf die braune Pappe schrieb.

»Egal, ob du es nachvollziehen kannst oder nicht.« Marilyn nahm eine weitere Tasse und wickelte sie ein. »In nicht einmal drei Stunden stehen die Möbelpacker vor der Tür, dann müssen wir fertig sein.«

Viktor stöhnte. »Wir schuften jetzt schon die ganze Nacht durch. Hätten Ralle und seine Freunde nicht noch bleiben können?«

»Ich bin froh, dass die Jungs überhaupt da waren«, sagte Marilyn. »Sie haben immerhin alle Möbel abgebaut.«

»Bis auf das Bett«, grinste Viktor.

»Das bleibt stehen. Cesare mag es nicht, deshalb habe ich es verkauft. Es wird übermorgen abgeholt.«

Viktor trug die nächste gepackte Kiste zu den anderen in den Flur, kam in die Küche zurück und sank erschöpft auf einen Klappstuhl. »Ich habe noch nie eine Wohnung in solcher Geschwindigkeit leer geräumt. Das geht mir fast zu schnell, wir haben hier alle so viele schöne Stunden verbracht.«

»Was meinst du, wie ich mich fühle? Mir fällt das Ganze auch nicht leicht. Ich könnte ständig heulen.«

Viktor verzog seinen breiten Mund zu einem schiefen Lächeln. »Dann blas die ganze Sache doch ab.«

Marilyn lehnte sich gegen den Küchentisch. »Du weißt genau, dass das nicht geht. Hast du die Mahnungen vergessen?«

»Nein.«

»Als Nächstes steht uns die Zwangsräumung ins Haus, oder was meinst du, weshalb ich uns eine neue Wohnung gesucht habe? Mit Sicherheit nicht zum bloßen Vergnügen.«

Viktor brummte etwas und begann damit, das verblichene Gewürzregal von der Wand zu schrauben.

»Ich musste handeln«, fuhr Marilyn fort. »Cesare ist mit der Wahrheit nicht rausgerückt, weil er dachte, dass ich sie nicht verkrafte. Aber wie ausweglos er die Situation tatsächlich empfindet, weiß ich erst seit ...«

»Seit?«

»Ich habe Spritzen gefunden«, Marilyn zögerte, »randvoll mit Pentobarbital.«

Viktor stemmte eine Hand in die Seite. »Was ist das für ein Zeug?«

»Schlafmittel. Bei einer Überdosis lähmt es das Atemzentrum und führt zum Tod durch Ersticken.«

»Und?«

Marilyn seufzte. Viktor war süß, aber manchmal stand er auf der Leitung. »Ich glaube, dass Cesare überlegt hat, sich oder vielleicht auch uns beide umzubringen. Das Pentobarbital stammt bestimmt noch aus seiner Tierarztpraxis, denn eigentlich wird es nur noch in der Veterinärmedizin verwendet und kommt zum Beispiel bei Einschläferungen zum Einsatz.«

»Du glaubst doch nicht ernsthaft, dass Cesare euch töten würde? Er liebt dich abgöttisch.«

»Eben deshalb«, flüsterte Marilyn.

»Du übertreibst wie immer und bist theatralisch.«

»Ich übertreibe ganz und gar nicht.«

»Okay, dann eben nicht. Trotzdem finde ich diesen heimlichen Auszug übertrieben, auch wenn ich gestehen muss, dass ich dir diesen Elan gar nicht zugetraut hätte.«

»Du unterschätzt mich wie Cesare«, sagte Marilyn und wandte sich dem restlichen Porzellan zu.

Das tiefe Nebelhorn eines Schiffes war zu hören, der Rhein

floss in unmittelbarer Nähe. Über dem Fluss hing seit dem Morgen ein dichter Schleier, und immer wieder schüttete es wie aus Kübeln. Aber am späten Nachmittag sollte die Sonne hervorkommen. Für den Umzug eine nützliche Aussicht.

Schweigend schraubte Viktor die Küchenlampe von der Decke. Anschließend begann er damit, sämtliche Bilder von den Wänden zu nehmen.

»Cesare und du«, rief er über den Flur, »ihr seid jetzt über zwanzig Jahre ein Paar. Ich habe immer gedacht, dass ihr wichtige Entscheidungen gemeinsam trefft. Ich glaube nicht, dass er diese Wohnung aufgeben würde, niemals! – Habt ihr einen Kreuzschraubenzieher?«

»In der Werkzeugkiste unter der Garderobe.«

Eine Weile arbeiteten sie konzentriert.

»Cesare hat in den vergangenen Jahren versucht, jedes Problem von mir fernzuhalten«, sagte Marilyn, als Viktor wieder im Türrahmen erschien. »Eigentlich hätte es umgekehrt sein müssen. Ich bin schließlich viel älter als er. Jetzt schaffe ich Fakten und werde ihm beweisen, dass er sich auf mich verlassen kann. Letztlich wird er erleichtert sein.«

»Das ist doch keine Frage des Alters«, meinte Viktor. »Aber ich weiß, glaube ich, was du meinst.«

Marilyn goss Tee in zwei übrig gebliebene Tassen und ließ sich auf einen der Küchenstühle fallen. Viktor setzte sich auf den Boden und verzog das Gesicht.

»Hast du auch Bier? Von Tee wird mir blümerant.«

»Hinter dir in der Kühltasche.«

Viktor bediente sich.

»Was würde ich nur ohne dich machen«, sagte Marilyn.

»Ich komme mir scheußlich vor.« Viktor trank einen Schluck. »Immerhin ist Cesare auch mein Freund, und ich helfe dir, euer gemeinsames Zuhause zu demontieren.«

»Glaub mir, ihm wird ein Stein vom Herzen fallen.« Marilyn stellte die Tasse ab. »Ummelden muss ich uns auch noch.«

»Das hat doch keine Eile«, meinte Viktor.

»Doch, mir sind auch sämtliche Ausweise gestohlen worden, und ich muss sie dringend neu beantragen.«

»Echt? Wann denn?«

»Ach, dass ist bestimmt zwei Wochen her, wahrscheinlich im ›Gezeiten‹. Sehr ärgerlich, aber immerhin kann ich so zwei Fliegen mit einer Klappe schlagen: Ich beantrage die Papiere und melde uns gleich um.«

»Soll ich dich zum Amt begleiten?«, fragte Viktor.

»Nein, heute schaffe ich das nicht. Ich muss die Möbelpacker überwachen, sie bekommen ihr Geld stundenweise.«

Viktor leerte die Bierflasche und blinzelte Marilyn zu. »Diese Aufgabe würde ich dir ja gerne abnehmen, aber leider muss ich bald los.«

Sie machten sich wieder an die Arbeit. Eine Zeit lang werkelten sie getrennt, bis Viktor irgendwann um die Ecke schaute.

»Kann ich die Spritzen mal sehen?«

»Glaubst du mir nicht?«, fragte Marilyn.

Viktor hob die Schultern.

Marilyn ging ins Wohnzimmer. Auch hier standen Kisten und auseinandergeschraubte Möbel. Der kleine Sekretär war ebenfalls abholbereit. Sie öffnete die Klappe und zog eine Schublade auf. Ein dunkelgrünes Tuch kam zum Vorschein. Beinahe feierlich faltete sie es auseinander und stutzte.

»Was ist?«, fragte Viktor.

»Es sind nur noch vier Spritzen, neulich waren es noch sieben.«

»Und was bedeutet das?«

Marilyn wurde blass. »Ich fürchte, nichts Gutes.«

Köln-Kalk, Polizeipräsidium, Walter-Pauli-Ring

Behutsam legte Maline den Hörer auf und blieb einen Augenblick an ihrem Schreibtisch sitzen. Sie musste das, was der Kollege vom LKA ihr gerade mitgeteilt hatte, sacken lassen.

Chiara sah auf. »Probleme?«

»Die Taten in Köln-Niehl und Flittard hängen zusammen.« Maline stöhnte. »Offenbar war die Analyse der Fingernagelabschnitte ein Treffer.«

»Die Ergebnisse von der Leiche in der Ruwenstraße liegen auch schon vor?«, fragte Chiara ungläubig.

»Tom hat Druck gemacht, irgendwie hatte er einen Riecher.«

»Das ist ja der Hammer!« Chiaras Wangen röteten sich. »Jetzt werden wir sicher weitere Kräfte zur Unterstützung bekommen. Super, ein Riesenfall, und ich bin dabei!«

Bei der Besprechung, die zwei Stunden später stattfand, saßen fünfzehn Kolleginnen und Kollegen um den Tisch. Ben hatte sich in der Zwischenzeit umfassend vom LKA informieren lassen, und die neue MK »Messer« war durch zusätzliche Beamte anderer Kommissariate aufgestockt.

»Wir haben zwei Frauen, die erstochen wurden«, sagte Ben nach einer kurzen Begrüßung. »Die Tatwaffe könnte identisch sein. Vor allem aber hat die Spurenanalyse ergeben, dass an beiden Opfern sowohl an den Fasern als auch unter den Fingernägeln minimale Partikel von Polychloropren gefunden wurde.«

Allgemeines Gemurmel.

Maline wusste auch nicht, was sie mit dieser Information anfangen sollte. Details hatte sie bei ihrem Anruf nicht erfahren. »Geht es ein bisschen konkreter?«

Ben schaute auf sein Fax. »Laut Gutachter handelt es sich bei Chloropren-Kautschuk um eine Substanz, die beim Automobilbau und für isolierende Sportbekleidung verwendet wird.«

Maline blickte in fragende Gesichter.

»Sorry, Leute, ich habe die Infos auch eben erst bekommen.«

Ben überflog laut lesend die Unterlagen. »Chloropren ist besser bekannt unter der Bezeichnung ›Neopren‹. In der Industrie wird es zur Herstellung von Dichtungen, Kabelummantelungen, für Antriebsriemen und Ähnliches verwendet … Bei den Spuren handelt es sich um eine geschäumte Variante, die überwiegend im Wassersport zum Einsatz kommt, also beim Surfen, Tauchen und Segeln. Allerdings wird sie auch bei der Herstellung von Sportbandagen, Schutzhüllen und Flaschenkühlern benötigt.«

»Also suchen wir nach einem Täter, der im weitesten Sinne im Sportbereich tätig ist oder irgendetwas mit dem Thema zu tun hat«, sagte Chiara und schob ihr spitzes Kinn vor.

»Möglicherweise«, sagte Ben. »Die Übereinstimmungen scheinen minimal, aber die operativen Fallanalytiker sind jetzt ebenfalls involviert und suchen nach ähnlichen Fällen, und zwar bundesweit. Unsere Aufgabe ist es, einen Zusammenhang zwischen den beiden Opfern herzustellen. Es muss eine Verbindung geben.« Ben sah in die Runde. »Ich möchte, dass sich ein Team die Videobänder der Rewe-Filialen vornimmt und so zügig wie möglich sichtet. Ein weiteres Team geht den Hinweisen aus der Bevölkerung nach, und ich bin gespannt, was die Schwester von Johanna Feldhaus zu sagen hat.«

Er stand auf und nahm seine Unterlagen an sich. »Anfragen der Medien bitte immer an Tom, mich oder die Pressestelle weiterleiten, und denkt dran, Leute: kein Täterwissen an niemanden!«

Köln-Nippes, Hartwichstraße

Barbara Feldhaus drehte den Schlüssel in der Tür. »So bleiben wir hoffentlich ungestört. Meine nächste Kundin kommt erst in einer halben Stunde.«

Die Schwester von Johanna Feldhaus hatte versichert, dass sie in der Lage sei, ein paar Angaben zu machen, und Maline und Chiara in ihr Geschäft gebeten. Das Nagelstudio lag nicht weit von Thomas Marcks' Wohnung entfernt.

Nach einem kurzen Mittagessen auf der Neusser Straße fuhren Maline und Chiara bei strahlendem Sonnenschein in die Hartwichstraße. Endlich hatte sich der Dunstschleier aufgelöst.

Die Fassade von Barbara Feldhaus' Geschäft erstrahlte in kräftigem Orange, die Einrichtung erinnerte Maline an eine Arztpraxis. Hellgraue Fliesen, auch an den Wänden. Es duftete nach einer Mischung aus Zitrone und Terpentin. Sie betrachtete die beachtliche Auswahl an Nageldesignbeispielen und Kosmetikmaterialen, die fein säuberlich in einem kleinen Tischregal vor ihr lagen.

Barbara Feldhaus setzte sich und schob eine UV-Lampe zur Seite. Maline räusperte sich und betrachtete die Schwester des Mordopfers. Sie trug einen hellgrauen Rollkragenpullover und darüber eine Kette aus dicken türkisfarbenen Steinen. Ihr Make-up war dezent, die Fingernägel perfekt manikürt.

»Ich muss mit gutem Beispiel vorangehen«, sagte Barbara Feldhaus, als sie Malines Blick bemerkte.

»Wir haben noch einige Fragen, damit wir uns ein Bild von Ihrer Schwester machen können«, sagte Maline.

»Ich weiß nicht, ob ich helfen kann, ich bin ziemlich fertig.« Sie tupfte sich mit einem Taschentuch über die Stirn.

Interessiert nahm Chiara eines der Geräte in die Hand, das auf dem Tisch lag.

»Bitte nichts anfassen«, sagte Frau Feldhaus sofort. »Die Nagelfräse ist äußerst empfindlich.«

Chiara errötete.

»Was wir uns fragen, ist, warum Ihre Schwester tagelang in der Wohnung gelegen hat«, begann Maline. »Anscheinend hat sie niemand vermisst. Weshalb?«

Schweigen. Eine Wanduhr tickte durchdringend.

»Johanna und ich hatten im Grunde kein enges Verhältnis«, sagte Barbara Feldhaus leise. »Sie führte ihr Leben und ich meins.«

Maline forschte in ihrem Gesicht. »Aber immerhin haben Sie Ihre Schwester gefunden. Warum sind Sie in die Wohnung gefahren?«

»Ich habe einen Schlüssel für Notfälle. Gestern waren wir verabredet und wollten einen Onkel besuchen, der seit Kurzem Rentner ist und mit diesem neuen Lebensabschnitt nicht so richtig klarkommt. In solchen Dingen war Johanna äußerst zuverlässig, deshalb habe ich mich gewundert. Hätte ich geahnt, dass sie …« Barbara Feldhaus kämpfte gegen Tränen, schluckte und sammelte sich einen Augenblick. »Normalerweise mache ich mir keine Gedanken. Ricarda ist ja da, sie hat natürlich auch einen Wohnungsschlüssel, aber sie war ja auf Klassenfahrt, das hat Johanna erwähnt, als wir uns verabredet haben. Und dann ist sie nicht gekommen, ich bin hingefahren, sie hatte doch das Geschenk für unseren Onkel, und ich wollte … Oh Gott, meine arme Schwester, sie hat tagelang in diesem Flur gelegen.«

Maline lehnte sich vor. »Ricarda …?«

»Beer, die Lebensgefährtin meiner Schwester.« Barbara Feldhaus sah von Maline zu Chiara. »Ich dachte, Sie wüssten Bescheid. Ich habe sie sofort angerufen. Hat sie sich noch nicht bei Ihnen gemeldet?«

»Bisher nicht.« Maline holte Luft. Unverhofft ergab sich hier eine Parallele zum Fall Karina Marcks. »Wir haben noch nicht alle persönlichen Sachen durchgesehen, aber soweit ich weiß, deutete bis jetzt nichts in der Wohnung auf eine Beziehung hin.«

Maline sah Chiara an. Die Anwärterin schüttelte fast unmerklich den Kopf.

»Das wundert mich nicht. Meine Schwester hatte Probleme

mit ihrer Homosexualität und Angst vor Anfeindungen. Diese Furcht saß tief, deshalb lebte sie sie versteckt und fand nicht einmal den Mut, sich in unserer eigenen Familie zu outen.«

Barbara Feldhaus putzte sich die Nase.

»Johanna war stets in Sorge. Sie fürchtete, ihren Job zu verlieren, wenn ihre sexuelle Orientierung herauskommt. Immerhin hat sie für einen kirchlichen Träger gearbeitet.«

»Ehrlich gesagt ist die Angst ja auch nicht unbegründet«, sagte Maline.

»Und trotzdem glaube ich, dass Johanna noch ein weiteres Problem hatte«, sagte Barbara Feldhaus. »Es fiel ihr nicht nur schwer, zu dem Thema zu stehen, sondern auch zu ihrer Freundin.«

»Das müssen Sie uns erklären«, sagte Maline.

»Ricarda ist ... na ja, wie soll ich es sagen?« Barbara Feldhaus suchte nach Worten. »Sie ist kein einfacher Mensch. Ich habe nicht viel von den beiden mitbekommen, aber aus den wenigen Andeutungen, die Johanna gemacht hat, schließe ich, dass Ricarda eifersüchtig und besitzergreifend ist, anscheinend ist sie auch schon mal laut geworden. Mir war sie jedenfalls nie besonders sympathisch.«

Maline fuhr sich durch die dunklen Haare. »Trauen Sie ihr zu, etwas mit dem Mord an Ihrer Schwester zu tun zu haben?«

»Das habe ich nicht gesagt, und so weit würde ich auch nicht gehen.«

Maline notierte sich Ricarda Beers Adresse und Telefonnummer. »Wir haben keinen Ausweis in der Wohnung Ihrer Schwester gefunden. Können Sie uns dazu etwas sagen?«

»Bei unserem letzten Telefonat hat sie erwähnt, dass ihre Papiere gestohlen wurden.«

»Wann war das?«, fragte Maline.

»Das weiß ich nicht. Vielleicht kann Ihnen Ricarda da weiterhelfen.«

»Hatte Ihre Schwester ein Hobby, das mit Wassersport zu tun hatte?«, fragte Maline. »Surfen, Tauchen, irgendetwas in diese Richtung?«

Barbara Feldhaus schüttelte den Kopf. »Johanna war denkbar

unsportlich, und mit Wasser hatte sie gar nichts zu schaffen. Sie ist als Kind beinahe ertrunken.«

»Hat sie mal jemanden erwähnt, der Wassersport betreibt oder in dieser Branche arbeitet? Vielleicht ihre Freundin?«

»Nein. Ricarda ist ja Lehrerin. Also, da kann ich Ihnen nicht weiterhelfen.«

Maline drehte an ihrem Augenbrauenpiercing. »Sagt Ihnen der Name Karina Marcks etwas?«

Barbara Feldhaus überlegte kurz. »Nein, nie gehört. Wieso?«

Aus ermittlungstaktischen Gründen schwieg Maline und war froh, dass es in dem Augenblick an der Ladentür klopfte.

»Ich muss jetzt weitermachen.« Barbara Feldhaus erhob sich schwerfällig. »Ich habe meine Schwester geliebt, auch wenn es manchmal schwierig mit ihr war … Bitte tun Sie alles, um den Mörder so schnell wie möglich zu finden.«

Als Maline und Chiara auf dem Weg ins Präsidium waren, rief Tom an.

»Wir haben die Analyse des Projektils, das in Lous Fall sichergestellt wurde. Es passt zu der Waffe, mit der vorgestern auf die beiden Männer am Friesenplatz geschossen wurde.«

***

Mir präsentiert sich ein neues Opfer. Das ist ein Novum. Bis auf meine Tante habe ich bisher nur mir unbekannte Menschen beseitigt. Dahinter steckt durchaus System, damit erschwere ich der Polizei die Arbeit. Deshalb verkneife ich mir in der Regel naheliegende Gelegenheiten. Aber diese Person stört mich ganz gehörig, der Geist lässt sich nicht mehr in die Flasche drücken.

Ich entwickele Pläne, ganze Szenarien entstehen in meinem Hirn, verfolgen mich bis unter die Dusche.

Meine Idee und ich rauchen gemeinsam die erste Zigarette am Morgen, lehnen uns aus dem Fenster und schauen auf die Straße. Ich könnte diese Person hier und jetzt abstechen, so einen Hass habe ich!

Aber ich muss mich gedulden. Im nahen Umfeld zu töten

erfordert ein höchstes Maß an Vorsicht. In der Zwischenzeit darf ich keinen Verdacht erregen, und das ist alles andere als einfach. Es liegt mir nicht, mich zu verdrehen, mich anzupassen, auf Knopfdruck lieb und nett zu sein. Natürlich steht mir meine Gesinnung nicht auf der Stirn geschrieben, und selbstverständlich gehe ich damit nicht hausieren. Ich tauche unter, lebe als Wolf unter Schafen und kontrolliere mich ständig. Gelegentlich schlagen meine Ansichten jedoch durch, da genügen schon kleinste Aufreger. Aber eigentlich habe ich mich im Griff. Noch.

Früher bin ich schon mal zu Versammlungen gegangen. In jeder größeren Stadt gibt es Orte, an denen sich Gleichgesinnte in die Augen schauen können. Dort ist es möglich, sich gehen zu lassen, jeder zeigt sich, wie er wirklich tickt. In der Regel halte ich mich aber von solchen Veranstaltungen fern. Persönliche Kontakte brauche ich nicht. Ich bin ein Einzelgänger.

Nur manchmal lasse ich mich anstecken, marschiere mit, setze meine Unterschrift unter Forderungen, bezeuge mein Nein demokratisch, zum Beispiel wenn die Gleichstellung mal wieder heiß diskutiert wird. Für große Kundgebungen reise ich gelegentlich zu Anti-Demos, auch ins benachbarte Ausland. Hier stehe ich in der ersten Reihe und schlage den Demonstrierenden Parolen ins Gesicht. Anonym, verkleidet, ich darf kein Risiko eingehen.

Es gibt mir Auftrieb, zu sehen, wie viele wir sind und wer meine Werte teilt. Alte, aber auch immer mehr Junge, Familien, Menschen aus jeder Gesellschaftsschicht. Wir sind keine Randerscheinung, treten immer mehr in die Mitte, erheben uns weltweit.

Aber im Großen und Ganzen gehen mir die Aktionen der Unradikalen nicht weit genug. Auch deshalb mache ich mein eigenes Ding, bin mir aber der Zustimmung der breiten Masse sicher.

Manchmal dürstet es mich nach Anerkennung. Dann juckt es mich in den Fingern, dann will ich mich zeigen und bewundernde Blicke genießen. Aber die Zeit ist noch nicht reif. Meine Eitelkeit knechte ich im Dienst für die gute Sache. Und wie gesagt, im nahen Umfeld zu morden erfordert Disziplin. Ich darf keine Gefährdung der gesamten Operation riskieren. Und bevor ich diese persönliche Sache erledige, stehen noch andere Feldzüge auf meiner Liste.

Köln-Nippes, Gustav-Nachtigal-Straße

»Entweder zieht der Luftfilter nicht, oder es ist der Auspuff.« Clemens schob die Zigarette in den Mundwinkel und begann damit, die Verkleidung des Rollers abzubauen. »Lass uns zuerst nach dem Filter sehen.«

Wilson riss sich zusammen, am liebsten wäre er ins Haus gegangen, er hatte Bock auf ein ordentliches Grillsandwich. Leider war Clemens nicht zu stoppen, irgendwie nahm er die Sache mit der Wartung der Maschine tierisch ernst. »Ein Motor braucht regelmäßig Pflege!« – mein Gott, als ob es nichts Wichtigeres gäbe. Zugegeben, er hatte Lous Freund tagelang damit in den Ohren gelegen. Seine Karre zog einfach nicht richtig, und Clemens kannte sich mit Motoren aus. Da konnte er eine Menge Geld sparen, und außerdem verbrachte er gern Zeit mit ihm. Der Typ hatte einen coolen Job, brachte immer einen witzigen Spruch und verhielt sich kumpelmäßig, gar nicht wie andere Erwachsene, die Wilson kannte. Und obwohl Lou im Krankenhaus lag und ihm doch wahrscheinlich der Kopf schwirrte, nahm er sich Zeit für das Zweirad.«

»Was ist mit der Vespa für Frieda? Hast du sie ersteigert?«

»Klar, für hundertachtzig Euro.« Wilson wurde es warm, er zog sein Sweatshirt aus. In den letzten Wochen hatte er nach einem Motorroller für Frieda gesucht, die bald Geburtstag hatte. Vor zwei Tagen war er endlich fündig geworden. Den Preis hatte er nach zähen Verhandlungen mit dem Rentner aus Braunsfeld ausgehandelt. Schließlich sprang der alte Motorroller nicht an, was angeblich nur am verstopften Auspuff lag. Wilson hatte sich auf das Wort des Mannes verlassen und kaufte jetzt die Katze im Sack. Trotzdem war er zuversichtlich.

»Guter Preis.« Clemens klopfte ihm auf die Schulter. »Wann holst du sie ab? Ich hab dir schon Platz in der Garage gemacht.«

»So schnell wie möglich. Ich hab gesehen, dass Hanna einen Hänger hat. Meinst du, ich kann sie bitten, den Roller mit mir abzuholen?«

Wilson fragte sich, ob er es wirklich schaffen würde, den Roller zum Laufen zu kriegen. Er verlor manchmal schnell die Lust an Dingen, die ihn eben noch interessiert hatten. Zum Beispiel jetzt in diesem Augenblick. Clemens erklärte, wie ein Motor angetrieben wurde, während er ihm nur gelangweilt Werkzeuge reichte und sich vorstellte, wie er in ein Sandwich biss.

Clemens knuffte ihn in die Seite. »Hey, Junge, träumst du?«

»Was?«

»Ich hab dich gefragt, wo deine Freundin und Maline sind.«

»Frieda ist bei Freunden, sie ist völlig fertig, wegen ihrer Mutter.«

»Schlimme Geschichte, aber sie wird durchkommen«, sagte Clemens. »Ich habe Lou eben kurz gesehen, die Verletzungen sind nicht so dramatisch, wie ich es befürchtet habe.«

»Aus Friedas Mund hat sich das ganz anders angehört«, sagte Wilson. »Ich denke, es ist ganz gut, wenn wir morgen nach Marialinden fahren und da pennen. Nikodemus will Frieda bekochen und kann sie bestimmt ein bisschen aufheitern.«

»Hört sich nett an«, sagte Clemens, baute die Zündkerze aus und reichte sie Wilson. »Und wie kommst du mit Maline klar? Ich könnte mir vorstellen, dass sie ganz schön nerven kann.«

Darauf kannst du Gift nehmen, dachte Wilson. Sie ist tausendmal schlimmer als Friedas Mutter, nörgelt nur rum.

»Los, raus mit der Sprache«, bohrte Clemens. »So von Mann zu Mann. Wie findest du Maline?«

»Hab noch nicht drüber nachgedacht.«

Wilson zog es vor, seine Meinung in diesem Fall für sich zu behalten, und bürstete intensiv die Zündkerze. Er wollte Ärger vermeiden. Maline und Friedas Mutter waren ziemlich dicke, das hatte Frieda ihm unmissverständlich klargemacht.

Clemens verschwand im Haus, kam aber schon nach wenigen Augenblicken zurück und reichte Wilson eine Cola. Gleichzeitig fiel die Haustür scheppernd ins Schloss. Die beiden schreckten hoch.

»Verdammt, ausgesperrt«, fluchte Clemens. »Oder hast du den Schlüssel?«

»Nö.«

»Meine Autoschlüssel und die Fahrzeugpapiere liegen in der Küche«, fluchte Clemens. »Was machen wir denn jetzt? Ich muss gleich los.«

»Kein Stress. Auf der Terrasse unter der Gießkanne versteckt Lou den Notschlüssel.«

Wilson stand auf und kletterte über die hüfthohe Gartenmauer. Eine Minute später öffnete er die Haustür, verschwand kurz im Inneren und kam mit Papieren und Autoschlüssel in der Hand zurück.

»So eilig habe ich es zwar nicht, aber ich glaube, du hast keine Lust mehr«, sagte Clemens, steckte die Papiere ein und nahm den Schlüssel entgegen. »Okay, dann fahre ich noch mal ins Büro. Da wartet ein Haufen Arbeit.«

Köln-Kalk, Polizeipräsidium, Walter-Pauli-Ring

»Kann ich bitte Frau Beer befragen?« Chiaras Wangen glühten. »Ich habe mich komplett vorbereitet und fühle mich in der Lage, sie in die Mangel zu nehmen.«

»Sie ist eine Zeugin, ihre Freundin wurde ermordet«, sagte Maline mit scharfem Unterton. »Hier ist Fingerspitzengefühl gefragt. Wir müssen Puzzleteilchen zusammensetzen und sind auf Hilfe angewiesen.«

»Okay«, sagte Chiara schnell. »Aber ich bin nur noch ein paar Tage auf dieser Dienststelle, dann endet mein Praktikum, und ich würde mich wirklich gerne an einer Anhörung probieren.«

Maline vertrat die Ansicht, dass Learning by Doing die beste Methode war, den Job zu lernen, deshalb ging sie gemeinsam mit Chiara die wesentlichen Fragen durch.

Als die Zeugin erschien, postierte sie sich am zweiten Schreibtisch.

Ricarda Beer trug Jeans und einen dunklen Pullover. Die Haare hatten einen gefärbten Rotstich, der Ansatz war dunkel nachgewachsen, ihr Händedruck war schlaff. Maline fielen Barbara Feldhaus' Worte wieder ein. *Die Freundin meiner Schwester ist eifersüchtig und besitzergreifend.*

Chiara goss Wasser in ein Glas, während Ricarda Beer tiefer in ihren Stuhl rutschte. Maline veränderte ihre Sitzposition so, dass sie die Zeugin frontal sehen konnte.

»Schön, dass Sie so schnell gekommen sind«, begann Chiara. »Wir wären aber auch zu Ihnen nach Hause gekommen.«

»Meine Schule ist ja um die Ecke«, sagte Ricarda Beer. »Ich weiß nur nicht, ob ich in der Lage bin ... Es ist alles noch so frisch, und ich hatte heute noch nicht eine Minute Zeit zum Nachdenken.«

»Konnten Sie denn nicht nach Hause gehen?«, fragte Chiara.

»Die Schulleitung hat es mir angeboten, aber ich wollte nicht allein sein.«

»Es geht jetzt nur um die notwendigsten Fragen«, sagte Chiara. »Wir können die Vernehmung jederzeit abbrechen.«

»Okay.«

»Sie waren also auf Klassenfahrt. Wie lange?«

»Eine Woche in Nettersheim. Heute Morgen um elf Uhr sind wir wieder auf das Schulgelände gefahren.«

»Kann uns jemand bestätigen, dass Sie die ganze Zeit vor Ort waren?«, fragte Maline.

»Sie werden mich doch nicht etwa verdächtigen?«

»Reine Routine«

Ricarda Beer atmete durch. »Natürlich, meine Kollegin und der Vater einer Schülerin können meine lückenlose Anwesenheit bestätigen.«

»Gibt es etwas im Zusammenhang mit dem Verbrechen, was Sie uns mitteilen möchten? Hatte Ihre Partnerin Probleme, Streit mit Kollegen, Freunden?«

»Mir fällt dazu nichts ein.«

»Wie war Ihre Beziehung zu Frau Feldhaus?«

»Gut.«

»Ich wüsste es gerne ein bisschen genauer«, sagte Chiara und lehnte sich zurück. »Wie lange waren Sie ein Paar?«

»Am 13. November werden es ... wären es zehn Jahre gewesen.«

»Hatten Sie Beziehungsprobleme?«

»Was meinen Sie damit?«

»Wir haben gehört, dass Sie sehr eifersüchtig waren und Sie auch schon mal laut geworden sind, stimmt das?«

»Wer behauptet denn so was?« Der Gesichtsausdruck von Ricarda Beer änderte sich schlagartig, von Freundlichkeit war keine Spur mehr. Maline hatte noch nie einen Menschen gesehen, dessen Gesicht sich dermaßen schnell verändern konnte. »Dahinter kann doch nur Johannas Schwester stecken! Unglaublich, ich fasse es nicht!«

»Dann sagen Sie uns doch, wie Ihre Beziehung wirklich war«, schlug Maline vor.

»Ich habe nichts zu verbergen.« Ricarda Beers Augen hetzten von Maline zu Chiara. »Ich bin vielleicht nicht immer die Ruhe in Person, und es stimmt, manchmal bin ich aufbrausend, aber übertrieben eifersüchtig oder aggressiv, nein, da widerspreche ich ausdrücklich.«

Chiara schrieb mit und sah Ricarda Beer dann wieder direkt an. »Stimmt es, dass die Papiere Ihrer Freundin gestohlen wurden?«

»Ja, im ›Gezeiten‹«, sagte Ricarda Beer, ohne nachzudenken. Als sie Chiaras Blick sah, fügte sie hinzu: »Das ist eine Kneipe, Ecke Balthasarstraße.«

»Wie kommt es, dass Sie sich so genau erinnern?«

Ricarda Beer schaute wieder zu Maline und dann zu Chiara. »Wir gehen so selten in der Szene aus, da kann ich mich an die wenigen Abende erinnern, an denen ich Johanna überreden konnte. Außerdem wurden nicht nur Johannas Papiere gestohlen, auch das ganze Geld war weg. Den Diebstahl haben wir schon auf dem Weg nach Hause bemerkt und sind sofort zurückgegangen.«

»Und?«

»Die Servicekraft war sehr nett, aber helfen konnte sie auch nicht. Johanna hat ihre Handynummer hinterlassen, falls ihre Geldbörse gefunden wird, aber wir haben nichts gehört.«

»Wann war das?«

»Das ist etwa vier Wochen her.«

»Können Sie mir zu dem Abend etwas sagen?«, fragte Chiara. »Ist Ihnen irgendetwas oder irgendjemand besonders aufgefallen?«

»Eigentlich nicht. Es war ein Sonntag, das weiß ich genau. Als ich zur Toilette ging, schauten ein paar Leute im hinteren Raum ›Tatort‹ auf der Großleinwand. Ansonsten war es ziemlich leer.«

»Kennen Sie die ›Maxbar‹ in der Innenstadt?«

»Wie gesagt, Johanna und ich sind kaum ausgegangen. Diese Bar …«

»›Maxbar‹ …«

»Kenne ich nicht.«

»Kann es sein, dass Ihre Freundin dort allein hingegangen ist?«

»Völlig ausgeschlossen. Ich weiß zwar nicht, was das für ein Laden ist, aber Johanna ist niemals dort gewesen, ansonsten würde ich es wissen.«

»Gehen Sie tauchen oder surfen?«, fragte Maline.

Ricarda Beer guckte erstaunt. »Nein.«

»Besitzen Sie ein Surfbrett, eine Segelsportausrüstung oder Tauchequipment?« Maline versuchte, genauer nachzufragen, ohne zu viel zu verraten.

»Wasser ist nicht mein Element. Johanna und ich sind leidenschaftlich Motorrad gefahren, im Sommer fast jedes Wochenende.«

Maline nickte. »Kennen Sie jemanden in Ihrem Umfeld, der einer Wassersportart nachgeht?«

»Nicht dass ich wüsste.«

»Was für ein Motorrad fahren Sie?«

»Eine kleine Kawasaki, aber zurzeit ist sie nicht angemeldet.«

»Vielen Dank, das war es fürs Erste.« Maline warf Chiara einen Blick zu. Die Anwärterin schob Ricarda Beer den Anhörungsbogen über den Tisch, den sie mit der linken Hand unterzeichnete, wie Maline bemerkte.

Köln-Kalk, Evangelisches Krankenhaus, Buchforststraße

Maline desinfizierte sich die Hände, schlüpfte in einen Kittel und setzte eine Hygienehaube auf. Eigentlich war sie völlig erschöpft, aber als sie in Lous Augen die Freude über ihren Besuch sah, fiel die Müdigkeit von ihr ab.

»Wie fühlst du dich?« Sie zog einen Stuhl heran.

»Besser. Mein Kopf schmerzt mehr als der Arm. Aber ich denke, dass ich spätestens morgen auf eine normale Station verlegt werde.«

»Schon?« Maline deutete auf drei Tupperdosen, die ordentlich aufeinandergestapelt auf dem Beistelltisch standen. »Was ist das denn?«

»Nikodemus ist mit einigen meiner Lieblingsspeisen aufgetaucht. Ich konnte ihn gerade noch davon abhalten, dass er die Herdplatte anwirft, die er doch tatsächlich dabeihatte.«

»Er wollte dir das Essen warm machen, hier auf der Intensivstation?«

»Du kennst ihn ja, außerdem langweilt er sich wahrscheinlich ohne Helene«, sagte Lou. »Er ist beleidigt abgezogen, als ich ihm verboten habe, das Essen hier aufzuwärmen. Nimm du die Dosen bitte mit, es wäre schade, wenn alles vergammelt.«

Maline beugte sich vor und nahm die beschrifteten Plastikdosen in die Hand. »Gegrillter Sellerie an Dill-Vinaigrette«, »Geflügelleberpralinen im Pumpernickelmantel auf Rote-Bete-Salat«, »Mandarinensüppchen«.

»Hört sich lecker an«, sagte sie.

»Dann pack es ein. Die Krankenschwestern reißen mir den Kopf ab, wenn sie das Essen hier finden.«

»Und, hast du deine Mutter informiert? Weiß sie, was passiert ist?«

»Nikodemus und ich haben entschieden, sie weiter wandern zu lassen, und meine Schwester ist der gleichen Ansicht. Ich schwebe ja nicht in Lebensgefahr. Außerdem ist sie höchstens siebzig Kilometer von Compostela entfernt. Wenn sie diesmal nicht zu Ende pilgern kann, dann schafft sie es vielleicht nie mehr.«

Maline deutete auf eine Pralinenschachtel in Herzform. »Clemens?«

»Ist doch nett.«

»Unheimlich«, sagte Maline trocken. »Und? Was sagst du zu der spektakulären Entwicklung in deinem Fall?«

»Welche Entwicklung?«, fragte Lou. »Ich bin hier doch völlig abgeschnitten von der Außenwelt.«

»Das Projektil, das in deinem Arm steckte, stammt aus der Waffe, die bei der Schießerei am Friesenplatz involviert war«, sagte Maline leise, auch um Lous Zimmernachbarin hinter dem Vorhang nicht zu stören. »Die Fahndung wurde ausgeweitet.«

Lou setzte sich auf, machte dabei eine ruckartige Bewegung und verzog das Gesicht vor Schmerz. »Was? Das ist ja ein Hammer!«

»Wir kriegen den Kerl, verlass dich drauf!«

Lou entspannte sich. »Du glaubst ja nicht, wie gerne ich dabei wäre. Am liebsten würde ich aufstehen und selbst ermitteln. Ich kann es kaum ertragen, so festzusitzen.«

»Jetzt musst du erst mal wieder hundertprozentig fit werden. Die Kollegen machen das schon, kannst dir nicht vorstellen, was im PP los ist. Alle wollen das Schwein kriegen.«

»Und wie geht es in der MK voran?«

Maline berichtete von einer Zeugin, der nachts auf dem Niehler Damm ein Motorradfahrer aufgefallen war, von den Neoprenpartikeln, den gestohlenen Ausweisen und davon, dass beide Opfer in einer lesbischen Beziehung lebten.

»Die Fälle haben etwas miteinander zu tun?« Lou starrte Maline an.

»Ganz offensichtlich. Die Stichwunden der Opfer wurden vermessen, das Tatmesser ist wahrscheinlich nicht besonders groß. Spezialisten gehen davon aus, dass der Täter Linkshänder ist, die Führung der Tatwaffe deutet darauf hin.«

»Das sind ja Neuigkeiten. Und wer kommt demnach in Frage, ich meine, ist jemand von den Zeugen Linkshänder?«

»Bei Ricarda Beer, der Lebensgefährtin von Johanna Feldhaus, bin ich sicher …«, überlegte Maline laut. »Auch Thomas Marcks hat das Wasserglas mit der linken Hand angenommen, als ich es ihm reichte.«

»Und Elise Ackermann?«

Maline zuckte mit den Schultern. »Da bin ich mir nicht sicher. Aber selbst wenn alle Linkshänder sind, heißt das noch gar nichts.«

»Was ist denn mit den Zigaretten, die im Garten von Frau Cordes gefunden wurden?«

»Die DNA-Analyse hat nichts ergeben, was uns weiterbringt.«

»Und habt ihr Frau Ackermann schon gecheckt? Angeblich soll sie doch eine gewalttätige Vergangenheit haben.«

»Aktenkundig ist darüber nichts«, sagte Maline. »Ich glaube, Marcks war einfach wütend, und allem Anschein nach hatte er ein größeres Problem mit der Trennung von Karina Marcks, als er zugeben will.«

»Das mit dem Neopren ist ein ziemlich guter Hinweis«, sagte Lou. »Aber die Sache mit den gestohlenen Papieren finde ich höchst merkwürdig. Wenn das mit dem Fall zusammenhängt, würde das bedeuten, dass es im Vorfeld einen Kontakt zwischen Opfer und Täter gegeben haben muss. In welcher Art auch immer. Außerdem liegen beide Tatorte in Rheinnähe.« Lou massierte sich die Schläfen. »Wenn ein Neoprenanzug eine Rolle spielt, hat die kurze Distanz zum Fluss vielleicht eine Bedeutung.«

»Genug jetzt. Du sollst dich erholen und dir nicht den Kopf zerbrechen.«

»Ich bin ganz froh, wenn ich meine Gehirnzellen in Schwung bringen kann. Erzähl schon, bevor die Nachtschwester dich rauswirft. Was hältst du von Elise Ackermann?«

Maline zuckte mit den Schultern. »Sie tut mir leid, wieso?«

»Verlass dich nicht darauf, dass der Täter ein Mann ist«, gab Lou zu bedenken. »Die Morde sind zwar äußerst brutal, könnten aber durchaus von einer Frau begangen worden sein.«

»Bei Elise Ackermann sehe ich kein Motiv«, sagte Maline. »Da kann ich mir eher Ricarda Beer vorstellen. Ein Motorrad besitzt sie auch.«

Eine Stationsschwester erschien und forderte Maline auf, das Krankenzimmer zu verlassen.

»Wie du weißt«, sagte Lou, als Maline schon an der Tür war, »sind Motive nicht immer offensichtlich.«

Köln-Höhenhaus, Dhünner Weg

Gerda Jacobi legte ihrer Tochter einen Arm um die Schultern und schloss die Haustür.

Dana hängte ihre Jacke an die Garderobe, verschwand kurz in ihrem Zimmer und legte den Rucksack ab. Anschließend lief sie ins Erdgeschoss hinunter, umarmte ihre Mutter noch einmal, die gerade die Tür zum Arbeitszimmer ihres Mannes öffnete.

»Kommst du? Dana ist da!«

Wenige Minuten später saßen sie zu dritt auf der cremefarbenen Sofalandschaft. Der antike Tisch im Essbereich war für fünf Personen gedeckt. Weiße Tischdecke, polierte Weingläser, die im perfekten Abstand zu Tellern und Besteck standen – eine festlich gedeckte Tafel.«

Dana hatte einen Kloß im Hals. »Ihr erwartet Gäste? Warum habt ihr mir nichts gesagt?«

»Dein Bruder stellt uns seine neue Freundin vor. Hatte ich das nicht erwähnt?« Gerda übergab ihrem Mann die Sektflasche. »Wie war es in der Uni?«

»Ich war den halben Nachmittag für die Nachbarschaftshilfe unterwegs«, antwortete Dana. »An der Sporthochschule war ich nur am Vormittag.«

»Nimmt dein Ehrenamt nicht ein bisschen sehr viel Raum ein?« Gerda Jacobi macht ein besorgtes Gesicht und strich über den rechten Ärmel ihrer weißen Bluse.

Dana murmelte eine Rechtfertigung. Sie hasste es, wenn sich ihre Mutter in ihre Angelegenheiten mischte, und in ihr Engagement für bedürftige Menschen ließ sie sich schon gar nicht reinreden. Sie mochte diese Arbeit. Einmal wöchentlich kaufte sie für eine gehbehinderte Frau ein, und donnerstags las sie einem fast blinden Achtzigjährigen die taz vor. Für sie war das der perfekte Ausgleich zu ihrem Studium an der Sporthochschule.

»Und sonst?«, fragte ihr Vater und löste die Silberfolie vom Flaschenhals.

Dana antwortete ausweichend.

Das bevorstehende Gespräch mit ihren Eltern lag ihr seit Ewigkeiten im Magen. Aber es ließ sich nicht mehr aufschieben, sie musste die Sache ein für alle Mal über die Bühne bringen. Heute. Nicht morgen oder übermorgen.

»Fabians Freundin studiert übrigens Medizin.« Hendrik Jacobi ließ den Korken knallen, goss Sekt in hauchdünne Kelche und hielt ihr ein Glas entgegen.

»Für mich nicht«, sagte Dana.

»Ein Schlückchen wirst du doch vertragen.«

Dana schüttelte den Kopf. »Ich möchte nicht.«

»Lass sie doch«, sagte ihre Mutter und prostete ihrem Mann zu. »Dana trinkt doch so gut wie nie Alkohol.«

Die beiden nippten an ihren Gläsern.

»Dana hat uns etwas mitzuteilen«, sagte Gerda.

Hendrik Jacobi strich sich über seinen zu kurz geratenen Bürstenhaarschnitt. »Was es auch ist, heraus damit.«

Dana starrte auf das Porträtfoto ihrer verstorbenen Großmutter, das hinter ihren Eltern an der teuren Strukturtapete hing. Sie vermisste ihre Oma schmerzlich und hätte diese tolerante, kluge Frau gerade jetzt, in diesem Augenblick, gern an ihrer Seite gehabt.

Ihr Vater lächelte auffordernd. »Brauchst du Geld? Wenn ja, wie viel?«

Geld. Wenn die Sache nur so einfach wäre. Dana holte tief Luft.

»Ich bin lesbisch.«

Die drei Worte kamen ruhig und deutlich über ihre Lippen, so wie sie es hundertmal vor dem Spiegel und im Beisein ihrer Freundin geübt hatte. Puh. Gesagt. Der Satz war raus, unwiederbringlich. Dana rührte sich nicht und versuchte, in den Gesichtern ihrer Eltern zu lesen. Wie Eisskulpturen saßen sie jetzt da, die Sektgläser in der Hand. Die Zimmertemperatur sank gefühlt auf minus zwei Grad.

»Ich wollte es euch schon lange sagen, aber jedes Mal hat mich der Mut verlassen«, plapperte Dana los, weil sie die Stille nicht aushielt. »Aber im Grunde ist das ein haltloser Zustand. Ich meine, ihr seid meine Eltern …«

»Aber du magst Jungs!« Ihr Vater klang merkwürdig, seine Stimme höher als sonst. »Da war dieser … wie hieß er noch gleich … und dann kam Magnus. Ihr seid monatelang miteinander gegangen. Wie kommst du darauf, dass du … so eine bist?«

»Ich glaube, ich habe mich im Grunde immer zu Frauen hingezogen gefühlt, es aber nicht wahrhaben wollen. Jedenfalls …«

»Schon immer?«, sagte ihre Mutter. »Du meine Güte, du bist gerade erst fünfundzwanzig!«

»Jedenfalls bin ich schon ewig in Lâle verliebt«, fuhr Dana fort. »Wir haben …«

»Lâle? Ich dachte, ihr seid einfach nur …« Ihr Vater brach ab.

»Du hast diese Person mit in unser Haus gebracht!«, schnaubte ihre Mutter. Wir haben sie aufgenommen wie … wie …«

»Christen?«, schlug Dana vor, während ihr Herz wie wild schlug.

»Nun werd nicht zynisch!« Ihre Mutter guckte böse.

»Mama, du magst Lâle! In den höchsten Tönen habt ihr beide sie gelobt. ›Meine zweite Tochter‹ hast du sie neulich genannt!«

Dana sah, wie ihrer Mutter die Farbe aus dem Gesicht wich.

»Und ihr beide seid …« Ihr Vater suchte nach Worten.

»… ein Paar«, half Dana und ärgerte sich, dass ihre Stimme brüchig wurde. Trotzdem holte sie Luft, sie wollte, nein, sie musste alles loswerden und nahm ihren ganzen Mut zusammen. »Lâle und ich werden heiraten, wir haben eine gemeinsame Wohnung, und morgen kommt der Umzugswagen …«

»Du willst ausziehen?« Hendrik Jacobi schaute von Dana zu seiner Frau.

»Heiraten?« Die Halsschlagader ihrer Mutter schwoll an, auf ihrer hohen Stirn zeigten sich Schweißperlen. »Das geht doch gar nicht! Ich finde es geradezu unerträglich, wie du dich … wie sich diese …«

»Menschen …«, half Dana noch einmal weiter.

»… solcher Begrifflichkeiten bedienen. Die Ehe ist ein heiliger Bund zwischen Mann und Frau, durch die Kirche gesegnet und vom Staat besonders geschützt!«

Dana richtete sich auf, für einen kurzen Moment fühlte sie sich außerordentlich stark. »Dann nenn es meinetwegen Verpartnerung. Darum geht es nicht, das sind nur Worte. Wichtig ist, dass wir uns lieben und füreinander da sein wollen.«

»Hendrik! Sag doch auch mal etwas!«

Danas Vater umschloss sein Sektglas mit beiden Händen und starrte auf den Teppich unter seinen Füßen. »Am besten beruhigen wir uns alle wieder und hängen das Thema gar nicht erst an die große Glocke. Können wir uns nicht einfach darauf einigen, dass wir …«

»… mal wieder alles unter den Teppich kehren?«, beendete Dana den Satz. »Aber unter dem Teppich ist kaum noch Platz, liebe Eltern! Da vergammeln nämlich schon Fabians Drogenprobleme, Oma Heidruns Steuerhinterziehung und, ach ja, die Missbrauchsvorwürfe gegen den lieben Onkel Gunnar.«

»Das kam nie zur Anzeige!«, rief ihre Mutter schrill.

»Können wir nicht wie kultivierte Menschen respektvoll über all diese Dinge reden?« Hendrik Jacobi klang verzweifelt.

Gerda Jacobi warf ihrem Mann einen vernichtenden Blick zu, beugte sich vor, atmete tief durch und sah Dana in die Augen. »Kind, manchmal gibt es Phasen im Leben, zum Beispiel nach einer Enttäuschung, und Magnus hat dich enttäuscht, als er mit dieser Kleinen … sich wegen ihr von dir getrennt hat und … einige Frauen fühlen sich dann vielleicht von Männern abgestoßen, irgendwie. Du bist ja auch noch so jung und experimentierst, da flüchtet man sich vielleicht in scheinbare Alternativen. Aber gleichgeschlechtliche … dieser Akt ist widernatürlich, unmoralisch und dient nicht dem Fortbestand der Menschheit, wozu Sexualität nun einmal bestimmt ist. Deine … diese Sexualität dient einzig der … der Befriedigung!«

»Dann hast du mit Papa also seit einundzwanzig Jahren nicht mehr geschlafen, oder wie? So lange dürfte Fabians Zeugung her sein.«

»Dein Sarkasmus ist hier völlig fehl am Platz, mein Fräulein«, zischte ihre Mutter.

»Okay«, lenkte Dana ein. »Und was ist mit den vielen Heteropaaren, die gar nicht daran denken, Kinder in die Welt zu setzen?«

»Jetzt wirst du unsachlich. Und zu deiner Information: Oft

sind kinderlose Ehen keine Freiwilligkeit, und die Paare gehen durch Martyrium und Leid, bis es schließlich klappt oder sie ein Kind adoptieren.«

Frostiges Schweigen.

»Lâle und ich waren bereits beim Standesamt und haben das Aufgebot bestellt. Es war eine ziemlich spontane Entscheidung, aber wir sind uns ganz sicher … und na ja, unser Termin ist in vier Wochen.«

Dana sah, wie ihr Vater zusammensackte.

Gerda Jacobi hielt nun nichts mehr auf dem Sofa, sie sprang auf und lief im Zimmer umher. »Du bist doch nicht ganz bei Trost. Das ist doch wieder so ein Schnellschuss von dir, ohne Sinn und Verstand!«

Dana biss sich auf die Unterlippe. Der Mietvertrag für die gemeinsame Wohnung war unterschrieben. Morgen um elf Uhr hielt der Umzugswagen vor der Tür, und sie hatte noch nicht gepackt. Lâle ging davon aus, dass sie längst mit ihren Eltern gesprochen hatte. Sie hatte die Dinge schleifen lassen, viel zu lange.

»Ich glaube, du weißt gar nicht, was du redest.« Ihre Mutter schlug einen versöhnlichen Ton an. »Du bist einfach verunsichert oder auch überfordert. Studium, dein Ehrenamt und deine vielen Freunde. Wir verstehen, dass das Leben einem Angst machen kann und …«

»Das Leben macht mir keine Angst!«, schrie Dana, zitternd am ganzen Leib. »Vor euch beginne ich mich zu fürchten!«

Ihre Mutter ging zum Wohnzimmerschrank, suchte in einigen Unterlagen und reichte Dana schließlich eine Visitenkarte. »Frau Dr. Keyfass ist eine Kollegin deines Vaters und eine hervorragende Analytikerin. Sie hat jede Menge Erfahrungen auf dem Gebiet … äh … besonderer Entwicklungsstörungen.«

»Homosexualität ist ja kein Defekt im organischen Sinne«, beeilte sich ihr Vater zu sagen. »Vielmehr handelt es sich um eine psychische Störung mit unterschiedlicher Ausprägung. Die klassische Analyse erzielt da ganz ordentliche Erfolge und …«

»… die Konstitutionstherapie ebenfalls«, ergänzte seine Frau. »Im Prinzip leidest du an einer Reifungsstörung, die sich in homoerotischen Empfindungen äußert, wir wissen nicht, was da schiefgelaufen ist, aber das lässt sich ja herausfinden.«

»Und natürlich suchen wir die Schuld auch ein wenig bei uns«, ereiferte sich Danas Vater mit Blick auf seine Frau. »Es gibt einige Erklärungsansätze, wie zum Beispiel eine frühkindliche Mutter-Tochter-Störung, falsche Vorbilder oder genetische Vorbelastungen …«

Dana starrte von ihrem Vater zu ihrer Mutter und konnte nicht glauben, auf welche Gedanken ihre Eltern kamen. Sie waren Ärzte, gebildet, in vieler Hinsicht herzlich, konservativ ja, aber doch keine Dummköpfe. Jetzt wirkten sie wie Sektenmitglieder oder vernagelte Extremisten. Wie sie da saßen, betretene Gesichter machten, mit Gleichklang in den Stimmen und einem drohenden Unterton. Wenn sie sich so an die Straße gestellt hätten, dann würde man ihnen den »Wachturm« aus den Händen reißen.

Es klingelte an der Haustür.

»Kein Wort mehr heute Abend«, sagte Hendrik Jacobi und erhob sich.

»Wir reden morgen weiter!«, verkündete ihre Mutter und eilte ebenfalls zur Tür.

Mit Tränen in den Augen schnellte Dana vom Sofa, schnappte sich ihre Jacke und stürmte an ihrem verdutztem Bruder und seiner Freundin vorbei zur Haustür hinaus.

Cesare hatte Glück. Er erreichte das Vaporetto, kurz bevor es ablegte.

Augenblicklich verschluckte das Tuckern des Schiffsmotors das Stimmengewirr an Bord. Schnell entfernte sich das Boot vom Anleger des Lidos und nahm Kurs auf die Lagunenstadt.

Die Sonne kam nicht richtig durch. Trotzdem lagen die Temperaturen bei angenehmen fünfundzwanzig Grad, und es wehte ein laues Lüftchen. Cesare fror dennoch, zog die Schultern hoch und vergrub seine Hände in den Manteltaschen.

Am Anleger San Marco stieg er um und betrat wenig später das »De Nico«. Touristen bevölkerten die Terrasse der berühmten Gelateria. Nougateis mit Vanillehaube und Schokokruste, die Spezialität des Hauses, wanderte im Sekundentakt über die Theke. Drinnen belegte eine Gruppe Japaner zwei Tische. Espressomaschinen dampften, Löffel schlugen beim Einrühren von Zucker gegen weißes Porzellan. Cesare ergatterte einen Platz am Fenster und sah zur Zitadelle hinüber. Hier hatten Marilyn und er unzählige Male gesessen.

Seine Schwester rückte kein Geld heraus. Nicht einen Cent. Gabriella hatte den Hahn zugedreht, basta – es sei denn, er gäbe *questo così chiamato rapporto*, die sogenannte »Beziehung« mit Marilyn, auf.

Nach Venedig sollte Cesare ziehen und Marilyn verlassen. Die ganze Nacht hatten sie deswegen gestritten, und Cesares Wut auf Gabriella war ins Unermessliche gestiegen.

Vom Ernst der Lage machte sich in Köln niemand eine Vorstellung.

Täglich verdrängte er das Szenario einer Räumungsklage und weigerte sich, dem sozialen Abstieg ins Auge zu sehen.

Zeitungen trug Cesare bereits aus. Marilyn gegenüber hatte er versichert, dass er die stillen Morgenstunden in der Stadt liebte und nichts auf der Welt lieber täte, als umherzulaufen und den Stadt-Anzeiger in Briefkästen zu stecken. Dabei stopfte der

Vierhundert-Euro-Job die finanziellen Löcher nicht annähernd. Cesare war der Verzweiflung nah.

Von Anfang an hatte er ihre Existenz abgesichert. Marilyn hingegen war der Schöngeist gewesen, der Künstler, dessen gelegentliche Einnahmen ein Zubrot waren. Nie weniger und selten mehr. Marilyn. Sein männlicher bürgerlicher Vorname spielte nur bei behördlichen Belangen eine Rolle. Die meisten Menschen wussten gar nicht, wie er wirklich hieß. Sein Künstlername war das Letzte, was er sich aus seiner glanzvollen Zeit bewahrt hatte. Marilyn, einst gefeiert zumindest in der lokalen Presse. Er hatte sein Publikum gehabt, in bestimmten Kreisen wurde er bis zum heutigen Tag verehrt. Seine Auftritte im »Pimpernell« oder bei der Ma im »George Sand« waren legendär gewesen, gehörten allerdings der Vergangenheit an. Und Cesare ermutigte Marilyn nicht, seine Travestieshows aufzuwärmen.

Das Publikum grölte heutzutage nach Knalleffekten und einer Bühnenshow mit Tamtam. Da passte Marilyn nicht hinein. Im Rahmen des Cologne Pride hatten ihn frühere Weggefährten vor Jahren noch einmal auf die Bühne komplimentiert. Geschmeichelt hatte Marilyn sich überreden lassen. Alternde Fans waren erschienen, hatten Rosen auf die Bretter geworfen, die längst nicht mehr Marilyns Welt bedeuteten. Denn leider zeigte sich in erschreckender Deutlichkeit, was Cesare längst geahnt hatte. Von Marilyns ehemals kraftvollem Gesang war nichts geblieben. Zigaretten hatten die Stimme ruiniert. Zu leise und unharmonisch hatte er die Perlen seiner Marilyn-Monroe-Interpretationen vorgetragen und zu schüchtern im Scheinwerferlicht gestanden. Einige Ledertypen hatten angefangen zu grölen, kaum dass er »I wanna be loved by you« angestimmt hatte, und ein großer Teil des jungen Publikums fing einfach an, sich lautstark zu unterhalten, ohne Marilyn weiter zu beachten. Cesare hatte ihn von der Bühne gezogen, bevor die Buhrufe noch lauter geworden wären.

Seit diesem Tag wirkte Marilyn geknickter als vorher, freute sich nicht einmal mehr über die parfümierte Post, die er gelegentlich immer noch erhielt.

Nächsten Monat wurde er sechzig. Der Altersunterschied hatte

Cesare nie etwas ausgemacht. Was er kaum ertrug, war, dass Marilyn sich gehen ließ. Seine Perücken trug er meist einfach zum Anzug, schlüpfte nur selten in seine schillernden Kleider, überschminkte höchstens an den wenigen guten Tagen seine Traurigkeit mit Glitzer. Aber oft, zu oft, kam er gar nicht aus dem Pyjama.

Cesare sah das alles, beobachtete die Entwicklung und hatte nicht vor, aufzugeben. Er wollte das Ruder herumreißen. Auch deshalb war er hergeflogen, hatte seine Schwester um Hilfe gebeten und in seiner Verzweiflung sogar angeboten, Marilyn zu verlassen. Aber Gabriella hatte ihm ins Gesicht gespuckt. Ihrem Bruder, dem einzigen Menschen auf der Welt, der immer zu ihr gehalten hatte.

Der Kellner trat an den Tisch, stellte den Cappuccino etwas zu heftig vor Cesare ab. Kaffee schwappte in die Untertasse.

Cesare hatte keine Wahl. Jetzt musste er wahrmachen, was er sich vorgenommen hatte, wenn es sonst keinen Ausweg gab. Gabriella sollte sterben. Diese elende erniedrigende Bettelei sollte endgültig der Vergangenheit angehören. Dafür hatte er die Spritzen mit der tödlichen Dosis Schlafmittel nach Italien geschmuggelt. Blut und Wasser hatte er am Flughafen geschwitzt und sich schon mit einem Bein im Gefängnis gesehen. Zum Glück war alles gut gegangen, aber leicht war es nicht, seinen Vorsatz in die Tat umzusetzen.

Die Japaner am Nachbartisch brachen auf. Cesare wurde klar, dass ihm nicht mehr viel Zeit blieb. In aller Herrgottsfrühe ging sein Rückflug nach Köln.

Schwächling, schalt er sich. Du musst es heute hinter dich bringen! Niemand wird dich verdächtigen. Gabriella hat unzählige Einstichstellen durch ihren Diabetes, und dazu ist sie herzkrank. Der Arzt wird eine natürliche Todesursache bescheinigen, und dann bist du alle Sorgen los. Eine andere Möglichkeit gibt es nicht.

Er strich sein dunkles Deckhaar zurück, zahlte, stand auf, steckte das gestreifte Hemd ordentlich in die Hose, nahm seinen Mantel und trat auf die überfüllte Promenade.

Zwei Stunden später näherte er sich der Calle de Forno. Entschlossener als jemals zuvor stieg er die steile Treppe im Haus seiner Schwester hinauf.

Basilikumduft hing in der Luft. Cesare verschwand in seiner Kammer und wühlte in dem Trolley nach den Spritzen.

Gabriella lag, nur mit einem bunten Kittel bekleidet, auf dem Sofa in der Küche und schaute Soaps. Cesare verbot sich jedes weitere Zaudern, warf sich auf sie, hielt ihren Arm fest und rammte ihr die erste Spritze in die Vene.

***

Die Ausweise, die ich klaue, sortiere ich nach Stadtteilen und bevorzuge bei der Wahl meiner Opfer Adressen, die in Rheinnähe liegen. Ich spüre den kalten Strom, wenn ich nach getaner Arbeit in den Fluss steige, um mir das Blut abzuwaschen und meine Hitze herunterzukühlen.

In der Regel mache ich mir ein Bild vor Ort. Bevor ich zuschlage, verschaffe ich mir Zugang zu den Wohnungen. Die meisten Schlösser sind leicht zu öffnen und für mich kein Hindernis. Und wenn doch, lasse ich mich überraschen und verzichte auf einen Vorabbesuch. Um mein nächstes Opfer schleiche ich schon eine Weile herum. In dieser Wohnung konnte ich mich nicht umsehen. Drei Schlösser. Eins davon habe ich nicht aufbekommen. So etwas kann mich ärgern. Aber es spielt keine Rolle, der Erstbesuch ist nur als Appetitanreger gedacht.

Heute Abend führt mich mein Weg nach Köln-Mülheim. Ich nähere mich der Adresse, und siehe da, die Zielperson schleicht im Schatten der Häuserfront vor mir her. Er hat mich wahrgenommen, aber seine verstaubten Gehirnzellen lassen keine richtigen Schlüsse zu, da bin ich mir sicher. Nun verschwindet er in diesem dreistöckigen Haus.

Es dauert, bis das Licht im ersten Stock angeht. Auf dem Klingelschild stehen zwei Namen. Er wohnt ja nicht allein, aber diese Tatsache spielt im Augenblick keine Rolle. Am Flughafen gestern habe ich einen Abschied beobachtet, Gepäck für höchstens zwei Tage. Und selbst wenn ich falschliege, es ist völlig egal. Ich kann auch beide kaltmachen.

Ich habe es nicht eilig, schlendere in der Abendsonne. Auf dem Weg bin ich an einer Eckkneipe vorbeigekommen. Zwei, drei Kölsch können nicht schaden. Meine Faust umschließt das Messer in der Manteltasche, als ich den Laden betrete.

Schwarz gekleidete Menschen mit geröteten Augen. Im angeschlossenen Saal findet ein Leichenschmaus statt. Ich liebe Beerdigungen und alles, was damit zusammenhängt, spüre eine seltsame Freude beim Anblick offener Gräber und studiere aufmerksam Schleifen an Blumenkränzen. Früher habe ich regelmäßig Beerdigungsanzeigen gelesen, mich Trauernden angeschlossen, bin ihnen zum Reueessen gefolgt und habe ungeniert bei den belegten Brötchen zugegriffen. Eine einzigartige Energie schwebt in Räumen, in denen getrauert wird.

So ist es auch hier, die Mischung ist interessant. Trauernde und Fußballfans. Ich fühle mich wohl, trete an den Tresen. Ehrliche, einfache Menschen kippen das Bier stehend, den Fernseher über dem Tresen fest im Blick, und beachten mich nicht weiter.

Zigarettenqualm hüllt mich ein, in dieser Kneipe trotzt man Verboten. Eine Wirtin zapft Kölsch vom Fass. Auf ihren Fingernägeln glänzt Glitzernagellack. Flink ist sie, lacht und scherzt mit den Gästen.

Ich beobachte die Hinterbliebenen, die in einiger Entfernung stehen, rauchen und sich schwatzend Mettbrötchen mit Zwiebelringen in den Mund schieben. Ein Trauergast löst sich von der Gruppe und schlendert herüber, bleibt neben mir stehen und berührt mich leicht am Ärmel. Das Gesicht des Alten glänzt wie eine Schwarte. Sein Hemd spannt am Kragen, er hebt sein Glas in meine Richtung. »Auf die Verstorbene.«

Ich trinke mit, und schon bald tauche ich ebenfalls ein in das Banale, lasse mich mitreißen, fluche wie die anderen über den FC, um letztlich die erneute Niederlage mit einem Schulterzucken fortzuwischen. Stundenlang könnte ich so stehen, aber wie so oft gibt es auch hier einen Störer. Diesmal ist es ein Greis mit Rauschebart. Unaufgefordert stimmt er »Rut un Wiess« an. Meine Laune schlägt um. Wie gesagt, Sentimentalitäten sind nicht mein Ding. Die Kölner singen sich ein, finden kein Ende, reihen Lied an Lied, auch die Trauergäste.

Ich muss noch etwas bleiben. Notgedrungen. Die Straßen sollen sich leeren, ich kann keine Zeugen gebrauchen.

Ich steige auf Cola um, will mich nicht betrinken. Als es Zeit wird, zahle ich und verschwinde auf die Toilette. Hastig reiße ich mir die Kleider vom Leib, ziehe den Neoprenanzug aus der Tüte, schlüpfe hinein und stopfe die Sachen in den Plastikbeutel. Meine Armbanduhr nehme ich vom Handgelenk und schiebe sie zwischen die Kleidung. Das Umziehen geht immer schneller. Jetzt wieder in die Stiefel, Mütze auf, Mantel überwerfen und zügig die Kneipe verlassen.

»Gezeiten«, Balthasarstraße

Hanna und Maline kippten Holunderblütenschnaps. Auf der Wandtafel hinter der Theke wurde auf selbst gemachte Marmelade hingewiesen. Adele beschallte den Gastraum mit »Rolling In The Deep«.

»Jetzt muss ich schon mit dir ermitteln gehen, damit wir etwas zusammen trinken«, beschwerte sich Hanna, lachte und kippte gleich noch einen Schnaps herunter. »Weißt du schon, dass Michel und Clemens zweimal aus waren?«

»Echt?« Maline war wirklich überrascht. »So gut kennen sich die beiden doch gar nicht.«

»Eben«, sagte Hanna und winkte der Kellnerin. »Ich habe langsam das Gefühl, dass mein Leben an mir vorbeirauscht, während sich alle anderen amüsieren.«

»Ist das nicht auch ein Grund, warum du die Bäckerei abgeben willst?«

Hanna legte den Kopf schräg und sah Maline an. »Ja, das stimmt. Ich roste ja förmlich ein und mache mir über sonst was den Kopf. Also, wenn ich zum Beispiel Michel und Clemens betrachte, die treffen sich einfach, trinken Kölsch und quatschen eine Runde miteinander. Ich dagegen traue mich nicht, Michel anzusprechen, obwohl ich gerne mal mit ihm ausgehen würde.«

»Ich denke, das liegt daran, dass du mit Michel zusammenarbeitest und ihn darüber hinaus auch noch attraktiv findest«, sagte Maline. »Solche Probleme haben die beiden Männer nicht.«

»So toll finde ich ihn auch wieder nicht«, sagte Hanna.

»Dann verstehe ich dein Problem nicht«, antwortete Maline. »Ich müsste übrigens unbedingt mal auf den Dachboden über Michels Wohnung. In einer der Kisten liegen meine Fotoalben. Ich möchte meinem Vater eine Freude machen und sie zum nächsten Besuch im Pflegeheim mitbringen. Vielleicht dringe ich damit zu ihm durch.«

»Dann geh doch einfach kurz in die Wohnung, auch wenn Michel nicht da ist. Er hat bestimmt nichts dagegen, und außerdem kann er froh sein, dass du die Bude so anstandslos geräumt hast. Schließlich hat er ja nichts zu verbergen.«

»Okay.«

»Wie geht es Lou?«, fragte Hanna.

Maline berichtete, dass sie am Abend zuvor bereits stabil gewirkt hatte. »Sie glaubt, dass sie schon morgen verlegt wird.«

»Wie immer ist unsere Lou ziemlich ungeduldig«, meinte Hanna. »Aber ich bin ja froh, dass es ihr besser geht.«

Maline zeigte ihren Dienstausweis und schob die beiden Fotos über den Bistrotisch, als die nächste Runde gebracht wurde.

Die kleine zierliche Bedienung betrachtete Johanna Feldhaus und Karina Marcks genau, hielt die Fotos sogar ins Licht.

»Nie gesehen, weder die eine noch die andere, sorry. Stammgäste sind die nicht.«

Zwei Frauen kamen herein und setzten sich auf die Barhocker am Tresen. Die Bedienung nickte ihnen zu.

»Habt ihr in letzter Zeit vermehrt mit Diebstahl zu tun?«, fragte Maline.

»Ja. Es haben sich Gäste beschwert. Von einigen haben wir die Namen notiert, falls hier wieder etwas auftaucht. Wenn Sie die Namen der Bestohlenen haben wollen, frage ich die Chefin danach.«

»Das wäre super.«

Eine leise Glocke ertönte.

»Die Küche ruft«, sagte die Bedienung. »Heute ist ziemlich was los.« Sie nickte Maline noch einmal zu.

Während Hanna auf die Toilette im Untergeschoss verschwand, ließ Maline den Blick durch den Laden schweifen. Sämtliche Tische waren besetzt. Im abgetrennten Bereich hinter dem Durchbruch klopften fünf Frauen Karten, und an der Theke saß ein junger Typ in sein Smartphone vertieft.

»Was machst du denn hier?«

Maline fuhr herum. Modische Kurzhaarfrisur. Dominante Brille.

Küsschen links. Küsschen rechts.

»Dich habe ich hier nicht erwartet.« Jasmin musterte Maline unverhohlen. »Gut siehst du aus. Bist du beruflich unterwegs?«

Gegen ihren Willen musste Maline lachen. Sie hatte die Journalistin als nervige Schnüfflerin in ihrem ersten Fall beim KK11 kennengelernt und später eine kurze Affäre mit ihr gehabt. Seither pflegten sie lockeren Kontakt, und egal, wo sie sich trafen, meist ermittelte Maline dann tatsächlich. Jasmin Klerk konnte Blut aus Kilometern riechen wie ein Hai.

»Ich bin privat hier«, log Maline. Sie hatte keine Lust auf ein Kreuzverhör, und ihren Namen wollte sie am nächsten Morgen auch nicht in der Zeitung lesen.

»Bist du allein?«, fragte Jasmin.

»Nein«, antwortete Hanna für Maline und drängte sich an Jasmin vorbei auf ihren Platz. Lou und sie waren Jasmin in der Zeit der Affäre manchmal begegnet und hatten sie von Anfang an nicht gemocht. Die Begrüßung fiel entsprechend frostig aus. Hanna gab sich keine Mühe, ihre Aversion zu verbergen.

Jasmin bestellte Kölsch und machte keine Anstalten, das Feld zu räumen. Aus Erfahrung wusste Maline, dass sie ein dickes Fell hatte und Antipathie ohne Weiteres wegsteckte.

Die Servicekraft legte einen Zettel auf den Tisch. »Hier sind die Namen und Handynummern, es sind nur fünf.«

Maline steckte die Notiz schnell ein, sprang vom Hocker und zog die Bedienung außer Hörweite. »Habt ihr einen Verdacht wegen der Diebstähle? Hat sich irgendjemand merkwürdig verhalten, oder ist euch in letzter Zeit jemand aufgefallen?«

»Nein.«

Maline ging zurück an den Tisch.

»Wie ein Privatbesuch sieht das aber ganz und gar nicht aus.« Jasmin verzog spöttisch das Gesicht. »Ich hätte nicht gedacht, dass du mich so schamlos anlügst. Also, raus mit der Sprache, in welcher Sache ermittelst du?«

»Kein Kommentar«, sagte Maline und nippte an ihrem Kölsch.

Jasmin wollte etwas erwidern, aber Hanna kam ihr zuvor.

»Du hast doch gehört, was Maline gesagt hat. Wir sind privat hier und wollen uns in Ruhe unterhalten.«

***

Kopfsteinpflaster unter meinen Sohlen. Ich rieche den Rhein, suche mir einen abgelegenen Platz und warte auf die Dunkelheit. Als ich mich aufmache, gehe ich zielstrebig. Die Sonne ist hinter dem Stadtpanorama wie ein roter Ball untergegangen, sie ist einem blassen Halbmond gewichen.

Es ist mild, ein herrlicher Abend. Vielleicht der letzte dieser Art in diesem Jahr.

Langsam nähere ich mich dem Altbau. Zweimal drücke ich die Klingel. Es dauert, bis der Summer ertönt. Wie leichtsinnig die meisten Menschen ihre Türen doch öffnen. Im Treppenhaus riecht es nach chinesischem Essen. Spione sind nicht vorhanden, gut für mich. Zu meiner Überraschung ist die Tür angelehnt. So leicht macht man es mir nicht immer. Mit Ruhe ziehe ich die Handschuhe an und streife die Sturmmaske über, unter der ich immer schwitze wie ein Schwein.

»Viktor, mein Lieber! Hast du umsonst vor der neuen Wohnung gewartet? Ich habe noch ein wenig sauber gemacht und die Zeit vergessen. Alles hat länger gedauert als geplant.« Seine Stimme ist rauchig, und offenbar erwartet er Besuch.

Sachte schließe ich die Wohnungstür. Keine Garderobe, mich begrüßt ein nackter Flur. Trenchcoat samt Mütze landen auf dem Boden, ebenso die Tüte mit meinen Klamotten. Hier geschieht Veränderung. Auszug.

»Ich bin in der Küche, brühe gerade Tee auf. Der Wasserkocher ist ja noch geblieben. Die kernigen Kerle sind erst seit einer Stunde fort. Schnell waren sie nicht, aber es hat alles gut geklappt.«

Sachte stoße ich die Tür auf, das Messer in der linken Hand. Auch hier keine Möbel. Ein Lichtstrahl fällt auf meine Gummistiefel. In der Luft hängt der Geruch des Alters, Wasserdampf und Leere.

»Ach ja, ein paar Handtücher und Toilettenartikel habe ich auch hierbehalten. Und du hast recht, mir wird ganz schwer ums Herz, jetzt, wo alles fort ist.«

Er plappert und plappert. Es sind seine letzten Worte, bevor er für immer schweigt. Hätte er andere gewählt, wenn er das große Schweigen geahnt hätte?

Er steht mit dem Rücken zu mir vor einem Stuhl, auf dem ein Wasserkocher steht, trägt dunkle altertümliche Gummihosenträger über einem weißen Hemd. Dünnes Haar glänzt feucht und reicht nicht für die Glatze.

Auf der Stuhllehne hängt eine Perücke.

Ich stehe reglos. Abscheu mischt sich mit dem Bedürfnis, Ordnung herzustellen und auszumerzen, was nicht sein darf. Ich spüre Überlegenheit. Adrenalin schießt in jede Zelle meines Körpers. Dieser Raum ist meine Arena. Daumen hoch oder runter. Gnade oder nicht. Leben. Tod. Ich muss lächeln. Habe ich je zugunsten einer dieser Kreaturen entschieden? Jemals einen entkommen lassen?

Niemals. Nicht einmal meine Tante.

Als er sich umdreht, zögere ich keinen Augenblick und ramme ihm das Messer in den Bauch. Tief stoße ich die Klinge ins weiche Gewebe und blicke dabei in grüne Augen. Seine dürren Finger krallen sich ins Neopren.

Dem widerlichen Lippenstiftmund entfährt ein dumpfer Laut, dabei reißt er die Augen auf, knickt ein wie eine Marionette, der die Fäden durchtrennt wurden. Er fällt nach vorne, rutscht langsam zu Boden und bleibt auf dem Bauch liegen. Das weiße Hemd verfärbt sich an den Seiten rot, und ich muss an Löschpapier denken.

Das Wasser im Kocher sprudelt, das Gerät schaltet sich nicht automatisch ab. Dampf fliegt an das Fenster und die hellbraunen Kacheln, perlt ab. Ich sehe hinaus. Dicht stehen die Häuser in diesem Hinterhof beieinander. Der Tattrige rappelt sich auf und schleppt sich aus der Küche. Erstaunlich. So viel Überlebenswillen hätte ich ihm nicht zugetraut. Seine Schritte hinterlassen eine Blutspur auf den hellen Kacheln der Küche. *Rut un Wiess.*

Er flieht auf den Flur, ich höre ihn stöhnen und folge ihm ohne Eile. Kurz vor der Wohnungstür reiße ich ihn herum. Ein gezielter Stich in die Brust beendet sein jämmerliches Leben. Er sackt zusammen und bleibt regungslos liegen. Gierig sauge ich den unverwechselbaren Geruch von Blut ein. Ich muss mich beherrschen, will nicht in einen Rausch geraten. *Konzentriere dich auf das Notwendige!*

Es klingelt. Wiederholt. Verdammte Scheiße. Besuch. Stimmt, er hatte Tee aufgebrüht. Viktor. Er könnte einen Schlüssel haben. Unsinn, dann würde er nicht schellen. Und wenn doch, ist es egal. Ich schlitze ihn ebenfalls auf. Dabei kann es keinen Falschen treffen. Auch Befürworter sind Gegner.

Es klingelt noch einmal, und es fällt mir schwer, abzuwarten, ruhig zu bleiben.

Ich sitze mit dem Rücken an der Wand auf dem Boden, rühre mich nicht, bis es lange genug still bleibt.

Viktor enttäuscht mich. Er hat wenig ambitioniert um Einlass ersucht. Was für ein Satz. Schwülstige Ausdrucksweise. Meine Tante hat mich deshalb manchmal aufgezogen. Ich erhebe mich träge, betrachte die Blutspur, die sich von der Küche in den Flur zieht. Das Profil meiner Gummisohlen hat hässliche Abdrücke auf dem Boden hinterlassen. Rote Schneespuren. Muss ich sie beseitigen? Kann die Polizei ansonsten Schlüsse ziehen? Vielleicht. Aber sie kommen mir nicht auf die Schliche. Ich werfe ihnen diesen Happen hin.

Durst. Ich muss etwas trinken. Neben der Heizung steht eine angefangene Sprudelflasche, ich kippe Wasser in meine Kehle.

Auf einmal wird mein Atmen schwer. Ich springe vor, reiße das Fenster auf, inhaliere frische Abendluft und beruhige mich. Diese Attacken wundern mich, aber ich weigere mich, sie zu hinterfragen. Ich schlendere durch leer geräumte Zimmer, die viel gesehen haben und auf Neues warten. Wollmäuse, überall.

Bevor ich gehe, ziehe ich den Stecker des Wasserkochers. Ich will nicht, dass die Wohnung abfackelt. Die Bullen sollen einen ordentlichen Tatort vorfinden.

Als ich beschließe aufzubrechen, registriere ich, dass sich der Alte bewegt. Anscheinend hat er sieben Leben.

Ich wende mich ihm zu und betrachte seinen blutüberströmten Körper, der in einer dunkelroten Lache liegt. Sein letzter Atemzug kann nur Sekunden entfernt sein. Ich knie nieder, bringe mein Gesicht ganz nah an seine Visage und inhaliere den Gestank des Todes, den seine Poren ausdünsten.

»Wer für Tand und Schande ficht, den hauen wir in Scherben«, hauche ich ihm auf seinem letzten Weg entgegen, nehme die

Tüte, Mantel und Mütze, überlasse ihn seinem Schicksal und eile zum Rhein.

Nächtliche Stille. Ich wate in den Fluss, wasche Stiefel, Handschuhe und das Messer, stelle mich bis zur Brust ins Wasser. Wieder am Ufer entledige ich mich zügig des Anzugs und schlüpfe in meine Sachen.

Ich muss nicht zur Arbeit, auch deshalb zieht mich nichts nach Hause. Es riecht nach Herbst. Kalt ist es trotzdem nicht. Blutgeruch begleitet mich, klebt an den feinen Flimmerhärchen meiner Nase. Gierig fülle ich meine Lungen mit reiner Luft. Heute bin ich zu Fuß unterwegs und laufe Richtung Stammheim den Rhein entlang. Ich mag diese Strecke, drehe Köln gerne den Rücken zu, bewege mich vorwärts zwischen Rhein und Wohngebieten, in denen die Lichter erloschen sind.

Köln-Stammheim

Dana stoppte an einer Bank und lehnte ihr Rennrad gegen eine Weide. Wie ein großes schwarzes Band floss der Rhein, jetzt beinahe verschluckt von der tiefen Nacht.

Ziellos war sie die halbe Nacht durch die Gegend gefahren. Zuerst Richtung Schlebusch, dann nach Leverkusen. Anfangs hatte sie wütend in die Pedale getreten, sich dann nach und nach beruhigt, angehalten, im Gras gesessen und ihre Gedanken fliegen lassen. Schon früher war sie aufs Rad gestiegen, wenn es Probleme gab. Ihre Eltern hatten oft ein tierisches Theater veranstaltet, weil sie dann stundenlang fortgeblieben war. Unabhängig davon, ob Tag oder Nacht.

Sie ließ sich nicht einschränken. Auch jetzt wollte sie einfach hier sitzen, friedlich, und niemanden sehen, auch Lâle nicht. Ihr Handy steckte in der Hosentasche, stumm gestellt. Ihre Freundin wunderte sich bestimmt, dass sie sich nicht meldete. Eigentlich mussten sie ein paar Dinge wegen des Umzugs besprechen. Egal. Alles würde sich finden. Wichtiger war, dass sie das Gespräch mit ihren Eltern verdaute.

In der Nähe verbarg sich eine Eule. Dana hörte ihren Ruf. Ansonsten war die Nacht still und mild. Hin und wieder schoben sich Wolken vor den gelben Halbmond.

Die Gestalt registrierte Dana erst, als sie die Bank, auf der sie saß, fast erreicht hatte. Der Mann schlurfte in Gummistiefeln heran und trug eine Mütze mit Ohrenklappen. In der rechten Hand hielt er eine prall gefüllte Plastiktüte.

Danas Herz begann schneller zu schlagen, als er, nur wenige Schritte von ihr entfernt, stehen blieb.

»Alles okay?« Seine Stimme war melodisch.

»Ja.« Dana versuchte sein Gesicht zu erkennen, aber der Halbmond verschwand gerade hinter einer Wolke.

»Was machst du hier allein mitten in der Nacht?«

»Ich versuche, meine Seele ins Gleichgewicht zu bekommen.«

Er lachte.

Dana entspannte sich ein wenig, weil er Distanz hielt und nicht bedrohlich wirkte.

»Was hat deine Seele denn aus dem Gleichgewicht gebracht?«, fragte er und klang interessiert.

»Darüber möchte ich lieber nicht sprechen.«

»Ist es okay für dich, wenn ich mich einen Augenblick zu dir setze? Ich bin ziemlich müde und muss noch ein ganzes Stück laufen.«

»Klar.« Dana rückte weiter an den rechten Rand der Bank.

Als sich der Mann setzte, stellte er die Plastiktüte zwischen sie. Der Ärmel eines Taucheranzugs hing an einer Seite heraus. Tauchen war Danas neueste Entdeckung.

Er schien ihren Blick zu bemerken und stellte den Beutel auf die andere Seite.

»Erzähl mir, was dich beschäftigt. Warum sitzt du hier? Liebeskummer? Stress mit den Eltern? Job verloren? Ich kann zuhören.«

Dana belastete andere ungern mit ihren Problemen. Aber in der Stimme des Mannes lag etwas Beruhigendes, etwas Vertrautes. Es fühlte sich an, als würde eine Schleuse geöffnet. Wie ein Wasserfall stürzten Enttäuschungen und Trauer über ihre Lippen. Alles, was sie so lange zurückgehalten hatte, floss aus ihr heraus. Nicht nur das verheerende Gespräch mit ihren Eltern, sondern jede Ungerechtigkeit, die sich in ihrem jungen Leben ereignet hatte. Sie spürte, wie ihr Herz leichter wurde, aber in ihrem Eifer bemerkte sie nicht, dass sich die feinen Gesichtszüge des Mannes neben ihr zu einer widerlichen Fratze verzogen.

***

Als ich endlich im Bett liege, fühle ich mich wie nach einem Tag im Steinbruch. Ich bin völlig erledigt, die Sache mit dem Mädel hat mir den Rest gegeben. Schlafen.

Ich schrecke hoch. Meine Armbanduhr! Ist sie in der Tüte? Scheiße.

Panisch springe ich aus dem Bett, ziehe den nassen Neoprenanzug aus dem Beutel und suche nach meiner silbernen Uhr. Sie ist verschwunden. In der Kneipe hatte ich sie noch. Verdammt. Sie liegt bestimmt in der beschissenen Wohnung.

Zurück.

Halt. Wie willst du in die Wohnung kommen?

Ich breche die Tür auf.

Klingel einfach dort. Vielleicht hast du Glück, und dir wird geöffnet. Er hat ja nicht allein gewohnt.

Der Morgen graut. Es ist zu früh, um aufzubrechen, außerdem will ich liegen bleiben, ruhiger werden. Ich döse ein, wache eine Stunde später erneut auf und erhebe mich, bin einfach zu nervös.

Mein Mantel ist voll mit Blut, ich schmeiße ihn in die Waschmaschine, schließe das Fenster in der Küche und blinzele zum Außenthermometer. In den letzten Stunden ist die Temperatur um mehrere Grad gefallen.

Vorgestern sind die fetten Gänse fortgeflogen, die wochenlang im Rheinpark campiert haben. Die Stimme meiner Tante dringt zu mir durch. *Gänse riechen die Kälte und flüchten.*

Fröstelnd drehe ich die Heizung hoch. Achtzehn Quadratmeter sind schnell warm. Ich bin unruhig und aufgewühlt. Diese blöde Uhr. Auch diese Sache vor ein paar Stunden lief völlig planlos. Der Druck in meiner Brust schwillt bedenklich an. Ich rauche gegen die Enge in meinem Körper.

Diese Wohnung ist klein und aus meiner Sicht für die Größe zu kostenintensiv. Mein Umfeld belächelt diese Einschätzung, hier ist man horrende Mieten gewöhnt. Aber mir erscheint Köln absurd überteuert. Schön ist die Stadt auch nicht.

Vielleicht passe ich einfach nicht hierher, das ganze Viertel ist nicht nach meinem Geschmack. Zu offensichtlich die Sympathien für die, die ich verachte. Meine Tante hat gern gepredigt, dass in Köln schon immer ein freisinniger Geist lebte, der sogar in der Historie verbrieft sei. In meinen Augen ist das Blödsinn.

Mutige Menschen haben sich zu allen Zeiten gegen den Strom gestellt, gegen Unsittlichkeit und den Verfall der Werte gekämpft, sind gegen die schleichende Akzeptanz des Verwerflichen marschiert.

In Archiven und Schriften fand ich Balsam für meine angeekelte Seele. »… *Trug er bisher seine widernatürliche Lust nur scheu in seinem Herzen … so ist derselbe jetzt in seiner Organisation bereits kühn aus seiner Reserve hervorgetreten, um sich zu bestimmen und der Gleichberechtigung seines dunklen Treibens mit einer Offenheit das Wort zu reden, als wenn es sich für das Vorkämpfertum für sittliche und ideale Hebung unseres Volkslebens handelte* …«

Dieser Verfasser spricht mir aus dem Herzen, auch wenn die Zeilen hundert Jahre alt sind, aus solchen Dingen ziehe ich Kraft.

Aber ich muss vorsichtig sein. In Köln hat der Spruch »Leben und leben lassen« Gewicht. Das ist auch ein Grund, warum sich hier vieles rasant ausbreitet und heimisch fühlt. Die Stadt steht jedem offen. Hier werden alle beklatscht, haben Lobby, Sympathisanten, Fürsprecher.

Es ist ein Fass ohne Boden.

Ich war achtzehn, als ich meiner Tante endgültig den Rücken kehrte und ins Ruhrgebiet zog. Schon zu dieser Zeit hatte ich Bettgeschichten, jede Woche eine andere Frau. In dieser Beziehung kam ich nach meinem Vater, der zum Ärger meiner Mutter ständig Affären hatte. Ich verdrängte meine Tante und ihresgleichen, von gelegentlichen Besuchen einmal abgesehen. Klug war sie nicht, ansonsten hätte sie ihren Mund gehalten und ihre Unterstellungen besser heruntergeschluckt.

Vor einigen Monaten konnte ich ihre Anspielungen nicht länger ignorieren.

Du bist so wütend, weil du aus dem gleichen Holz geschnitzt bist wie ich, und wenn du deine Neigung noch so zu kaschieren versuchst. Deine Frauengeschichten verändern nichts, erkennst du das nicht? Sie hat selbst Schuld. Ich musste ihr Maul für immer stopfen.

Beklemmung greift nach mir. Ich stürme ins Bad, reiße mir die Kleider vom Leib und springe erneut unter die Dusche. Eiskaltes Wasser perlt über meinen Körper. Nackt laufe ich durch die Wohnung, trinke becherweise schwarzen Filterkaffee und lege mich vor den Fernseher, komme kurzzeitig zur Ruhe. Die alberne amerikanische Serie nervt schnell. Unruhe holt mich wieder ein, packt mich und scheucht mich schließlich auf die Straße.

Unkraut jäten wird mir guttun. Das ist mein Synonym für

eine ganz besondere Arbeit, der ich regelmäßig nachgehe. Dazu muss ich zur Hohenzollernbrücke.

In meinem Rucksack trage ich einen Bolzenschneider. Gezielt entferne ich Schlösser mit gleichgeschlechtlichen Namen vom Gitter der Brücke, nach denen ich selten lange suchen muss. Hilfreich sind meine Skizzen, zudem besitze ich ein fotografisches Gedächtnis. Mein Gehirn ist in der Lage, Details abzuspeichern, die andere Menschen gar nicht wahrnehmen. Eine nützliche Gabe. Ein Blick auf meinen Block genügt, und ich weiß, wo ich die Schlösser finde, die ich entfernen muss.

Zügig nähere ich mich auf meinem Rad der Innenstadt. Wirklich in Laune bin ich nicht für die lästige Arbeit. Sie ist zu vergleichen mit der Ablage eines Beamten. Ständig muss er einen Blick darauf haben, sonst türmen sich Aktenberge. In letzter Zeit war ich nachlässig, habe die Dinge schleifen lassen, und mittlerweile schießt das Unkraut sozusagen aus dem Boden.

Ich schiebe das Rad am Aufgang Musical Dome die schmale Fahrrille hinauf und bummle auf dieser weniger frequentierten Brückenseite Deutz entgegen.

Kein Mensch ist zu sehen, trotzdem muss ich aufpassen. Gezielt gehe ich ans Werk, entferne rasch siebzehn Schlösser und werfe sie zu ihren Schlüsseln in den dunklen Strom. Bis vor Kurzem habe ich die Dinger mit nach Hause geschleppt. Aber wozu? Als ich meine Arbeit gerade fortsetzen will, klopft mir jemand auf die Schulter. Ich erschrecke fast zu Tode. Ein Typ mit Rollkragenpullover baut sich vor mir auf.

»Was machen Sie da?«

Er siezt mich, will Distanz halten, sich nicht mit mir verbrüdern. Ich muss lächeln und unterdrücke den Impuls, dem Idioten den Bolzenschneider in seinen Wohlstandsbauch zu stoßen. Es würde mir nichts ausmachen, das Arschloch über das Geländer zu werfen. Aber ich höre auf eine innere Eingebung und entscheide mich für Scheinheiligkeit, zudem gehört er nicht zu der Gruppe, auf die ich es abgesehen habe.

»Wir waren so glücklich, Silvana und ich. Jetzt hat sie einen anderen. Unsere Liebe braucht kein Symbol mehr.«

Der Kerl schaut betroffen. »Mann, das tut mir echt leid.«

So habe ich ihn eingeschätzt. Ein Weichei.

Ich schaue ihm einen Moment nach, warte, bis die Luft rein ist, und arbeite weiter, nähere mich dabei der anderen Rheinseite. Das ist gut, ich muss meine Uhr holen und sollte mich jetzt aufmachen. Aber es ist wie auf einem Erdbeerfeld. Du hast genug Früchte im Eimer und siehst noch eine besonders rote, die du unbedingt pflücken musst. Und so gehst du weiter und weiter und findest kein Ende.

Schließlich reiße ich mich los und schwinge mich aufs Rad. Genug getrödelt, es stehen Dinge an, die sich nicht aufschieben lassen.

Köln-Nippes, Gustav-Nachtigal-Straße

»Halb sieben! Aufstehen!« Unbarmherzig schlug Maline auf den Lichtschalter. Die Luft in Friedas Zimmer war zum Schneiden. »Los, ihr zwei, raus aus dem Bett. In fünfzehn Minuten gibt es Frühstück.«

Maline ging ins Badezimmer, zog sich die verschwitzten Joggingsachen aus, duschte, putzte die Zähne, entfernte ein Post-it von Wilsons fast leerem Rasierwasser und stopfte den Zettel in die Tasche ihrer Jogginghose.

Auf dem Weg zur Küche huschte sie in ihr Zimmer. Charlie war bereits wach und lackierte mit Hingabe und seelenruhig ihre Fußnägel.

»Ich dachte, du bringst mir Kaffee?«, sagte sie und machte einen Schmollmund.

»Kommt sofort. Und wenn die Kinder aus dem Haus sind, kümmere ich mich um dich«, versprach Maline, eilte aus dem Zimmer, brachte Charlie den versprochenen Kaffee und ärgerte sich im Vorbeigehen über die Wachsflecken auf der Fensterbank im Flur. Offensichtlich hatte Frieda mal wieder die Kerzen des gusseisernen Leuchters brennen lassen. Maline eilte die Treppe hinunter, deckte für das Frühstück und setzte sich mit der Zeitung an den Tisch. Es dauerte über eine halbe Stunde, bis Frieda in Wilsons Begleitung erschien.

Maline legte den Stadt-Anzeiger zur Seite. Wilson schenkte sich und Frieda Kaffee ein.

»Gibt es keine Spiegeleier?«, fragte er.

»Du kannst gerne welche braten«, sagte Maline und gab sich alle Mühe, gelassen zu klingen.

Wilson zog die Schultern hoch und vertiefte sich in sein Smartphone.

»Ich bin so froh, dass meine Mutter von der Intensivstation verlegt wird«, sagte Frieda und strahlte übers ganze Gesicht. »Nikodemus hat mich gestern Abend noch angerufen und mir die gute Nachricht mitgeteilt.«

Maline schmierte Brötchen für sich und Charlie. »Ja, sie erholt sich wirklich gut.«

Wilson beugte sich zu Frieda und gab ihr einen Kuss auf die Wange. »Siehst du.«

»Ich besuche sie heute nach der Schule.« Frieda sah zu Wilson hinüber. »Kommst du mit?«

»Geht nicht. Ich muss nach der Arbeit zum Fußballtraining.«

Frieda wirkte enttäuscht.

Maline zog das Post-it aus ihrer Jogginghose, schob es über den Tisch zu Wilson und achtete darauf, dass sie freundlich klang. »Ich möchte keine gelben Zettel mehr in diesem Haus von dir finden, okay?«

Wilson schielte zu Frieda.

»Wir kümmern uns alle selbst um unsere Angelegenheiten, und das gilt ab jetzt auch für dich.« Maline stand auf und stellte ihre Kaffeetasse in die Spülmaschine. »Ich habe heute Morgen eine halbe Stunde die Küche aufgeräumt, das Bad geputzt und den Müll rausgetragen, auch deinen, Wilson! Den Rest der Woche bringst du den Abfall in die Tonne. Und hier ist eine Einkaufsliste, es fehlen einige Sachen im Kühlschrank.«

»Du, ich habe heute Training und ...«

»Du, das ist mir ziemlich egal.« Maline reichte ihm den Einkaufszettel und drehte sich zu Frieda. »Komm ja nicht auf die Idee, ihm die Besorgungen abzunehmen!«

Wilson nahm die Liste mit spitzen Fingern, stand wortlos auf und verließ die Küche. Frieda folgte ihm, ohne Maline eines Blickes zu würdigen.

»Hey, ihr beiden«, sagte Maline. »Was glaubt ihr, wie euer Geschirr in die Spülmaschine kommt? Ich dachte, ich hätte mich klar ausgedrückt. Räumt eure Sachen weg und die Lebensmittel in den Kühlschrank.«

Wilson gehorchte, wenn auch mit langem Gesicht.

»Ich komme zu spät zur Schule«, maulte Frieda.

»Macht das unter euch aus.« Maline lächelte zuckersüß. »Und Wilson, ich wäre dir sehr verbunden, wenn du deinen Motorroller so parken würdest, dass ich die Garage benutzen kann, wenn ich nach Hause komme.«

Mit diesen Worten verließ Maline die Küche.
»Hey, was ist mit deinem Kram?«, rief Frieda hinter ihr her.
»Ausgleichende Gerechtigkeit für die letzten Tage«, sagte Maline, sprang die Treppe hoch und warf sich zu Charlie aufs Bett.

Köln-Mülheim, Salzstraße

Marilyn. Leblos lag er auf dem Boden. Mögliche Erklärungen schlugen wie Blitze in Cesares Gedanken: unglücklich gestürzt. Blutgerinnsel im Kopf. Herzinfarkt. Wie in Trance bewegte er sich auf seinen Liebsten zu, ließ sich auf die Knie fallen, nahm seinen Kopf in beide Hände.

»Marilyn …!« Er presste den leblosen Körper an sich, wiegte ihn sanft und hielt abrupt in der Bewegung inne, als er die Feuchtigkeit bemerkte, die seine Hosenbeine durchtränkte.

Blut. Er kniete in einer großen Pfütze.

Seine Schläfen pochten. Sein Herzschlag schien sich zu verlangsamen, und er hatte das Gefühl, keine Luft mehr zu bekommen.

Marilyns Oberhemd war durchtränkt von Blut, nur die Ärmel wiesen weiße Stellen auf. Sein Mund stand offen, ebenso die Augen.

Cesare schrie, versuchte aufzustehen, rutschte aus und fiel auf den geschundenen Körper seines Freundes. Er wälzte sich von Marilyn, versuchte verzweifelt, auf die Beine zu kommen, es gelang ihm nicht. Jede Kraft hatte ihn verlassen. Er schwitzte und fror gleichzeitig. Atemnot. Die Kehle wie zugeschnürt.

Wimmernd kroch er zur Haustür, blieb davor liegen, wollte aufstehen, die Tür öffnen, nach Polizei, Feuerwehr und Rettungswagen rufen. Er schaffte es nicht. Mit geschlossenen Augen kauerte er neben Marilyn und kam nicht hoch.

Umsonst. Alles vergebens. Er hatte sich versündigt. An seinen Händen klebte Blut. Gabriella. Geliebte und verhasste Schwester. *Du sollst nicht töten.* Cesare heulte vor Schmerz auf. So schnell hatte er Gottes Strafe nicht erwartet. Marilyns Ende machte Gabriella Tods überflüssig.

Er öffnete die Augen, betrachtete Marilyn. Es dauerte, bis sich sein Tunnelblick weitete und er registrierte, dass der Flur leer geräumt war. Spiegel, Garderobe, Schuhschrank, alles weg. *Liebster, warum hast du alles fortgeschafft?*

Ein Geräusch ließ ihn erstarren. Klopfen. Es kam eindeutig aus der Küche.

Flucht oder Angriff. Er musste reagieren. Kampf! Wer auch immer seinen Marilyn getötet hatte, sollte dafür zahlen. Jetzt. Sofort. Seine eigene Tat stand hierbei nicht zur Debatte. Wut peitschte ihn auf die Beine, seine Atmung wurde tiefer. Das Herz pumpte mehr Blut in die Muskeln.

Fast geräuschlos bewegte er sich auf die Küchentür zu, registrierte die Blutspur auf den Fliesen. Vielleicht hatte sich Marilyn gewehrt, und der verletzte Angreifer befand sich in der Küche.

Cesare machte kleine Schritte. Mit klopfendem Herzen näherte er sich der angelehnten Küchentür. Verharrte. Lauschte. Sein Mund wurde trocken. Wieder dieses dumpfe Poltern. Seine Schläfen pulsierten. Er war nicht allein in der Wohnung.

Köln-Kalk, Polizeipräsidium, Walter-Pauli-Ring

»Nach der Besprechung mit den Kollegen von der Operativen Fallanalyse aus Düsseldorf ist es nun amtlich«, sagte Ben und tupfte sich Schweiß von der Stirn. »Die Fälle Marcks und Feldhaus gehören zu einer Serie. Es gab vor zwei Monaten sowohl in Tübingen als auch in Wetzlar ähnliche Taten. Opfer wurden dort zwar homosexuelle Männer, aber der Modus Operandi ist der gleiche: Gezielte Messerstiche, und unter den Fingernägeln befand sich eine gummierte Substanz. Außerdem wurden zumindest in einem Fall im Vorfeld Papiere als gestohlen gemeldet.«

»Sind Flüsse in der Nähe der Tatorte?«, fragte Maline.

»Einmal der Neckar und dann die Lahn.« Ben reichte Chiara den Zettel über den Schreibtisch, den Maline am Abend zuvor im ›Gezeiten‹ mitgenommen hatte. »Ruf die Leute alle an, oder nimm sonst wie Kontakt zu ihnen auf. Finde heraus, ob sie irgendwelche verdächtigen Personen in ihrer Umgebung wahrgenommen haben. Außerdem möchte ich, dass du dich mit den Betreibern sämtlicher Szenekneipen in Verbindung setzt und rausfindest, ob es weitere gestohlene Ausweise oder Beschwerden darüber gibt.«

»Sämtliche Szenekneipen?« Chiara riss die Augen auf. »Davon gibt es ziemlich viele!«

»Eine Menge«, bestätigte Ben unbeeindruckt. »Fang mit der ›Maxbar‹ und den umliegenden Kneipen im sogenannten Bermudadreieck in der Innenstadt an. Am besten sofort.«

Chiara verließ das Besprechungszimmer.

»Die Kollegen der OFA wollen für uns weitere Gemeinsamkeiten zusammenfassen, und in der Zwischenzeit werden wir Kontakt zu den Ermittlern in Wetzlar und Tübingen aufnehmen, mal sehen, was wir auf die Schnelle rausbekommen.« Ben teilte die Teams ein. »Darüber hinaus versucht Tom, uns weiter die Medien vom Hals zu halten, aber es lässt sich nicht verhindern, dass Details nach außen dringen. Ich bitte euch alle noch einmal um äußerste Verschwiegenheit. Sprecht bitte nicht mit Pressevertretern, denn Panikmache ist das Letzte, was wir jetzt gebrauchen können.«

Maline fuhr ins Foyer hinunter. Der Pförtner hatte sie angerufen; ein gewisser Herr Immenhoff wünsche sie zu sprechen. Sie war überrascht, als sich der ältere Mann als Karina Marcks' Vater vorstellte. In seiner Begleitung befand sich ein Teenager. Der schlaksige Junge trug Schlabberjeans, ein kariertes Hemd und eine Wollmütze, die er bis zu den Augenbrauen hinuntergezogen hatte.

»Wir hielten es für das Beste, gleich herzufahren«, sagte Immenhoff nach der Begrüßung. »Entschuldigen Sie den Überfall.«

»Kein Problem. Bitte folgen Sie mir.«

Maline ging in den Fahrstuhl vor, fuhr mit den beiden in den ersten Stock, öffnete mit ihrem Chip die Sicherheitstür und führte sie ins Büro.

»Was kann ich für Sie tun?«, fragte Maline, nachdem beide ein Glas Wasser abgelehnt hatten.

Der Junge wich ihrem Blick aus.

»Mein Enkel Samuel möchte eine Aussage machen«, sagte Immenhoff und fuhr sich über sein weißes Haar. »Es geht um den Mord an seiner Mutter.«

Maline suchte Blickkontakt zu Samuel. »Stimmt das?«

»Ja.«

»Hast du etwas gesehen, oder belastest du dich selbst?«, fragte Maline.

Immenhoff antwortete für seinen Enkel. »Er hat etwas gesehen, was für den Fall relevant sein könnte.«

»Wenn das so ist«, sagte Maline und schaute Immenhoff an, »dann möchte ich gerne allein mit Ihrem Enkel sprechen.«

Immenhoff zögerte, dann stand er jedoch auf und ließ sich auf den Flur begleiten.

Als Maline dem Jungen wieder gegenübersaß, wirkten seine Gesichtszüge noch angespannter.

»Hast du ein wenig schlafen können?«, fragte Maline.

»Nein.«

»Möchtest du trotzdem jetzt mit mir reden?«

Er nickte.

»Du bist hier bei der Polizei und musst die Wahrheit sagen«, belehrte ihn Maline und informierte ihn darüber, dass er Angehörige nicht belasten musste, sondern in diesem Fall vom Zeugnisverweigerungsrecht Gebrauch machen könne. Samuel schien verstanden zu haben.

»Okay. Dann leg mal los. Was hast du gesehen?«

Der Junge setzte sich kerzengerade. »Ich habe, ich war …«

Maline ließ ihm Zeit.

»Ich war in der Nacht, als meine Mutter ermordet wurde, in unserem Haus.«

Maline sah ihn erstaunt an. »Du warst nicht im Internat?«

»Nein, ich bin abgehauen, weil ich …« Er stockte. »Ich bin nach Köln getrampt, weil ich mich hier mit Caro getroffen hab. Meine Mutter hatte Nachtdienst, jedenfalls dachte ich das, und Elise war ja auf Geschäftsreise, also hatten wir das ganze Haus für uns.«

Maline fragte nach dem Namen und der Anschrift des Mädchens und nahm die Daten ins Protokoll auf. »Du bist also aus dem Internat abgehauen, um dich in Köln mit deiner Freundin zu treffen?«

Samuel stöhnte. »Ja. Und es gab ziemlichen Ärger deswegen, weil meine Abwesenheit leider aufgeflogen ist. Die Direktorin will mich von der Schule schmeißen, und dabei bleibt sie auch, trotz …« Seine Augen füllten sich mit Tränen.

Maline reichte ihm ein Taschentuch.

»Es ist mir egal«, schniefte Samuel. »Das Internat fand ich eh scheiße.«

»Noch mal zurück zu dem Abend, an dem du mit Caro im Haus deiner Mutter warst.«

»Da war noch jemand«, sagte Samuel leise. »Ich meine im Haus, wir waren nicht allein.«

»Wen hast du gesehen?«

Samuel schluckte. »Elise.«

»Elise Ackermann, bist du dir ganz sicher? Sie war in Madrid.«

»Elise war in der Garage«, beharrte Samuel.

»Hast du sie wirklich gesehen?«

»Ja … nein.«

»Überleg noch mal.«

»Ich habe eine Flasche Wasser aus dem Vorratskeller geholt, und Elise stand am Auto.«

»Was hat sie gemacht?«

»Sie hat einen Neoprenanzug aus der Kiste genommen, in dem wir unser Tauchequipment aufbewahren, und ihn in den Kofferraum geworfen.«

»Und dann?«

»Keine Ahnung! Mehr hab ich nicht gesehen.«

»Und du bist dir hundertprozentig sicher, dass es Elise war? Garagenbeleuchtungen sind meist dürftig.«

Samuel zuckte mit den Schultern. »Wer soll es sonst gewesen sein? Es war Elise.«

»Hast du sie darauf angesprochen?«

»Ich hab mich nicht getraut«, sagte Samuel. »Und eigentlich will ich auch nicht, dass sie Ärger bekommt. Ich mag sie, wirklich. Aber meine Mutter ist tot, und ich …« Er begann zu weinen, schluchzte aus tiefster Seele.

Es klopfte, Ben steckte den Kopf zur Tür herein. »Kann ich dich einen Augenblick sprechen?«

Maline trat auf den Flur, behielt Samuel aber im Blick.

»Wir haben gerade das Alibi von Elise Ackermann gecheckt, und damit stimmt was nicht«, flüsterte er. »Es ist richtig, dass sie nach Madrid geflogen ist, und mit dem Rückflug ist auch alles in Ordnung, aber zwischendurch war sie ein weiteres Mal auf eine Maschine nach Köln gebucht.«

»Was? Samuel Marcks hat gerade eine Aussage gemacht, die in die gleiche Richtung geht!« Maline spürte einen Anflug von Enttäuschung. Wie konnte es sein, dass Elise Ackermann ihr dermaßen etwas vorgespielt hatte?

»Sie ist am Sonntagabend um neunzehn Uhr in Köln/Bonn gelandet«, sagte Ben. »Und am nächsten Morgen ist sie mit einer der ersten Maschinen nach Madrid zurückgeflogen.«

»Dann werde ich Frau Ackermann jetzt mal gehörig auf den Zahn fühlen«, sagte Maline.

Ben drehte sich zu Chiara um, die mit strammem Schritt den Gang hinaufkam. »Wie weit bist du mit der Liste?«

»Die meisten Kneipen öffnen erst abends«, sagte Chiara. »Aber ich habe bei einigen Betreibern um Rückruf gebeten.«

»Und die Namen auf der Liste vom ›Gezeiten‹?«, fragte Ben. »Konntest du jemanden erreichen?«

»Eine Frau scheint im Urlaub zu sein, jedenfalls hat sie eine entsprechende Ansage auf ihrer Mailbox, mit einer Frau habe ich persönlich gesprochen. Ihre Papiere wurden gar nicht gestohlen, sie hatte sie nur verlegt und zu Hause wiedergefunden. Und dann stehen da noch zwei Männernamen auf der Liste, offenbar ein Paar. Bei der einen Nummer erreiche ich niemanden, aber ich habe dem anderen eine Nachricht hinterlassen. Vielleicht ruft mich …«, Chiara schaute auf ihre Notizen, »… Cesare Salviati ja zurück.«

»Wenn er sich im Laufe des Tages nicht gemeldet hat, dann mach eine Meldeamtsüberprüfung, damit wir hinfahren können«, sagte Ben. »Ich möchte, dass ihr mit allen Menschen auf der Liste gesprochen habt.«

Maline wollte wieder in ihr Büro, aber Ben hielt sie am Arm zurück. »Ach, noch etwas, Zeugen ist auch in Flittard ein Motorradfahrer aufgefallen. Leider konnte niemand etwas zum Typ der Maschine oder Nummernschild sagen. Check doch mal das Fahrzeug von Johanna Feldhaus' Freundin …«

»Okay, ich schaue mir ihre Maschine mal an.«

Köln-Höhenhaus, Dhünner Weg

Lâle sprang aus dem Transit, den sie extra für Danas Umzug gemietet hatte.

Mit gemischten Gefühlen klingelte sie an der Haustür der Jacobis. Sie hatte seit gestern Abend nichts von ihrer Freundin gehört, entweder war sie im Packfieber und hörte ihr Handy nicht, oder sie wollte die letzten Stunden im Haus ihrer Eltern mit sich und ihren Emotionen allein sein. Dana war in solchen Dingen eher sentimental.

»Was willst du denn hier?«

Lâle wich zurück. Der Ton in Gerda Jacobis Stimme war eindeutig feindselig.

»Ich möchte Dana abholen, ist sie fertig?«

»Sie ist nicht da.«

»Was soll das heißen?«

»Sie ist gestern Abend Hals über Kopf auf ihr Rennrad gestiegen und los.«

»Gestern schon?«

»Wir dachten, sie ist zu dir gefahren.«

Angst beschlich Lâle. »Nein, bei mir hat sie sich nicht gemeldet. Nichts, kein Anruf, keine SMS.«

»Du kennst sie ja«, sagte Gerda Jacobi schmallippig. »Manchmal taucht unsere Dana einfach ab. Daran, dass man sich Sorgen machen könnte, denkt sie gar nicht.«

»Aber wir wollten heute …«, Lâle suchte nach Worten. »Dana würde doch nie …«

»Ich kann dir nicht helfen! Außerdem habe ich gleich einen Termin, wenn du mich bitte entschuldigen würdest.«

Gerda Jacobi machte Anstalten, die Tür zu schließen. Beherzt stellte Lâle ihren Fuß dazwischen. »Gerda, was ist los? Es muss doch einen Grund für Danas Verhalten geben!«

»Wir hatten eine Meinungsverschiedenheit, eine Familiensache. Wahrscheinlich will sie einfach allein sein, über alles nachdenken. Und das sollte unsere Tochter auch dringend tun!«

Lâle schossen Tränen in die Augen. »Was verärgert dich denn so? Du klingst wütend.«

»Ich kann dir sagen, was mich wütend macht.« Gerda Jacobi trat näher an Lâle heran. »Eure Heimlichtuerei, Danas unverschämte Art und …«

»Wieso? Was hat Dana denn … ich dachte, sie hätte längst mit euch geredet?«

»Unsere liebe Tochter hat uns gestern Abend alles vor die Füße geknallt, was wir nicht hören wollten. Vor vollendete Tatsachen hat Madame uns gestellt, aber ich sage dir, da machen wir nicht mit!«

Lâle versuchte, ruhig zu bleiben. »Wenn euch die Hochzeit aufregt, lasst uns darüber reden.«

»Wir sehen keinen Bedarf, uns mit dir an einen Tisch zu setzen. Und vielleicht überlegst du dir mal, wie sehr du Dana unter Druck setzt mit deinem Lebensentwurf. Mit der … Heirat, dem Auszug und all diesen Dingen ist unsere Tochter doch völlig überfordert. Wir sind uns sicher, dass sie das alles gar nicht wirklich will.«

»Das ist doch Unsinn!«

»Herrgott noch mal, Dana ist Mitte zwanzig, du bist wesentlich älter und hattest auch nie einen Freund. Aber unsere Dana ist ganz anders. Vielleicht hat sie sich nicht getraut, dir reinen Wein einzuschenken … oder sie wollte dich nicht enttäuschen.«

»Dana und ich, wir …«

»Die Wahrheit kann schmerzhaft sein, liebe Lâle«, setzte Gerda nach. »In jedem Fall bist du sehr dominant, das warst du schon immer. Überleg mal, welche Chance Dana hat, sich gegen dich durchzusetzen.«

»Ich bin dominant? Das sagst ausgerechnet du?«

»Ich verbitte mir diesen Ton!«

»Du hast doch überhaupt keinen blassen Schimmer!«, schrie Lâle.

»Lass uns in Ruhe! Ansonsten sehe ich mich gezwungen, die Polizei zu rufen.« Gerda schloss die Tür.

»Das erledige ich!« Lâle schäumte vor Wut. Es kostete sie Kraft, erhobenen Hauptes durch den kleinen Vorgarten zu gehen. Vor ihrem Wagen blieb sie stehen und schaute zum Haus zurück. Hinter Danas Zimmer im Dachgeschoss brannte kein Licht.

Sie schloss die Tür ihres Wagens auf und gestand sich ein, dass sie nicht wusste, was sie machen sollte. Ihre Freundin war verschwunden. Spurlos, einfach so. Und ihren Eltern schien das egal zu sein.

***

Akribisch durchforste ich Tageszeitungen nach Anzeigen. Auch hier finden Überkreuzungen der Linien statt, die mich in Rage versetzen.

Ich schneide Bekanntmachungen aus und klebe sie in meine Unterlagen ein. Wenn ich sehr viel Glück habe, nennt das Paar Tag und Anschrift der Feier. Wie töricht.

Daneben führt mich einer meiner Gänge regelmäßig zum Standesamt. Dort hocken sie zwischen rechtmäßigen Paaren, tun so, als wäre ihr Anliegen das Normalste von der Welt. Aber auf dieser Linie haben sie nichts zu suchen. Es ist erschreckend, mit welcher Selbstverständlichkeit sie dennoch da sitzen. Einige haben etwas Spöttisches um den Mund. Sie sehen aus, als wollten sie sich mit der ganzen Welt anlegen. Andere machen viel Rambazamba, haben einen Pulk um sich, schlürfen Sekt, nehmen den ganzen Raum ein, ziehen alle Blicke auf sich, und doch kommt es mir so vor, als ob alles nur Show ist.

Ihre Begleitung scheint wie eine heimliche Armee, die Angriffe abwehren soll. Denn viele von ihnen haben ängstliche Augen, vermitteln das Gefühl, als wollten sie im Erdboden versinken. Das sagt mir, dass sie genau wissen, dass sie etwas Unrechtmäßiges tun. Ich halte mich unauffällig in ihrer Nähe, versuche, Daten aufzuschnappen, Namen, mehr ist meistens nicht drin. Ich bin erstaunt, mit welcher Naivität sie sich registrieren lassen. Haben sie aus der Historie nichts gelernt? Wissen sie nicht, dass sich der politische Wind schnell drehen kann?

Wenn ich Zeit habe, folge ich einem der Paare. Irgendwann finden sie nach Hause, viele wohnen zusammen. Meine Notizblöcke füllen sich mit Daten.

Auch die gestohlenen Ausweise werte ich aus, sortiere sie nach Alter, Geschlecht. Mein Ziel ist es, die Einträge nach und nach abzuarbeiten. Natürlich stürme ich nicht einfach los, läute an der Tür und spaziere hinein. Das geht nur im Einzelfall. In der Regel muss ich observieren, Geduld haben und überlegt vorgehen.

Heute fahre ich nach Köln-Bayenthal. Die Lage ist gut gewählt, wieder ist der Rhein schnell zu erreichen. Diesem Paar bin ich nach dem Aufgebot gefolgt. Die, auf die ich es abgesehen habe, wohnt mit einem Typ zusammen, der tagsüber meist schläft und nachts unterwegs ist. Wenn ich Glück habe, ist sie allein zu Hause.

Vorsichtig nähere ich mich dem Küchenfenster und riskiere einen Blick. Der Tisch ist für zwei Personen gedeckt, sehen kann ich niemanden.

Vor ein paar Tagen habe ich diese Wohnung inspiziert. Das versuche ich immer, und wenn es klappt, ist es ein ganz besonderer Nervenkitzel. Es ist ein erhebendes Gefühl, in die Privatsphäre eines Menschen einzudringen, seine Individualität zu streifen und sich mit der Örtlichkeit vertraut zu machen.

In diesen Räumen gab es extreme Gegensätze. In der Küche herrschte das reinste Chaos, und auch das Zimmer des Typen war unglaublich unordentlich. Auf dem Boden lagen Klamotten, leere CD-Hüllen und sogar Essensreste. Dagegen ist der Raum seiner Mitbewohnerin eine wahre Oase mit orientalischem Einschlag, eigentlich ganz gemütlich.

Das Küchenfenster ist nur angelehnt. Ich ziehe Handschuhe an, streife die Sturmhaube über und schließe den Reißverschluss des Neoprenanzuges über der Brust. Gekonnt klettere ich in die Parterrewohnung und stehe in der Küche.

Auf dem Tisch steht Sushi. Die Portion reicht für ein ganzes Heer. Hier scheint jemand eilig aufgebrochen zu sein. Gierig schlinge ich einige Lachshäppchen herunter und genehmige mir ein Glas Sekt. Dabei behalte ich Hinterhof und Tür im Blick. Angst, entdeckt zu werden, habe ich nicht. Das Überraschungsmoment ist auf meiner Seite. Zweimal gab es so eine Situation, und ich habe sie souverän gemeistert. Deshalb bin ich ganz ruhig, verputze weitere Lachshäppchen.

Alles ist still. Mein Messer halte ich griffbereit. Das Gefühl, das mich durchströmt, lässt sich kaum beschreiben. Adrenalin pur. Das Zielzimmer liegt am anderen Ende des Flurs. Ich schleiche den Gang entlang, achte auf Geräusche, stoße sachte die Tür auf. Es ist niemand da. Hastig schaue ich in jeden Raum. Die beiden sind ausgeflogen.

Ich entscheide, noch einen Augenblick zu warten, gehe zurück in die Küche, trinke einen Schluck Weißwein aus einer Flasche, die ich im Kühlschrank finde, der ansonsten wenig Inhalt bereithält. Ich schleiche umher, sehe die Post durch, die geöffnet auf einem Beistellschrank liegt. Werbung und eine Karte aus Australien. Inga und Rose grüßen aus Darwin.

Irgendwann muss ich realisieren, dass ich heute nicht zum Zug komme. Die Anspannung weicht grenzenloser Enttäuschung. Ich fege das Sushi-Zeug vom Tisch und beschließe, die Aktion abzubrechen. Aber ich komme wieder, verlasst euch darauf.

Köln-Niehl, Niehler Damm

Elise Ackermann trug einen schwarzen Hosenanzug, Pumps und auffälligen Goldschmuck.

»Wir kommen ungelegen«, stellte Maline fest, als sie leise Musik hörte.

»Es sind ein paar Leute gekommen, um im persönlichen Rahmen Abschied zu nehmen.« Elise Ackermann machte keine Anstalten, Maline und Chiara ins Haus zu lassen. »Würde es Ihnen etwas ausmachen, wenn wir uns später unterhalten?«

»Leider ja.« Maline schlug den Kragen ihrer Lederjacke hoch, weil es zu regnen begann. »Es haben sich Fragen ergeben, die keinen Aufschub dulden.«

Elise Ackermanns Lächeln verschwand. Sie trat zur Seite und führte die Kommissarinnen in ein Arbeitszimmer.

Der Raum war, im Gegensatz zum Wohnzimmer, behaglich eingerichtet. Schwere Ledersessel, ein wunderschöner antiker Schreibtisch, an der Wand ein großes Sofa mit vielen Kissen. Elise Ackermann blieb stehen, während Chiara und Maline auf der weichen Couch versanken.

»Wie kann ich Ihnen helfen?«

»Unsere Ermittlungen bei der Fluggesellschaft haben ergeben, dass Sie an dem Abend von Madrid nach Köln geflogen sind, an dem Ihre Freundin getötet wurde.« Maline sprach nicht weiter.

»Ich hatte erwartet, dass Sie danach fragen«, sagte Elise Ackermann. »Ehrlich gesagt hatte ich schon überlegt, Sie deshalb anzurufen.«

»Das hätten Sie besser auch getan«, sagte Maline. »Warum haben Sie uns nicht gleich die Wahrheit gesagt?«

»Weil dieser Zwischenflug nichts mit dem Mord an meiner Partnerin zu tun hat und ich nicht wollte, dass sie aus der Sache eine große Geschichte machen.«

»Frau Ackermann!« Maline gab sich keine Mühe, ihren Ärger zu kaschieren. »Es handelt sich, wie Sie eben selbst gesagt haben, um Mord. Ihre Freundin wurde brutal getötet. Der Täter läuft immer noch frei herum, und Sie spielen Spielchen? Was glauben Sie, wen Sie hier vor sich haben? Sie behindern unsere Ermittlungsarbeiten!«

Elise Ackermann sank auf die Lehne eines Sessels. »Es tut mir wirklich leid, das war töricht von mir. Ich habe einfach nicht nachgedacht. Ich war so durcheinander. Dabei will ich Ihnen doch helfen, das müssen Sie mir glauben.«

»Warum sind Sie nach Köln gekommen?«

»Wie Sie wissen, arbeite ich in einer großen Telekommunikationsfirma. Aber die Bedingungen sind inakzeptabel, Karrierechancen gleich null. Ich bin abgeworben worden und hatte an dem Abend ein Vorstellungsgespräch in Bonn. Deshalb bin ich zurückgeflogen. Ich hatte Angst, dass es herauskommt, bevor der Deal in trockenen Tüchern ist. Bei solchen Angelegenheiten ist Verschwiegenheit außerordentlich wichtig. Nicht einmal Karina hatte ich davon erzählt.«

»Sie hatten also an dem besagten Sonntagabend ein inoffizielles Meeting.«

»Ja, das ist in meiner Branche nichts Ungewöhnliches.«

»Wann?«, fragte Chiara.

»Um zwanzig Uhr. Es ist extra so spät angesetzt worden, damit ich meinen Termin in Madrid bis zum Ende wahrnehmen konnte.«

»Und dann?«, hakte Maline nach. »Was haben Sie nach dem Gespräch in der neuen Firma gemacht?«

»Ich habe in Bonn bei meiner Mutter übernachtet. Sie hat mich dann am nächsten Morgen zu meiner Maschine nach Madrid gebracht, denn ich musste zum Treffen um zehn Uhr wieder in Spanien sein.«

Maline atmete durch. »Wir werden uns mit Ihrer Mutter unterhalten müssen.«

»Selbstverständlich.« Elise Ackermann schien erleichtert und stand auf. »Ich bin froh, dass wir das geklärt haben. Wenn das alles war, würde ich mich nun gerne wieder um meine Gäste kümmern. Und wirklich, es war äußerst dumm von mir, Ihnen nicht gleich alles zu erzählen.«

Maline und Chiara rührten sich nicht.

»Wir sind noch nicht fertig«, sagte Maline. »Ihre ersten Angaben zu den Flügen decken sich nicht ganz mit unseren Recherchen, und ob Sie bei Ihrer Mutter übernachtet haben, wissen wir noch nicht …«

»Aber ich sage jetzt die Wahrheit!«

»Sie sind an dem Abend, als Ihre Freundin getötet wurde, in diesem Haus gesehen worden.«

»Ich verstehe nicht.« Elise Ackermann schaute von Maline zu Chiara. »Sie können meine Mutter fragen, wirklich, ich lüge nicht.«

»Wer hat einen Schlüssel zu Ihrem Haus und zur Garage?«

»Meine Mutter, mein Bruder, Samuel natürlich, Karina hatte selbstverständlich einen und Annemarie Boes, unsere Reinigungskraft.«

Chiara notierte sämtliche Namen in ihrem Notizblock.

»Wer sagt denn, dass ich hier war?« Elise Ackermanns Stimme klang sehr dünn.

»Dazu kann ich Ihnen im Augenblick nichts sagen, aber es war wenig hilfreich, dass Sie uns nicht die ganze Wahrheit über Ihren Aufenthalt in Madrid gesagt haben.«

»Das sehe ich ein.«

»So, und jetzt würden wir gerne einen Blick in Ihre Garage werfen, wenn Sie nichts dagegen haben.«

»In die Garage?«

»Sie müssen dem nicht zustimmen, wir haben keinen Durchsuchungsbeschluss.«

»Schon in Ordnung, bitte folgen Sie mir.«

Elise Ackermann ging in die Garage vor und drückte auf den Lichtschalter. Besonders hell wurde es trotzdem nicht.

Maline wollte es vermeiden, das Augenmerk zu offensichtlich auf die große Plastikbox mit dem Tauchequipment zu lenken, die, wie Samuel gesagt hatte, neben dem Jetski in der Ecke stand. *Kein Täterwissen an die Presse.* Das galt auch für Zeugen oder Verdächtige. Deshalb deutete sie allgemein auf die Sportausrüstung. »Jetski, Surfbretter, wer ist denn hier so aktiv?«

»Samuel surft. Karina und ich haben eigentlich alles Mögliche ausprobiert.«

»Fahren Sie mit dem Jetski auch auf dem Rhein?«

»Manchmal im Sommer, wir müssen ja nur über die Straße.«

»Ist das nicht ein bisschen kalt?«

»Wir besitzen Taucheranzüge, die halten einiges ab.«

»Das sind Neoprenanzüge, oder?«, fragte Chiara.

»Ja, wir besitzen jeder einen.«

»Können wir die Anzüge mal sehen?«, fragte Maline.

Elise Ackermann schaute verwundert. »Natürlich. Die getrockneten Anzüge bewahren wir in der Kiste hier auf.« Sie öffnete den Verschluss an der Box und zog zwei Anzüge hervor. »Komisch, eigentlich müssten es drei sein. Da fehlt einer.«

»Wer kann uns denn dazu etwas sagen?«

»Vielleicht Annemarie, unsere Reinigungskraft. In diesem Haus geschieht nichts, ohne dass sie Bescheid weiß.«

»Ich habe eigentlich keine Zeit«, sagte Annemarie Boes und schaute verunsichert, als sie auf einem der Sessel Platz nahm. »Das Haus ist voll mit Gästen …«

»Wir haben nur ein paar Fragen.«

»Natürlich, wenn ich Ihnen helfen kann.«

»Wo waren Sie in der Nacht von Sonntag auf Montag?«

Annemarie Boes schaute verdutzt. »Ich glaube, ich verstehe die Frage nicht.«

»Das ist doch ganz einfach«, kam Chiara Maline zuvor. »Wo waren Sie in der Nacht, als Frau Marcks ermordet wurde?«

»Im Bett, denke ich.«

»Denken Sie das, oder sind Sie sich sicher?«, setzte Maline nach. »Lassen Sie sich ruhig Zeit mit der Antwort.«

Annemarie Boes schluckte. Regentropfen prasselten gegen die Fensterscheiben.

»Ich war hier, habe nach dem Rechten gesehen und bin dann nach Hause gefahren.«

»Haben Sie irgendjemanden im Haus gesehen?«, fragte Maline.

»Wen soll ich gesehen haben? Samuel war im Internat, seine Mutter im Krankenhaus und Frau Ackermann in Madrid. Nein, ich war ganz allein.«

»Sicher?«

»Ganz sicher.«

»Wann sind Sie hier weggefahren?«

Annemarie Boes überlegte. »Das war so gegen zwanzig Uhr, schätze ich.«

»Kann das jemand bestätigen?«

»Mein Mann. Wir haben zusammen zu Abend gegessen und anschließend an einem Fotoalbum für unseren Sohn gebastelt. Er ist zum ersten Mal Vater geworden und …«

»In der Garage sind nur zwei Neoprenanzüge«, sagte Maline. »Frau Ackermann ist der Ansicht, dass einer fehlt. Können Sie uns dazu etwas sagen?«

Annemarie Boes starrte abwechselnd Maline und Chiara an. Wieder fiel Maline die Ähnlichkeit zwischen ihr und Frau Ackermann auf.

»Haben Sie eine Ahnung, wo sich der Anzug befindet?«

»Bei mir zu Hause«, stammelte Frau Boes. »Warum?«

Köln-Mülheim, Salzstraße

Cesare gab sich einen Ruck und stieß die Küchentür bis zum Anschlag auf.

Blitzschnell erfasste er den gesamten Raum. Die Küchenmöbel fehlten gänzlich, der Herd war abmontiert. Warum war die Wohnung leer geräumt? Das ergab überhaupt keinen Sinn.

Auf dem Boden direkt vor sich machte er eine Blutlache aus. Das Fenster stand sperrangelweit offen. Regen tropfte auf den hellen Marmorsims. Ein Keramikübertopf lag auf dem Fußboden, offenbar war er von der Fensterbank gefegt worden. Dunkle Blumenerde lag verstreut.

Das Geräusch. Nah. Dumpf. Zugluft ließ das kleine gekippte Seitenfenster zu- und wieder aufschlagen. Rahmen stieß auf Rahmen.

Cesares Anspannung verflog. Er war allein. Niemand lauerte in der Wohnung.

Die Erleichterung blieb nicht.

Zentnerschwer knallte die Trauer zurück auf sein Herz. Er lief in den Flur, warf sich auf den Boden, griff die Hände des Geliebten und küsste sie.

Der Geschmack von Blut legte sich auf seine Lippen.

»Liebster«, flüsterte er. »Wer hat dir das angetan?«

Cesare hauchte Kosenamen. Bilder zogen vorbei. Gemeinsame Jahre drängten in sein Bewusstsein. Gute Jahre, angefüllt mit Glück. Ein Füllhorn voller Liebe.

Es klingelte an der Wohnungstür. Penetrant. Cesare rührte sich nicht. Er wollte niemanden sehen, mit keinem Menschen sprechen, seinen Liebsten nicht teilen, niemals mehr seine Aufmerksamkeit von ihm abwenden.

Er wanderte fort, ging durch die Jahre, während es in der Ferne wiederholt klingelte. Er blieb weit weg. Rosenstolz. Sie hatten ein Lied über ihre großartige Liebe geschrieben.

»Marilyn. Weißt du nicht, wie schön du bist?«

Vorwürfe keimten auf. *Du hast ihn alleingelassen. Einsam und gewaltsam war Marilyns Tod. Du hättest da sein müssen, dann würde er noch leben.*

Polizei. Daran führte kein Weg vorbei. Ein Mörder lief frei herum. Es musste Zeugen geben. Die Hausgemeinschaft war überschaubar. Ein bestialischer Mord und dann auch noch die Wohnung leer räumen, das geschah doch nicht unbeobachtet. Bestimmt hatte irgendjemand etwas gesehen. Vielleicht der alte Auerbach, die Else Kling des Hauses.

In welchen Zeiten leben wir? Hier gab es nichts von Wert. Überhaupt nichts! Diese Barbaren!

Geschrei. Cesare zuckte zusammen. Rufe hallten durch die Gassen von Venedig. *»Killer! Omicidio! Assassino! L'abbiamo visto, l'abbiamo visto! Santa Maria Regina dei Cieli! Era il fratello!« – Sie werden mich holen kommen, die Spur wird zu mir führen! Santo Dio! Ich bin verloren. So oder so.*

Ein Gedanke nistete sich ein, hinterhältig und gemein. *Marilyn wollte dich verlassen, deshalb sind die Möbel verschwunden.*

Cesare richtete sich auf, wankte ins Bad. Übergab sich über der Toilette.

Dein Liebster hatte genug von dir.

Nein, das war undenkbar. Niemals hätte Marilyn ihn verlassen. Solche Gedanken durfte er nicht zulassen.

Cesare sank erschöpft zu Boden. Er fror so schrecklich.

»Und wir zünden einander an, und wir halten einander warm. Sag mal, Marilyn, weißt du nicht, wie schön du bist?«

Zeit zerrann. Die Aufklärung des Verbrechens verlor an Bedeutung.

Wenn er die Polizei rief, würden sie Marilyn holen kommen, ihn mitnehmen, in der Rechtsmedizin aufschneiden, seine Gedärme herausholen, den Körper bestimmt mit Plastik füllen und mit groben Stichen zunähen. Das konnte er nicht erlauben. Nein! Niemals.

Cesare stellte die Dusche an und stieg in die Kabine, ließ Wasser über sein Gesicht und den Anzug laufen. Seine Schuhe sogen sich voll.

Er glitt in die Hocke, kauerte unter dem Duschstrahl und verharrte regungslos.

»Du bist Marilyn Monroe. Ist für mich okay. Und kann es nicht sein, dass von uns zweien die Welt noch hört?«

Marilyn ist tot. Gegangen für immer. Lass den Gedanken zu und verabschiede dich. Sein letzter Vorhang ist gefallen.

Die Beerdigung sollte jede andere Trauerfeier in den Schatten stellen. Ein Meer aus Rosen schwebte Cesare vor. Rote Rosen auf einem weißen Sarg. Dazu ein Kondukt, das länger war als die Millionenallee auf Melaten. Und »Calling All Angels« sollte von der Empore der Kapelle schallen. Glockenklar und zart gesungen von einem Chor. Gabriellas ganzes Geld konnte dafür draufgehen.

Trotz des heißen Wassers begann Cesare zu frieren. Umständlich kletterte er aus der Wanne, störte sich nicht an der Nässe, die er auf dem Boden hinterließ.

Er entledigte sich der triefenden Kleider, trocknete sich mit einem Handtuch ab und griff seinen Pyjama, der zum Glück noch am Haken hing. Doch er schaffte es nicht, ihn überzustreifen. Schlaff sanken seine Arme herab, gehorchten nicht.

»Unser Feuer, es geht niemals aus, doch ganz sicher müssen wir jetzt raus. Sag mir, Marilyn, weißt du nicht, wie gut du bist?«

Cesare sank auf die Fliesen, wurde von einem erneuten Weinkrampf geschüttelt, rollte sich zusammen und weinte hemmungslos.

»Marilyn, egal, wie man das nennt, weißt du denn nicht, dass ich für dich brenn.«

Köln-Niehl, Polizeiinspektion 4, Friedrich-Karl-Straße

Lâle trat an die Glasscheibe. Eine Polizistin telefonierte, und eine weitere schaute sie aufmunternd an.

»Kann ich Ihnen helfen?«

»Ich möchte eine Vermisstenanzeige aufgeben.«

»Dann nehmen Sie bitte im Wartebereich Platz.« Die Beamtin deutete auf Hartplastikschalen, die gegenüber dem Eingangsbereich angebracht waren. »Es kommt gleich jemand zu Ihnen.«

Erschöpft ließ sich Lâle nieder, unruhig wippte sie mit den Beinen. Die Sorge um Dana wurde von Stunde zu Stunde größer, auch wenn sie sich zu beruhigen versuchte. Es hatte Ärger gegeben, das wusste Lâle mittlerweile in allen Details von Fabian. Danas Bruder hatte ihr erzählt, dass er seine Mutter noch nie so wütend gesehen hatte wie gestern Abend. Er selbst verstand den Wind nicht, den seine Eltern um die Homosexualität seiner Schwester machten.

Kein Wunder, dass Dana abgehauen war. Trotzdem konnte sich Lâle den Verbleib ihrer Freundin nicht erklären. Ja, Dana fand nicht immer Worte für das, was sie bewegte, ließ sich nicht gerne trösten, aber sie hätte längst auftauchen müssen. Und dass sie gar nicht reagierte, obwohl das Handy eingeschaltet war, hielt Lâle zusätzlich für ein schlechtes Zeichen. Für sie gab es nur eine Erklärung: Dana musste etwas zugestoßen sein.

Und genau das erklärte sie dem Polizisten, der sie zehn Minuten später zur Anzeigenaufnahme befragte. Aber für seine Ohren klang die ganze Situation offenbar nicht plausibel.

»Ich verstehe Ihre Sorge, wirklich. Aber Ihre Freundin ist erwachsen, und sie gehört nicht zu dem Personenkreis, für den wir eine Suchaktion starten.«

»Aber Dana hat sich jetzt schon seit gestern Nachmittag nicht mehr bei mir gemeldet«, entgegnete Lâle und schaffte es nur mit Mühe, ruhig zu bleiben.

»Wie ich schon sagte, wenn wir keinen Anhaltspunkt für ein Verbrechen haben, sind uns die Hände gebunden.« Der Polizist fuhr sich über seinen ergrauten Schnäuzer. »Haben Sie denn versucht, Ihre Freundin auf dem Handy zu erreichen?«

»Natürlich! Was glauben Sie denn! Ich habe ihr letzte Nacht eine SMS nach der anderen geschickt, heute bestimmt schon zwanzig, aber nichts. Sie reagiert überhaupt nicht.«

Der Polizist hob die Augenbrauen. »Sie sagten, dass sie Ärger mit ihren Eltern hatte?«

»Ja, genau.«

»Dann war sie vielleicht aufgewühlt und brauchte etwas Abstand …«

»Aber doch nicht von mir!«

»Sie taucht bestimmt wieder auf. Wenn es Sie beruhigt, kann ich Ihnen versichern, dass das in den allermeisten Fällen so ist.«

Lâle griff ihre Tasche und stieß den Stuhl weg. »Ob Sie es glauben oder nicht, das beruhigt mich nicht im Geringsten!«

Sie stürmte aus der Wache. Jetzt gab es nur einen Menschen, der ihr helfen konnte. Lâle zog ihr Smartphone aus der Tasche und wählte Maline Brass' Handynummer.

***

Niemand öffnet. Ich gelange nicht einmal ins Haus, weil keiner sich bequemt, den Türsummer zu betätigen. Die Nachbarn werden schon unruhig. Eben hat einer aus dem Fenster gestiert. Verdammt, ich will doch nur meine Uhr zurück. Wie komme ich in die Wohnung, ohne zu viel Aufsehen zu erregen? Verdammter Mist. Schuld trägt allein der elende Alte. Sein Todeskampf hat mich irritiert und abgelenkt. Sieben Leben hatte der knochige Sack, störrig wollte er sich dem Tod verweigern und hat mich damit kurzzeitig aus dem Konzept gebracht.

Jetzt habe ich das Nachsehen und kann schauen, wie ich mein Problem löse.

Von der gegenüberliegenden Straßenseite gucke ich zum ersten Stock hinauf. Da ist doch jemand! Deutlich sehe ich eine Gestalt mit hängenden Schultern umhergehen. Idiot. Warum öffnest du mir nicht!

Ich hetze über die Straße, presse meinen Zeigefinger auf den

Klingelknopf. Dauerton, aber nichts. Dieser Ignorant! Ich könnte ausflippen, haste wieder auf die andere Straßenseite, sehe die Person umherlaufen.

Die Haustür wird geöffnet. Ein Hippietyp hüpft die zwei Stufen hinab. Ehe ich mich versehe, schlägt die Tür ins Schloss.

Ich renne über die Straße. »He, lassen Sie mich bitte kurz ins Haus?«

»Ich hab's eilig«, erwidert er, nachdem er mich mit einem flüchtigen Blick bedacht hat, schwingt sich auf ein Rennrad und fährt davon.

Ich rufe ihm Hasstiraden nach, bis er aus meinem Sichtfeld verschwunden ist, und bin froh, dass er mich nicht weiter beachtet hat. Im Moment gebe ich viel zu viel Deckung auf und lasse mich zu Verhaltensweisen hinreißen, die anderen im Gedächtnis bleiben. Das ist nicht gut.

Als ich mich etwas beruhigt habe, suche ich das Weite. Ich habe schon zu viele Fehler gemacht und weiß, wann ich nachgeben muss. Und außerdem, was sagt die Uhr schon aus? Rückschlüsse kann durch sie niemand ziehen. Ich sollte mich entspannen. Wirklich. Es gibt gar keinen Grund für meinen Aktionismus.

Köln-Kalk, Kalker Hauptstraße

Der Andrang war wie immer ziemlich groß, die Kundschaft stand bis auf den Bürgersteig. Im Nimet-Grill gingen Döner, Pommes und türkische Pizza im Minutentakt über die Theke. In der Auslage standen bis zum Rand gefüllte Schüsseln mit verschiedenen Salaten, Schalen mit Schafskäse, Oliven und leckeren Soßen. An zwei Spießen brutzelte Dürüm. Maline lief das Wasser im Mund zusammen.

Es dauerte eine Weile, bis sie bestellen konnten. Ein junger Mitarbeiter platzierte Maline und Chiara an einen Tisch zu zwei Frauen mit Kopftuch, die sich aufgeregt unterhielten.

Maline checkte ihr Handy, das sie während der Vernehmung von Annemarie Boes stumm gestellt hatte. Drei Anrufe von Lâle. Merkwürdig. Sie wählte die Nummer der Freundin. Besetzt.

»Alles wieder auf Anfang«, sagte sie, als ihr kurze Zeit später ein Döner-Sandwich mit extra Salat gebracht wurde. »Ricarda Beers Motorrad ist ziemlich schrottreif, damit ist sie in den letzten Monaten hundertprozentig nicht unterwegs gewesen.«

»Besonders freundlich erschien sie mir aber nicht«, sagte Chiara.

»Kann ich ihr nicht verdenken.« Maline biss in ihr Sandwich und sprach mit vollem Mund weiter. »Immerhin wurde ihre Freundin erstochen, und wir nehmen nun sie ins Visier. Dafür fand ich sie noch relativ gelassen. Ich bin nur froh, dass wir noch kurz hingefahren sind. Das war mir echt ein Anliegen.«

»Und dann Frau Boes, einen Moment dachte ich ja, dass sie etwas mit den Morden zu tun hat«, sagte Chiara, die sich mit einem Mineralwasser begnügte. »Wer kann denn auch ahnen, dass sie den Neoprenanzug für eine Spezialreinigung abholt, und das an einem Sonntagabend.«

»Elise Ackermann und Karina Marcks wollten verreisen und hatten ihr die Reinigung dieses Anzuges aufgetragen, und als gewissenhafte Haushaltshilfe …«

»… hat Frau Boes in bester Absicht gehandelt.« Chiara trank

einen Schluck. »Und dass Samuel die beiden im schummrigen Garagenlicht verwechselt hat, kann ich nachvollziehen. Außerdem dürfte er ziemlich aufgeregt gewesen sein, immerhin musste er befürchten, dass er und Caro entdeckt werden.«

»Dieser Fall kostet mich echt Nerven.« Maline seufzte. »Ruf bitte im Präsidium an und frag nach, ob sich der Mann von der ›Gezeiten‹-Liste gemeldet hat. Und wenn nicht, dann lass seine Adresse feststellen.«

Chiara nahm ihr Handy und trug ihr Anliegen vor. »Salzstraße in Köln-Mülheim«, sagte sie ein paar Sekunden später, kritzelte die Hausnummer auf eine Serviette und legte auf.

»Salzstraße?« Maline sah Chiara an. »Der Rhein fließt denen ja quasi durchs Wohnzimmer. Wir fahren sofort hin.«

Köln-Nippes, Neusser Straße

Im vierten Stock schloss ein junger Typ gerade die Tür zu Malines Wohnung auf.

»Wohnst du hier?«, fragte Lâle irritiert.

Im ersten Moment zeigte sein Gesicht keine Regung. Er trug eine Lederjacke und auf dem Kopf einen altertümlichen Motorradhelm.

Lâle hakte nach. »Wo ist Maline?«

»Vorübergehend ausgezogen.«

»Ach, stimmt. Ich bin ja völlig durch den Wind.«

»Ich heiße Michel.« Der Mann machte einen Schritt auf sie zu und hielt ihr die Hand entgegen. »Wenn alles gut geht, übernehme ich Hannas Bäckerei. Zurzeit bewohne ich die Gesellenbude, Maline hat sie mir überlassen, bis ich etwas Eigenes gefunden habe. Sie wohnt im Augenblick bei ihrer Arbeitskollegin Lou Vanheyden, in der Gustav-Nachtigal-Straße. Die Hausnummer fällt mir leider nicht ein.«

Lâles Knie wurden weich, sie kämpfte gegen Tränen. Dieser verfluchte Tag hielt lauter Hindernisse bereit. Bisher hatte Maline sie nicht zurückgerufen, obwohl sie ihr mehrere Nachrichten auf der Mailbox hinterlassen hatte.

»Sorry«, sagte Michel, »ich muss eine Mütze Schlaf kriegen. In ein paar Stunden fängt meine Schicht an.«

Er lächelte und verschwand hinter der Tür.

Das Licht im Hausflur erlosch. Lâle knipste es wieder an, stieg ins Parterre hinab und nahm sich vor, sämtliche Klingelschilder der Gustav-Nachtigal-Straße abzusuchen, bis sie das richtige Haus gefunden hatte.

Köln-Mülheim, Salzstraße

Das Klingeln hatte aufgehört, dafür wurde nun gegen die Tür gehämmert. Cesare reagierte nicht.

Es dauerte, bis er einen Entschluss gefasst hatte. Schwerfällig kam er auf die Füße, streifte seinen Pyjama über, weil er nichts anderes Trockenes in der Wohnung fand, steckte den Stopfen in den Abfluss der Wanne und ließ sie volllaufen.

Anschließend holte er Marilyn aus dem Flur, schleppte ihn vorsichtig ins Bad, entkleidete ihn ohne Eile und legte ihn in das warme Wannenwasser, das sich blutrot färbte. Cesare störte das nicht. Hingebungsvoll reinigte er seinen Liebsten, gab Lavendelöl auf einen Waschlappen und nahm sich Zeit für jedes Körperteil. Genauso fürsorglich wusch er Marilyn mehrmals die Haare, spülte mit Hingabe den Schaum aus.

Die Tätigkeit beruhigte Cesare. Er sprach mit seinem Liebsten, erzählte Geschichten, verriet Geheimnisse. Lächelnd bat er ihn um Verzeihung für seine häufige Ungeduld und dafür, dass er ihn oft durchs Leben gescheucht hatte.

»Verzettelt hast du dich, Liebster, oft schon morgens beim Aufstehen«, flüsterte Cesare zärtlich. »Du kamst kaum aus dem Bett, hast im Bad getrödelt, träumend auf dem Schemel neben der Waschmaschine gesessen, wo ich dich fand und aufschreckte. Ich habe dich getrieben, zeitweise gehetzt, dafür gesorgt, dass du pünktlich zu deinen wenigen Terminen erschienen bist. Und wofür das alles, das ganze Hasten? Am Ende ist alles unwichtig.«

»Du bist kein Teil von mir, Liebe braucht kein Papier, nennst du dich Marilyn, sag mir, wer ich dann bin.«

Cesare wollte den Leichnam aus der Wanne heben, doch seine Kräfte reichten nicht mehr aus. Schließlich zerrte er ihn aus dem Becken, wickelte ihn in ein weißes Laken, das er vom Bett nahm. Augenblicklich saugte es sich mit Blut voll.

Die Klopfgeräusche schwollen zu Donner, aber Cesare zuckte nicht einmal zusammen. Er trug Marilyn ins Schlafzimmer und legte ihn auf seine Hälfte des rustikalen Holzbetts. Immerhin war ihnen das gemeinsame Lager geblieben. Dafür war Cesare dankbar und schmiegte sich an den kalten Körper.

»Und wir zünden einander an, und wir halten einander warm, sag mal, Marilyn, weißt du nicht, wie schön du bist.«

Rufe und Poltern streiften Cesares Bewusstsein. Lächelnd legte er seine linke Hand auf Marilyns kalte Finger, bedeckte das geliebte Gesicht mit Küssen.

»Marilyn. Willst du mich küssen? Küssen kann ich noch, und es kann gut sein, dass dieser Kuss mein bester wird.«

Cesare liebkoste den kalten Tod, wobei seine rechte Faust eine Injektionsspritze umschloss. Er zögerte nicht, als er die Nadel in seine Vene stieß, bettete sich höher, damit er seinen Geliebten ansehen konnte.

»Ich schau in dein Gesicht, du schaust in mein Gesicht, mehr interessiert mich nicht, mehr brauch ich wirklich nicht, Marilyn – egal wie man das nennt.«

Cesares Blick blieb auf Marilyn gerichtet. Als der Tod ihn holte, dachte er an ein Meer aus Rosenköpfen. Tiefrote Rosen auf zwei weißen Särgen.

Köln-Höhenhaus, Dhünner Weg

»Ich mache mir Sorgen«, sagte Hendrik Jacobi und folgte seiner Frau ins Wohnzimmer.

Zielstrebig öffnete er das Barfach im Wandschrank und goss Jägermeister in zwei Gläser, reichte eins seiner Frau und stürzte seinen Schnaps sofort hinunter.

»Hat Lâle schon wieder angerufen?«, fragte Gerda.

Hendrik nahm die Brille ab und rieb sich die Augen.

»Hast du mit ihr gesprochen?«, fragte Gerda gereizt. »Am besten ignorierst du sie einfach.«

»Aber ich finde, Lâle hat recht.« Hendrik trank noch einen Schnaps. »Es passt nicht zu unserer Tochter, dass sie sich so lange nicht meldet. Ich habe ihr Nachrichten auf der Mailbox hinterlassen, aber nichts, keine Reaktion.«

Gerda setzte sich, schlug die Beine übereinander, stieß dabei an den Couchtisch, griff demonstrativ nach einer Illustrierten und blätterte darin. »Dana kann sehr trotzig sein. Ich denke, sie will uns mürbe machen.«

»Und ich möchte die Polizei einschalten. Was ist, wenn ihr wirklich etwas passiert ist?«

»Unsinn, die Polizei schickt uns weg. Unsere Tochter ist erwachsen, da rührt keiner einen Finger.«

Hendrik seufzte und setzte die Brille wieder auf. »Ich habe ein ungutes Gefühl. Sie war so aufgewühlt, als sie aus dem Haus lief. Letzte Nacht habe ich überhaupt nicht geschlafen und …«

»Ich bin immer noch wütend auf sie«, fiel Gerda ihm ins Wort. »Die Art und Weise, wie sie uns vor vollendete Tatsachen gestellt hat, hat mich getroffen.«

»Ich denke, du hast scharf genug zurückgeschossen.« Hendrik lehnte sich zurück, während sein Blick wie magisch zum Foto seiner Mutter wanderte, das neben dem Fernseher an der Wand hing. Natürlich war es Einbildung, aber er hatte das Gefühl, als schüttelte sie missbilligend den Kopf, und das nicht zum ersten Mal.

Er nahm sich vor, das Bild abzuhängen. Warum sollte er sich von einem Foto tyrannisieren lassen, es gab genug Komplikationen in seiner Realität.

Hendrik nahm die Biografie von Stauffenberg in die Hand, die er gerade las, und versuchte, sich zu konzentrieren. Es gelang ihm nicht. Die Geschichte eines Menschen, der sich ohne Rücksicht auf sein Leben für seine Überzeugung einsetzte, beunruhigte ihn heute.

Er hielt es in seinem Sessel nicht länger aus, ging in die Küche und bereitete Schnittchen vor. Hausarbeit entspannte ihn auf verlässliche Weise. Normalerweise. Heute half die Methode nicht, und er begann, sich vor der nächsten Nacht zu fürchten.

Köln-Nippes, Gustav-Nachtigal-Straße

Lâle konnte ihr Glück kaum fassen. »Endlich rufst du zurück!«

»Was ist denn los?« Maline klang gehetzt. »Ich hab gesehen, dass du mehrmals versucht hast, mich zu erreichen. Leider bin ich jetzt echt im Stress.«

»Dana ist verschwunden, und sie meldet sich nicht, antwortet weder auf SMS noch auf Anrufe!«

»Was meinst du mit verschwunden?«

Lâle berichtete, was passiert war.

»Hast du schon bei euren Freunden nachgefragt?«

»Ich habe alle angerufen, und bei der Polizei war ich auch, aber die können oder wollen mir nicht …«

»Lâle, pass auf, ich kann gerade nicht so gut telefonieren. Ich rufe dich zurück, sobald ich Zeit habe. Wo bist du?«

»In Nippes, ich stehe in der Gustav-Nachtigal-Straße und suche das Haus, in dem du zurzeit wohnst.«

»Ich verstehe deine Sorge, und es ist auch wirklich komisch, dass sich Dana so lange nicht meldet, aber manchmal macht sie ja solche Sachen. Denk mal an die Situation, als sie einfach mit dem Schiff nach Linz gefahren ist, spontan, weil ihr gerade der Sinn danach stand.«

»Aber da hat sie wenigstens angerufen!«

»Erst nach Stunden. Du hast dir tierische Sorgen gemacht!«

»Ja, aber …«

»Lâle, ich habe gerade ein aktuelles Problem und ziemlichen Druck. Fahr nach Hause, und ich versuche, dich später zu erreichen. Ich verspreche es.«

Lâle brach in Tränen aus. Die Sorge um Dana und die angestaute Wut darüber, dass niemand sich Zeit nahm, niemand helfen konnte oder wollte, flossen aus ihr heraus.

Maline versuchte zu ihr durchzudringen. »Kannst du nicht zu einer Freundin fahren?«

»Die können mir doch auch nicht helfen«, weinte Lâle.

»Okay, dann bleib da.« Maline nannte die Hausnummer. »Lous

Tochter lässt dich rein. Ich weiß nur noch nicht, wann ich nach Hause komme.«

Ehe Lâle noch etwas sagen konnte, hatte Maline aufgelegt. Aber immerhin kannte sie jetzt die richtige Hausnummer. Sie klingelte an der Tür, doch es öffnete niemand.

Erschöpft sank sie unter dem kleinen Vordach vor der Haustür auf die Stufen, lehnte ihren Kopf an die Hauswand und schloss die Augen.

Wind fuhr in die Sträucher, die im Vorgarten standen. Mit einem Mal fühlte sie sich auf kraftvolle Weise gestärkt. Lâle sprang auf und rannte los, lief durch die Florastraße über die Brücke am neuen Lentpark bis zum Rhein hinunter. Todesmutig sprang sie in die Fluten, ohne weiter nachzudenken kraulte sie mit geschlossenen Augen auf die andere Uferseite zu. Schlag um Schlag. Kraftvoll. Doch sie hatte das Gefühl, kaum voranzukommen. Das Wasser wurde zu einer glitschigen Masse, ließ sich immer schwerer verdrängen. Lâle sah sich um. Sie schwamm in einem Brei aus dicken weißen Maden. Panisch versuchte sie die Viecher wegzudrücken. Erfolglos. Sie waren überall, krochen in ihre Ohren, die Nase, drängten sich in ihren Mund und quetschten sich zwischen die Lider ihrer Augen.

Lâle drohte zu ersticken und versuchte aufzutauchen. Doch die Maden entwickelten einen Sog und zogen sie in die Tiefe, bis das Wasser plötzlich wieder klar wurde. Lâle sank immer weiter abwärts, froh, dem Gewimmel entkommen zu sein, das über ihr wie ein riesiger Schwarm kreiste.

Unter ihr tauchte der Flussgrund auf. Eine saftige grüne Wiese. Und da lag Dana und schlief. Friedlich. Mit fünf Flossenschlägen war Lâle bei ihr und riss sie hoch. Dabei sah sie das Blut. Es lief Dana aus den Augen und dem Mund. Lâle versuchte zu schreien, riss den Mund auf und schluckte Rheinwasser. Sie hustete und schlug mit dem Kopf gegen eine Mauer.

Lâle schreckte hoch und brauchte einen Moment, um sich zu orientieren. Sie kauerte vor dem Haus, in dem Maline wohnte. Mühsam rappelte sie sich auf und klingelte noch einmal. Niemand öffnete und von Maline keine Spur. Ihr Handy meldete keine neuen SMS, niemand hatte versucht, sie anzurufen. Zitternd bewegte sich Lâle vorwärts, in der Nähe gab es einen Taxistand. Auf dem Weg dorthin versuchte sie wieder, Dana zu erreichen. *This connection is temporarily not available.* Sie drückte die Nummer von Danas Eltern, aber sie nahmen das Gespräch nicht an.

Lâle lief zur Friedrich-Karl-Straße und betrat ein zweites Mal die Polizeiinspektion. Sie würde hier erst wieder weggehen, wenn eine Suchaktion nach Dana gestartet worden war.

Köln-Mülheim, Salzstraße

Maline setzte den Blinker, bog ab und trat heftig auf die Bremse. Zwei Streifenwagen, Rettungswagen und ein Zivilfahrzeug hatten die kleine Straße komplett zugeparkt.

Eine Schutzpolizistin mit Pferdeschwanz kam auf das Dienstfahrzeug zu. »Das ging aber schnell«, sagte sie. »Die Kollegen vom Erkennungsdienst sind gerade die Treppe rauf.«

Maline und Chiara sahen sich fragend an und stiegen aus. Rot-weißes Absperrband flatterte im Wind und hielt Schaulustige auf Abstand.

»Was ist denn hier los?«, fragte Maline.

»Wir haben zwei tote Männer im ersten Stock. Bei einem klaffen große Wunden in Bauch und Brust. Für die Todesursache des zweiten Mannes gibt es keine augenscheinlichen Anhaltspunkte.«

Maline spürte, wie ihr heiß und kalt wurde.

»Merkwürdig ist«, fuhr die Polizistin fort, »dass die gesamte Wohnung leer geräumt ist.«

»Wer hat die Polizei gerufen?«, fragte Chiara.

»Viktor Borchardt, ein Freund der beiden Männer.« Die Kollegin zeigte auf einen Mann, der in der Tür des Rettungswagens saß und mit einem Beamten sprach. Er wirkte muskulös, seine Arme waren beinahe vollständig tätowiert.

»Eines der Opfer ist Marilyn Säuler«, sagte die Polizistin leise. »Ich weiß nicht, ob euch das etwas sagt, er war ein bekannter Travestiekünstler, wirklich klasse. Ich hab ihn ein paarmal auf der Bühne gesehen, früher, meine ich. Er ist ja leider schon seit Jahren nicht mehr aufgetreten.«

»Ich glaube, ich habe mal einen Bericht im Regionalfernsehen über ihn gesehen«, sagte Maline.

»Wisst ihr, was komisch ist?«, sagte die Kollegin und beugte sich vor. »Im Zusammenhang mit den beiden Leichen fällt mir ein, dass es auf unserer Polizeiinspektion seit einiger Zeit Beschwerden hagelt. Irgendein Idiot geht anscheinend regelmäßig auf die Hohenzollernbrücke und schneidet Schlösser von den Eisengittern ab. Elf Anzeigen gegen unbekannt wurden in den letzten Wochen deswegen geschrieben.«

»Was hat das denn mit den Toten zu tun?«, fragte Chiara.

»Die Vorhängeschlösser gehörten ausnahmslos homosexuellen Paaren.«

Maline wollte etwas erwidern, sah aber in dem Moment Tom und Ben aus dem Gebäude kommen. Sie registrierten sie ebenfalls und kamen mit großen Schritten auf sie zu.

»Zwei tote Männer«, näselte Tom. »Mist, verdammt. Das wird wie ein Lauffeuer herumgehen.«

»Wieso? Ist denn schon sicher, dass unser Täter hier wieder zugeschlagen hat?«, fragte Maline.

»Klar ist noch gar nichts«, meinte Ben. »Aber laut Rechtsmediziner ist einer der Toten durch zwei Messerstiche gestorben, und wir lassen eine Schnellprobe von den Fingernägeln machen. Ehrlich gesagt habe ich wenig Hoffnung auf einen anderen Zusammenhang, auch wenn sich dieser Tatort sehr von den bisherigen unterscheidet. Es ist grauenvoll.«

Tom Lechners Handy klingelte. Er nahm ab und hörte mit gerunzelter Stirn zu. Dann hellte sich seine Miene auf.

»Die Kollegen aus Bonn haben den Mann, der auf Lou geschossen hat, auf einer Raststätte bei Stuttgart ausfindig gemacht«, sagte er, nachdem er aufgelegt hatte.

»Was?«, rief Maline. »Wie denn?«

»Durch eine Telefonüberwachung. Genaueres weiß ich auch noch nicht.« Er drehte sich zu Ben. »Ich muss ins Präsidium zurück, der Zugriff durch Spezialkräfte erfolgt in wenigen Minuten. Du regelst die Sache hier schon. Und denk dran, dich mit der Pressestelle abzustimmen. Die Medienvertreter werden uns ganz schön auf die Pelle rücken.«

Köln-Kalk, Evangelisches Krankenhaus, Buchforststraße

Lous Krankenzimmer glich einem Büro. Der Besuchertisch war zum Arbeitsplatz umfunktioniert. Neben einem Laptop stapelten sich Unterlagen. Auf dem Boden lagen Textmarker und große Papierbogen, die sie teilweise wild beschrieben hatte.

»Du meine Güte«, sagte Maline, begrüßte Clemens, der auf einem Besucherstuhl saß, und gab Lou einen Kuss auf die Wange. »Wer hat dir denn den ganzen Kram hergebracht? Wirklich, Lou. Du sollst dich doch erholen.«

»Die Krankenschwestern schimpfen auch schon. Aber ich kann doch nicht untätig sein, wenn ihr alle Hände voll zu tun habt. Außerdem geht es mir viel besser, jetzt, wo ich nicht mehr auf der Intensivstation liege.«

»Ist die Verlegung nicht etwas verfrüht?«

»Quatsch, letztlich habe ich doch nur einen Kratzer abbekommen.«

»Nein, wirklich, wie fühlst du dich?«

Maline räumte einige ungeöffnete Päckchen Klebezettel von einem Stuhl und legte sie auf den Tisch. »Ich habe übrigens Wilson dazu gebracht, dass er keine Post-its mehr schreibt.«

»Wie hast du das denn geschafft?«, fragte Lou und ließ sich in die Kissen fallen.

»Mit pädagogischem Sachverstand und Einfühlungsvermögen.« Maline grinste. »Hast du schon gehört? Sie haben den Mistkerl, der auf dich geschossen hat!«

»Ich kann euch sagen, mir ist ein Stein vom Herzen gefallen.« Lou strahlte übers ganze Gesicht. »Schade nur, dass ich ihn nicht selbst stellen konnte. Ich hätte dem Kerl zu gern in die Augen geschaut.«

»Das fehlt gerade noch«, lachte Maline. »Der Typ kann froh sein, dass deine Kollegen die Sache übernommen haben.«

»Aber wie haben sie ihn aufgespürt?«, fragte Clemens.

Eigentlich verdanken wir die Festnahme der Angestellten einer Arztpraxis«, sagte Lou. »Der Typ hat sich da wegen seiner

Schusswunde behandeln lassen, und das kam ihr merkwürdig vor. Erst hat sie noch gezögert, dann aber doch bei der Polizei angerufen.«

»Wie haben sie ihn dann ermittelt?«, fragte Clemens.

»Die Sprechstundenhilfe hat gesagt, dass der Typ mehrmals mit seinem Handy telefoniert hat, während er behandelt wurde.« Lou rückte ein Kissen zurecht. »Das reichte, um seine Nummer nachträglich herauszufinden und ihn schließlich zu orten. Der Zugriff auf der Raststätte glich wohl einem SEK-Einsatz, hat Ben eben am Telefon gesagt. Darüber wird bestimmt gleich in den Nachrichten berichtet.« Lou zog sich mit Hilfe der Plastiktriangel über ihrem Bett in eine bessere Sitzposition. »Und, was hast du Neues?«

Maline schaute von Lou zu Clemens.

»Ich verziehe mich in die Ecke«, sagte er sofort, holte sein Smartphone hervor und steckte sich Ministöpsel in die Ohren. »Ich muss ein paar Nachrichten abhören, E-Mails checken und nebenbei kurz die Welt retten.«

Maline setzte sich vom Tisch neben Lous Bett. »Hat Ben dir von den beiden toten Männern in der Salzstraße berichtet?«, fragte sie leise.

»Er hat sie erwähnt.«

»In der Wohnung der beiden haben wir den blutigen Abdruck einer Profilsohle gefunden«, flüsterte Maline, »die keinem der Opfer zugeordnet werden kann.«

»Wie sah es am Tatort aus?«, fragte Lou.

Maline seufzte. »Schrecklich. Es sieht so aus, als hätte der Lebenspartner den Leichnam seines Freundes gebadet. Spurentechnisch ist die ganze Wohnung eine Katastrophe.«

Maline berichtete Lou von Cesare Salviatis Reise nach Venedig, von der Viktor ausführlich erzählt hatte.

Clemens stand auf und verschwand auf der Toilette.

»Das ist ja Wahnsinn«, sagte Lou. »Der Mann ist unterwegs, um Geld aufzutreiben, damit er die finanzielle Not abwenden kann, während sein Freund bei der Auflösung der gemeinsamen Wohnung ermordet wird?«

»Wir gehen davon aus, dass Cesare Salviati seinen Freund nach seiner Rückkehr aus Venedig tot in der leer geräumten Wohnung aufgefunden hat und völlig abgedreht ist.«

»Ermordet wurde also nur einer der beiden?«, fragte Lou.

»Ja, und die Art und Weise der Verletzungen trägt die Handschrift unseres Serientäters. Ich bin wirklich auf die Laboranalysen gespannt. Aber so oder so, es gibt eine weitere offensichtliche Übereinstimmung mit den anderen Morden: Marilyn Säulers Papiere wurden einige Wochen vor der Tat gestohlen.« Maline seufzte. »Ich mache mir Vorwürfe. Wären wir doch nur früher gekommen, vielleicht könnten beide noch leben. Andererseits … wir sind sofort in die Salzstraße gefahren, als wir die Adresse hatten.«

Lou legte Maline eine Hand auf den Arm. »Zerreißen kannst du dich auch nicht.«

Maline erzählte Lou von den Schlössern, die ein Unbekannter von der Hohenzollernbrücke entfernte.

»Was sagt Ben dazu?«, fragte Lou.

»Ich bin noch nicht dazu gekommen, es ihm zu erzählen, das mache ich morgen vor der Frühbesprechung.«

Clemens kam aus dem Bad zurück, setzte sich an den Tisch, steckte die Kopfhörer wieder ein und beachtete Lou und Maline nicht weiter. Kurz darauf erschien die Nachtschwester in der Tür und zeigte sich wenig erfreut über den späten Besuch, was Clemens nicht zu beeindrucken schien.

Maline hingegen stand sofort auf und zog ihre Lederjacke über. »Ich muss los und nachsehen, ob Frieda und Wilson das Haus nicht abgefackelt haben. Außerdem wartet Lâle auf mich.«

»Wo?«

»In deinem Haus, ich denke, Frieda hat sie reingelassen.«

»Die Kinder sind ins Bergische gefahren und bleiben zwei Nächte«, sagte Lou.

»Ach Mist, das hatte ich vergessen.« Malines Handy klingelte. Es war ein Kollege von der PI Nord. »Ich glaube, ich muss mich jetzt dringend um Lâle kümmern.«

Köln-Nippes, Gustav-Nachtigal-Straße

»Danke, dass du mich auf der Polizeiinspektion abgeholt hast«, sagte Lâle.

»Kein Problem. Lou hat gesagt, du kannst so lange hierbleiben, wie du möchtest.«

Maline setzte sich ans Fußende des Klappbetts, das sie gerade für Lâle aufgestellt hatte.

»Ich bin halb verrückt vor Angst«, sagte Lâle und begann wieder zu weinen. Ihre großen braunen Augen waren völlig verheult. »Wo kann Dana nur sein? Ich spüre, dass ihr etwas passiert ist! Wirklich, dafür haben alle Frauen in meiner Familie eine Antenne.«

»Aber …«

Das Display von Lâles Smartphone leuchtete auf. »Ich habe eine Nachricht bekommen.«

»Von wem?«

»Dana! Sie hat mir eine What's App mit Standort zugeschickt. Endlich ein Lebenszeichen!«

Maline schaute aufs Display.

»Komisch«, sagte Lâle, streifte ihre Jeans über und band die schwarzen schulterlangen Haare schnell zu einem Pferdeschwanz zusammen. »Warum ruft sie mich nicht an?«

»Das ist wirklich höchst sonderbar«, sagte Maline.

»Egal!« Lâle strahlte und ihre Augen glänzten. »Immerhin hat sie sich gemeldet.«

Das sah Maline anders. Diese What's-App-Nachricht bedeutete nur, dass jemand das Handy in Betrieb gesetzt hatte. Aber das würde sie Lâle nicht erzählen. Vielleicht war es ja wirklich die ersehnte Kontaktaufnahme.

Sie sah noch mal auf das Display. »Die Nachricht wurde in Stammheim abgesetzt, in der Moses-Heß-Straße.« Sie schnappte sich ihre Autoschlüssel. »Hier, das siehst du an dem gesendeten Geo-Bild. Kennt Dana denn vielleicht jemanden in Stammheim?«

»Nicht dass ich wüsste.« Lâle drückte die Nummer ihrer Freundin. »Jetzt ist das Handy wieder ausgeschaltet. Das gibt es doch gar nicht!«

Köln-Stammheim, Moses-Heß-Straße

Das Einfamilienhaus lag inmitten eines großen Gartens. Auf der Zufahrt zur Garage lag ein Kindermountainbike, über dem Klingelschild hing eine gelbe Blechrolle für Zeitungslieferungen.

»Wissen Sie, wie spät es ist?«, sagte der Mann, der nach mehrmaligem Läuten in der Tür erschienen war. Er wirkte eher überrascht als sauer.

»Wir sind uns ganz sicher, dass die What's-App-Nachricht aus Ihrem Haus gesendet wurde, Herr …«, Maline schaute noch einmal auf das Klingelschild, »… Kaul.« Sie steckte ihren Ausweis ein. Lâle hielt sich im Hintergrund. »Das Handy hat eine Standortbestimmung mitgeschickt.«

»Aber hier ist außer mir und den Jungs niemand.« Kaul zog die Kordel seines Frotteebademantels enger um seinen beachtlichen Bauch. »Meine Frau hat Nachtdienst im Klösterchen. Ich weiß beim besten Willen nicht … Ich meine, diese Apps sind doch auch nicht so genau.«

»Okay, ich kann Sie nur bitten, mich ins Haus zu lassen.« Maline schlug einen energischeren Ton an. »Immerhin geht es um eine vermisste Person.«

Kaul wirkte verzweifelt. »Aber ich weiß nicht … Wer soll denn …? Ich sage Ihnen doch, außer mir und meinen Söhnen ist niemand da.«

»Wie alt sind die beiden?«

»Zwölf und sechzehn.«

»Gut, Herr Kaul«, sagte Maline freundlicher. »Können Sie mir einen Gefallen tun und nachsehen, ob es im Zimmer Ihrer Söhne ein Handy gibt, das ihnen nicht gehört.«

»Also sagen Sie mal, was soll denn das? Meine Jungs sind doch keine Diebe!«

Lâle trat vor. »Es geht um meine Freundin, sie ist verschwunden. Ich mache mir solche Sorgen. Bitte sprechen Sie doch kurz mit den beiden.«

Kaul seufzte und verschwand.

»Und wenn er ein Mörder ist«, flüsterte Lâle. »Vielleicht hält er Dana in der Garage gefangen?«

»Du guckst zu viele Horrorfilme«, sagte Maline. »Nein, aber im Ernst, wenn er uns jetzt nicht weiterhelfen kann, nehmen meine Kollegen die ganze Bude auseinander.«

Es dauerte eine Weile, bis Kaul wieder an der Tür auftauchte und sie ins Haus bat.

Auf der Treppe, die in den ersten Stock führte, standen zwei blasse Jungen mit auffälligen Segelohren. Sie sahen sich frappierend ähnlich, allerdings überragte der eine den anderen um zwei Köpfe.

»Sagt der Kommissarin, was ihr gemacht habt«, schnauzte Kaul.

Der Jüngere hielt Maline ein dunkelrotes Smartphone entgegen. »Ich hab es nicht geklaut«, sagte er mit tränenerstickter Stimme. »Es lag auf der Wiese am Rhein, gleich hier um die Ecke.«

Lâle riss dem Jungen das Handy buchstäblich aus der Hand. Er zuckte zurück.

»Wann hast du es gefunden?«, fragte Maline ruhig.

»Heute Nachmittag. Es hat die ganze Zeit geklingelt, ständig kamen SMS, deshalb hab ich es in unserem Zimmer versteckt.« Der Junge blickte zu seinem Vater. »Papa will nicht, dass wir Handys haben, aber alle haben eins, jeder in meiner Klasse.«

Kaul wollte etwas sagen, aber Maline kam ihm zuvor. »Und dann? Warum hast du eine Nachricht geschickt?«

»Das war ich«, sagte der ältere Bruder mit auffallend fester Stimme. »Schon den ganzen Abend hab ich die Signaltöne gehört, die aus dem Schrank kamen. Deshalb hab ich gewartet, bis mein Bruder eingeschlafen war. Dann hab ich das Handy hervorgeholt und damit gespielt. In meiner Klasse reden alle von den tollen Funktionen, die Smartphones haben. MMS, Mediaplayer, Navi und so. Ich hab mit dem Handy herumgespielt und die Nachricht aus Versehen verschickt. Ich kann nicht mal genau sagen, wie ich das gemacht habe.«

»Kannst du uns zeigen, wo du das Smartphone gefunden hast?«, fragte Maline den jüngeren Bruder.

Der Kleine sah ängstlich zu seinem Vater.

»Es ist mitten in der Nacht«, sagte Kaul. »Hat das nicht bis morgen Zeit?«

»Ich fürchte nicht«, sagte Maline und forderte ihre Kollegen an.

Eine Stunde später kreiste ein Hubschrauber über Stammheim. An Bord hatte der Pilot eine Wärmebildkamera. Zusätzlich suchten zwei Hundeteams die Wiese und den angrenzenden Wald zwischen Stammheim und Flittard ab.

Maline beobachtete das Geschehen vom Streifenwagen aus. Sie blieb bei Lâle und hielt ihre Hand, bis das Bangen Gewissheit wurde.

»Frau im Unterholz gefunden!«

Köln-Nippes, Neusser Straße

Die wenigen Schritte zur Bäckerei schaffte Maline am nächsten Morgen nur mit Mühe.

Michel legte in einer irrsinnigen Geschwindigkeit Teigrollen zu Zöpfen zusammen, einer so hübsch wie der andere.

»Wo ist Hanna?«, rief Maline, um den Lärm der Knetmaschine zu übertönen.

Michel zeigte über die Schulter und ließ sich nicht weiter stören.

Maline ging in den kleinen weiß gekachelten Raum und sah Hanna, die stehend Sahne auf Minitörtchen sprühte, die dicht an dicht auf einem Blech standen.

»Du meine Güte, wie siehst du denn aus? Komm, setz dich und trink einen Kaffee.« Hanna deutete mit dem Spritzbeutel auf eine Thermoskanne, die in einem Regal stand.

»Ich kann kaum aus den Augen gucken«, sagte Maline und berichtete Hanna von der nächtlichen Suchaktion und der Rettungsaktion um Dana.

Hanna legte den Spritzbeutel beiseite. »Das ist ja furchtbar! Wie geht es ihr denn?«

»Sie hat eine leichte Stichverletzung am Oberschenkel und viel Blut verloren«, sagte Maline. »Dazu hat sie einen heftigen Schlag auf den Kopf bekommen und war deshalb nicht bei Bewusstsein. Sie hätte sterben können, eine weitere Nacht im Freien hätte sie nicht überlebt. Wir wissen noch nicht, was passiert ist. Sie ist nicht ansprechbar.«

»Aber sie kommt durch, oder?«

»Ich will es hoffen.« Maline wischte sich eine Träne aus dem Augenwinkel.

»Und Lâle? Sie muss halb verrückt sein vor Sorge.«

»Zuerst mal ist sie natürlich erleichtert und weicht kaum von Danas Krankenbett. Ich werde mich, so gut ich kann, um sie kümmern. Morgen reist ihre Mutter an und wird darauf achten, dass Lâle sich nicht übernimmt.«

»Aber was vermutet ihr denn? Was war der Grund für den Überfall?«

»Wir können uns noch keinen Reim machen.« Maline schüttelte den Kopf. »Sicher ist, dass Dana bei ihren Eltern weggefahren und irgendwann am Rhein gelandet ist. Vielleicht ging es um Geld, und als sie nichts geben konnte, wurde zugestochen.«

»Hoffentlich verkraftet das Mädchen die Sache«, sagte Hanna nachdenklich. »Ich habe Dana bisher erst zweimal gesehen, aber auf mich wirkte sie immer so zerbrechlich.«

Maline nippte schweigend an ihrem Kaffee.

»Wilson hat mich gefragt, ob er mein Auto und den Anhänger bekommt.« Hanna wechselte das Thema, und Maline war ihr dankbar dafür. »Er hat für Frieda einen Motorroller besorgt, der allerdings nicht fährt. Offenbar besitzt Clemens irgendwo eine alte Garage, da will Wilson das Teil unterstellen und reparieren.«

»Echt?« Maline war angenehm überrascht. »Und? Leihst du ihm dein Auto?«

»Der Junge hat seinen Führerschein erst seit ein paar Monaten und keine Berechtigung, ein Auto mit Anhänger zu fahren. Und außerdem kann ich mich hier momentan kaum losreißen und …«

»Ich könnte Wilson fahren«, sagte Michel.

Maline zuckte zusammen, sie hatte ihn nicht kommen hören.

»Hast du mich erschreckt«, sagte auch Hanna.

»Sorry, das wollte ich nicht.« Michel schob seine mehlbestäubte Baseballkappe in den Nacken. »Ich bin fertig mit den Broten, wenn du willst, fahre ich jetzt die Brötchen ins St.-Agatha-Krankenhaus.«

»Damit bin ich heute dran«, sagte Hanna.

»Ich weiß, aber ich dachte, ich kann dir die Arbeit abnehmen.«

»Super. Danke.«

»Und wie gesagt, die Tour mit Wilson übernehme ich gerne, am besten gleich heute«, sagte Michel, bevor er sich zum Gehen wandte.

»Danke, das ist nett von dir«, rief Hanna ihm nach und fügte flüsternd hinzu: »Ich glaube, er will sich ein bisschen einschleimen.«

»Wieso?«

»Hier herrscht dicke Luft. Er ist zweimal zu spät zur Arbeit gekommen, und Kunden haben sich auch schon beschwert, weil er Brote nicht pünktlich geliefert hat.«

»Ach, ich dachte, er ist mit Leib und Seele bei der Sache?«

»War er auch«, flüsterte Hanna. »Ich weiß nicht, was mit ihm los ist.«

Maline stand auf. »Das PP steht Kopf. Unsere Serie ist noch längst nicht geklärt, und der Druck ist enorm. Aber wir kommen in unserer MK einfach nicht richtig weiter.«

»Wäre es nicht besser, wenn du dich mal so richtig ausschlafen würdest? Du siehst wirklich erbärmlich aus.«

»Geht leider nicht.«

Hanna brachte Maline zur Tür und drückte ihr eine Tüte mit Käsebrötchen in die Hand. »Ich habe gehört, das Marilyn Säuler und sein Partner auch Opfer dieses Killers geworden sind.«

»Komisch, viele Leute scheinen ihn gekannt zu haben. Ehrlich gesagt ist uns das nicht so recht. Dadurch ist die Aufmerksamkeit der Medien jetzt natürlich noch größer.«

»Ich habe im Radio gehört, dass ein Kondolenzbuch in einem Beerdigungsinstitut ausliegt«, sagte Hanna. »Mal sehen, vielleicht gehe ich hin und schreibe etwas hinein. Es ist eine so schreckliche Geschichte, und Marilyn war ein toller Künstler.«

Köln-Kalk, Polizeipräsidium, Walter-Pauli-Ring

Vor dem Eingangsbereich des Polizeipräsidiums standen Übertragungswagen verschiedener Medien. Daneben hatte sich eine Handvoll Vertreter von Schwulen- und Lesbenverbänden postiert. Sie hielten Schilder hoch, auf denen »Stoppt den Homo-Killer!« und ähnliche Sprüche zu lesen waren. Maline wunderte sich, wie schnell sich die Menschen organisieren konnten, und betrat das Präsidium.

Die beiden Pförtner hinter dem lang gezogenen Tresen gaben mit versteinerten Mienen Auskunft. Professionell abweisend. Egal ob es sich um Medienvertreter oder Menschen handelte, die einen Termin hatten und mit den Gepflogenheiten des Präsidiums nicht vertraut waren.

Maline mied die Kantine, verzichtete auf ihren obligatorischen Caffè Latte. Das Bistro war öffentlich zugänglich, und darin wimmelte es mit Sicherheit von Medienleuten. Wahrscheinlich befand sich Jasmin Klerk unter ihnen, und ihr wollte sie jetzt auf keinen Fall begegnen.

Auf dem Flur des KK11 war die Hölle los. Kollegen eilten von Zimmer zu Zimmer, Telefone und Handys läuteten.

Bevor Maline ihr eigenes Büro erreichte, lief sie Ben über den Weg.

»Chloropren-Kautschuk unter Marilyn Säulers Fingernägeln«, sagte er im Gehen. »Gerade kam die Analyse per Fax.«

Malines Handy klingelte. Es war eine der Schwestern aus dem Pflegeheim. Sie hatte darum gebeten, angerufen zu werden, wenn es Probleme gab.

»Ihr Vater fragt ständig nach Ihnen und spricht die ganze Zeit von irgendwelchen Fotos. Er kennt kein anderes Thema und wird mitunter richtig böse.«

Maline versprach, so bald wie möglich vorbeizukommen.

Chiara saß im Büro und blickte sie aus verweinten Augen an.

»Was ist denn mit dir los?« Maline schloss die Tür.

»Cesare Salviati könnte noch leben, wenn ich mich mehr hinter die Sache geklemmt hätte.«

»Unsinn.« Maline reichte Chiara ein Taschentuch. »Mach dich nicht verrückt. Er wollte nicht mehr leben, ohne seinen Partner gab es für ihn keine Zukunft. Selbst wenn wir seinen Selbstmord verhindert hätten, dann hätte er es an einem anderen Tag noch einmal versucht.«

Chiara putzte sich die Nase.

»Solche Dinge passieren leider in unserem Beruf.« Maline legte einen Arm auf die Schulter der Praktikantin.

»Heute ist mein letzter Tag auf dieser Dienststelle. Den nächsten Praktikumsabschnitt absolviere ich bei der Polizeiinspektion in Chorweiler.«

»So hörst du dich gleich besser an.«

Chiara konnte schon wieder lächeln. »Ist eigentlich etwas bei der Sichtung der Supermarkt-Videobänder herausgekommen?«

»Negativ«, sagte Maline. »Bisher wurde Karina Marcks auf keinem Band gesehen. Im Prinzip kann sie ja auch überall eingekauft haben. Von dieser Spur erwarte ich nicht mehr viel.«

»Soll ich der Sache mit den Schlössern nachgehen, herausfinden, ob die bisherigen Opfer welche an der Brücke angebracht hatten?« Chiara schob ihre Brille zurecht.

»Gute Idee. Vielleicht hat der Täter sie dabei beobachtet, wie sie die Schlösser angebracht haben, und so als Opfer ausgesucht. Notfalls müssen wir die Hohenzollernbrücke observieren.«

***

Schneller als geplant werde ich meine Zelte in Köln abbrechen und weiterziehen. Heimisch wollte ich hier sowieso nicht werden, und woanders warten neue Herausforderungen.

Wieder verschwinde ich, hinterlasse Fragezeichen. Auch eine Frau muss ich zurücklassen, sie fängt an, mich zu mögen, aber darauf kann ich keine Rücksicht nehmen. Diese Gefühle gehen nicht tief.

Köln. Die Stadt könnte auch Babylon heißen und der Rhein Euphrat. Hoffnungslos unterwandert sind all die Rechtschaffenen von denen, die keine Berechtigung haben, aber sie sind eine unvorstellbare Größe. Ich komme mit Sicherheit wieder, muss das fortführen, was ich begonnen habe. Mein System wird mir helfen, wenn ich wieder da bin, egal, wie lange ich weg sein werde.

Marburg oder München. Beide Städte sind in der engeren Wahl. Ich war dort und habe mir die Linien angesehen und das Volk inspiziert. Es ist erschreckend: überall das gleiche Bild, Arbeit bis zum Abwinken.

Meine Blutspur zieht Kreise, und der Polizeiapparat bewegt sich schwerfällig, vielleicht bin ich auch einfach zu genial. Ich meine, ich lege wirklich genügend Schnitzel aus, hinterlasse Spuren und lache ihnen ins Gesicht.

Sie knacken die Nuss nicht, schaffen es nicht, die Beweise zusammenzusetzen. Gut für mich, auch wenn es bedeutet, dass ich mit meiner Genialität im Verborgenen bleibe.

Glückspilz. Meine Tante nannte mich manchmal so. *Das Glück findet die Erfolgreichen.* Sie könnte noch leben, wenn sie den Mund nicht so voll genommen hätte. Sie wusste einfach nicht, wann es genug ist. Ständig hat sie mich mit ihren Andeutungen gepiesackt.

Du bist wie ich. – Du lügst! Halt die Fresse!

Verschließ dich nicht vor der Wahrheit. – Schnauze oder ich steche dich ab!

Sie hat ihr elendes Schandmaul nicht gehalten. Ich musste ihr das Messer zwischen die Rippen stoßen, damit sie ihre Lügen nicht länger verbreiten konnte. Bezahlt hat sie, und ehrlich gesagt, ich hätte sie viel früher beseitigen sollen.

Die Terrarien habe ich zerschlagen, nachdem ich sie für immer zum Schweigen gebracht habe. Den Spinnen habe ich die Freiheit geschenkt, kein Tier sollte eingesperrt leben. Schon als Junge habe ich sie gebeten, die Viecher freizulassen, die sie von ihren Reisen ins Land geschmuggelt hatte. Gelacht hat sie und mich Dummerchen genannt.

Köln-Kalk, Evangelisches Krankenhaus, Buchforststraße

»Ich dachte, ich schaue noch einmal vorbei und bringe dir Nugathörnchen.« Hanna hielt eine Tüte und zwei Pappbecher in die Höhe. »Einen richtig guten Cappuccino habe ich auch besorgt.«

»Wenn ich nicht bald hier rauskomme, passe ich nicht mehr in meine Klamotten«, maulte Lou.

»Stimmt es, dass du morgen schon entlassen wirst?«

»Darauf kannst du wetten, ich bleibe keinen Tag länger.«

»Hast du noch Schmerzen?«

»Nicht besonders, aber die alltäglichen Arbeiten werden kompliziert mit nur einem Arm.«

Hanna tätschelte Lous Bein. »Erst mal herzlichen Glückwunsch zur Festnahme des Dreckskerls, der auf dich geschossen hat. Ich war so erleichtert, als mir Maline davon erzählt hat. Was ist das denn für einer?«

»Milieu. Zuhältermist. Er wurde bereits wegen mehrerer Delikte gesucht.«

Hanna schüttelte den Kopf. »Hoffentlich ist dir das eine Lehre, nächstes Mal hältst du bitte nicht mitten in der Nacht auf einer einsamen Straße an, um wen auch immer zu retten, sondern du rufst die Polizei.«

Lou grinste.

»Wie geht es deiner Mutter? Sind die Damen in Santiago de Compostela angekommen?«

»Nicht ganz. Sie gehen die letzte Etappe von Petrouzo aus. Bei ihrem Tempo brauchen sie für die Strecke bestimmt sieben Stunden. Aber egal, sie kommen gut voran, obwohl es regnet.«

»Wahnsinn, ich finde das einfach großartig!«

»Ich muss sagen, ich bin auch ein bisschen stolz auf meine Mutter.« Lou trank einen Schluck Orangensaft.

»Sorry, ich muss zwei Sachen mit dir besprechen.« Hanna reichte Lou einen Brief. »Den hat mir Maline mitgegeben, offenbar ist er zurückgekommen, weil die Adresse nicht zustellbar war.«

Lou nahm das Kuvert in die Hand und schaute irritiert. »Die

Karte hatte ich an Clemens geschickt, schon vor Tagen. Das verstehe ich nicht. Vielleicht die falsche Hausnummer?«

Hanna schüttelte den Kopf. »Ich musste heute nach Braunsfeld zu einem Großkunden und habe den Brief mitgenommen. Du schreibst ja so unleserlich, und ich dachte, der Briefträger hat vielleicht einfach deine Klaue nicht entziffern können.« Hanna beugte sich vor. »Bist du wirklich nie bei Clemens gewesen?«

Lous Magen rumorte. »Er wollte es nicht, und ich konnte seine Begründung nachvollziehen, wieso?«

»Weil er an der Adresse, die er dir offenbar angegeben hat, nicht wohnt.«

»Was?« Lou wurde übel. »Bist du sicher?«

»Hundertprozentig. Ich habe sämtliche Klingeln und Briefkästen abgesucht.« Hanna schien sich ebenfalls unwohl zu fühlen. Auf ihrer Stirn zeigten sich Schweißperlen. »Was kann das bedeuten?«

»Ich habe keine Ahnung«, sagte Lou. Sie war wie vor den Kopf geschlagen, lehnte sich in die Kissen zurück und versuchte, einen klaren Gedanken zu fassen. Wenn sie darüber nachdachte, hatte es einige Situationen gegeben, bei denen sich ein Störgefühl in Richtung Clemens gemeldet hatte. Kleine Ungereimtheiten, nichts Schwerwiegendes, Situationen, bei denen sie eine kurze Irritation für sich abgebügelt hatte. *Bist du unterwegs? – Wieso? Ich liege im Bett. – Ich dachte, ich hätte Fahrgeräusche gehört. – Nein, ich bin zu Hause. – Wirklich?*

»Lou? Bist du okay?« Hanna klang besorgt. »Ich wollte dich nicht … aber ich musste es dir doch sagen. Vielleicht hat die Sache einen ganz banalen Hintergrund.«

»Hey, kein Problem. Ich komme schon klar.« Lou wischte die Gedanken an Clemens beiseite und schob ihre Gefühle fort. »Was wolltest du noch mit mir besprechen?«

»Es geht um Michel, und jetzt komm mir ja nicht mit ›Das habe ich dir gleich gesagt‹.«

»Bestimmt nicht.«

Hanna holte Luft. »Ich finde, er verhält sich … komisch.«

»Kannst du ›komisch‹ präzisieren?«

»Ich weiß auch nicht, er scheint nicht mehr ganz bei der Sache.

Sein Ton ändert sich. Es ist wenig greifbar, aber ich finde, dass er schnell die Geduld verliert. Meinen Lehrjungen hat er gestern ohne Grund völlig niedergemacht.«

»Vielleicht geht ihm die Düse, weil er erkennt, dass er sich mit der Bäckerei übernommen hat.«

»Das glaube ich nicht.«

Lou zog eine Augenbraue hoch. »Oder er will dein Geschäft doch nicht übernehmen und weiß nicht, wie er aus der Nummer herauskommt. So was gibt es in jeder Branche. Wie verhält er sich denn dir gegenüber?«

»Gereizt, meistens jedenfalls. Manchmal denke ich, er hat zwei Gesichter.«

Lou berührte die Hand ihrer Freundin. »Was willst du tun?«

»Ich dachte, es kann ja nichts schaden, wenn ich mal den Bäcker anrufe, bei dem er früher gearbeitet hat. Angeblich hat er ja mehrere Stellen gehabt, unter anderem in einem Betrieb in Hagen.«

»Du hast da angerufen?«

»Ja«, sagte Hanna. »Aber egal, mit welcher seiner ehemaligen Stellen ich telefoniert habe, keiner kannte ihn.«

»Merkwürdig.« Lou riss die Tüte auf, die Hanna mitgebracht hatte, und biss in ein Nugathörnchen.

»Ich habe gestern den ganzen Nachmittag am Telefon gehangen. Was hat das zu bedeuten?«

»Michel hat gelogen«, sagte Lou mit vollem Mund.

»Aber warum?«

»Das weiß ich nicht. Du kennst ihn ja eigentlich gar nicht. Er hat sich auf dein Inserat im Handwerksblatt gemeldet, jedenfalls hat er das gesagt, und …«

»Ich hatte keinen Grund, das zu bezweifeln«, verteidigte sich Hanna.

»Das ist ja auch kein Vorwurf, aber im Prinzip ist er aus dem Nichts aufgetaucht.«

»Aber er ist Bäcker, ich habe kaum einen Menschen gesehen, der sein Handwerk dermaßen beherrscht.«

»Trotzdem spielt er dir etwas vor, die Frage ist: Warum?«

»Soll ich ihn mit dem Ergebnis meiner Telefonate konfrontieren?«

»Auf jeden Fall, aber ich wäre gerne dabei, wenn du mit ihm sprichst.«

Als Hanna gegangen war, blieb Lou mit Unruhe zurück. Michel und Clemens. Ihre Gedanken an beide Männer verursachten ihr ein flaues Gefühl im Magen.

Lügen ist der Anfang vom Ende, denn einen guten Grund für die Unwahrheit gibt es eher selten.

Lou fiel nichts ein, was eine Lüge rechtfertigte. Sie ging davon aus, dass Clemens' Unaufrichtigkeit eine schwerwiegende Ursache hatte, genauso wie wahrscheinlich Michels.

Sie rief auf ihrer Dienststelle an und bat eine Kollegin um eine Meldeamtsüberprüfung von Clemens.

Keine zehn Minuten später klingelte ihr Handy.

»Ich habe einen Clemens Kohlmann gefunden. Das Geburtsdatum stimmt überein, gemeldet ist er in der Takustraße in Ehrenfeld.«

Damit hatte Clemens ihr definitiv eine falsche Anschrift genannt.

»Wohnt er allein?«, fragte Lou.

»Keine Ahnung, soll ich das noch einmal prüfen?«

»Nicht nötig.«

Lou beendete das Gespräch. Was für ein Motiv konnte Clemens zu einem solchen Vertrauensbruch verleiten? Hatte er eine Freundin? War er vielleicht verheiratet? Ließ er sich deshalb so ungern festnageln? Hatte er ihr aus diesem Grund seine Wohnung vorenthalten? Oder gab es einen ganz banalen Grund für sein Theater? Lou wollte es herausfinden, und zwar so schnell wie möglich.

***

Es ist niemand zu Hause. Das unauffällige Stückchen Papier, das ich eben zwischen Haustür und Metallrahmen gesteckt habe, ist noch da. Hätte jemand die Tür bewegt, wäre es herausgefallen. Ich schlendere auf der gegenüberliegenden Straßenseite am Haus vorbei bis zum Wendehammer, betrete den kleinen Park und beobachte einen blassen Jungen, der auf einem Spielgerät sitzt.

Der Kleine jauchzt und lacht, während die verrostete Feder der dicken Biene unter seinem Gewicht quietscht.

Als es zu nieseln beginnt, setze ich die Kapuze auf und gehe zurück. Diesmal nähere ich mich dem Haus zielstrebig, hüpfe über das Mäuerchen in den Garten, trete an die Terrassentür, hole den Ersatzschlüssel unter der Gießkanne hervor und stehe keine Minute später im Wohnzimmer.

Hier fühle ich mich ganz wohl, nehme den Besuch als Aperitif. Ich streife durch die Zimmer und inhaliere den besonderen Geruch dieses Hauses. Dabei öffne ich Schubladen. Schränke. Taschen.

Im Zimmer des Mädchens herrscht jugendliche Unordnung. Ich entdecke Kondome mit Zitrusgeschmack zwischen einem Berg Sportwäsche, die ohne Zweifel dem Jungen gehört und tierisch müffelt. Er ist so ein fauler Hund. Ich werfe mich mit dem Tagebuch des Mädchens aufs Bett und langweile mich bereits beim zweiten Eintrag. *Ist Wilson der Richtige? Soll ich wirklich mit ihm durchbrennen? Ich bin so unsicher.* Blablabla.

Der Duft der Mutter schwebt durch die anderen Räume. Sie ist besonders, einzigartig und gefährlich. Ich bin froh, dass sie schachmatt gesetzt ist.

Bevor ich gehe, nehme ich mir die Zeit und hinterlasse meiner Nächsten einen Hinweis im oberen Stockwerk. Sie ist schlau und fühlt sich überlegen. Den Zahn werde ich ihr schmerzhaft ziehen.

Köln-Nippes, Gustav-Nachtigal-Straße

»Hereinspaziert«, sagte Maline betont heiter, ging vor in die Küche und schaltete den Kaffeeautomaten ein, während sich Lâle aufs Sofa setzte.

Eine Viertelstunde später knisterte ein Feuer im Kamin. Maline stellte zwei Cappuccino auf den Couchtisch und schob dabei die Handys zur Seite.

»Schön, dass du dich um mich kümmerst«, sagte Lâle. »Aber hast du überhaupt Zeit dafür? Ihr habt doch sicher eine Menge Spuren abzuarbeiten.«

»Mach dir keine Gedanken, im Notfall bin ich über mein Handy zu erreichen.« Maline tippte auf ihr Holster. »Mein Equipment habe ich auch dabei. Falls es nötig ist, bin ich sofort einsatzfähig.«

Lâle begann zu weinen. »Ich kann immer noch nicht glauben, was passiert ist. Wer hat Dana so zugerichtet, und warum?«

»Die Suche nach dem Täter läuft auf Hochtouren. Ich bin mir sicher, dass irgendjemand etwas gesehen hat.« Maline nahm ihre Freundin in die Arme.

»Danas Eltern waren heute auch im Krankenhaus. Wir haben uns an ihrem Bett abgelöst. Ich hatte fast Mitleid mit ihnen, sie machen sich schreckliche Vorwürfe. In ihrer Haut möchte ich nicht stecken.«

»Was sagen denn die Ärzte? Wie kritisch ist Danas Zustand?«

»Sie liegt im künstlichen Koma, aber angeblich ist sie außer Lebensgefahr. Nur, wenn du sie siehst …« Lâle brach ab, sammelte sich neu. »Die Ärzte wissen noch nicht, welche Schäden sie von dem Schlag auf den Kopf zurückbehalten wird. Ich bin so froh, wenn meine Mutter morgen kommt, sie wirkt immer so beruhigend auf mich.«

Maline drückte Lâle an sich.

»Dana wird es doch schaffen, oder?«

»Da bin ich ganz sicher.«

Ein paar Minuten saßen sie schweigend, starrten ins Feuer.

»Wenn ich mir vorstelle, dass sie da in diesem Gestrüpp gelegen hat, schwer verletzt, allein … da darf ich nicht daran denken.«

»Ich koche uns gleich was Leckeres«, sagte Maline, um Lâle abzulenken. »Worauf hast du Hunger?«

»Ich kann nichts essen, aber ich würde gerne duschen, ist das okay?«

»Klar.« Maline stand auf und zog Lâle von der Couch. »Komm mit, ich lasse dir ein heißes Bad einlaufen.«

»Danke.«

»Im ›Iron‹ kellnern musst du heute Abend ja wohl nicht, oder?«, fragte Maline.

»Natürlich nicht, die Mädels sind echt nett. Sie haben meine Schicht für die ganze Woche übernommen.« Lâle folgte Maline zur Treppe. »Aber was hat das denn mit den gestohlenen Ausweisen auf sich? Eine meiner Chefinnen hat mir eben am Telefon erzählt, dass Kollegen von dir Befragungen in sämtlichen Szenekneipen durchführen. Was hat das zu bedeuten?«

»Sorry, aber zu laufenden Ermittlungen kann ich nichts sagen.«

Inzwischen gab es einige Anzeigen zu diesem Thema, die Liste der Bestohlenen wurde immer länger. Die Sache mit den Schlössern auf der Hohenzollernbrücke ließ sich hingegen nicht mit den Taten in Zusammenhang bringen. Keiner der Getöteten hatte eins an der Brücke angebracht. Lediglich bei Cesare Salviati und seinem Partner bestand die Möglichkeit, aber das ließ sich schwer ermitteln. Ihr Freund Viktor konnte dazu jedenfalls keine Angaben machen.

»Habt ihr im ›Iron‹ denn vermehrte Diebstähle?«, fragte Maline.

»Das kommt immer wieder vor, aber einen Anstieg gab es bei uns in letzter Zeit nicht.«

Als sie die letzten Stufen hochstieg, blieb Maline wie angewurzelt auf dem Treppenabsatz stehen. An der Tür zum Gästezimmer klebte ein gelbes Post-it. Kopfschüttelnd ging sie näher. Offensichtlich hatte Friedas Freund ihnen zwischendurch einen Besuch abgestattet. Wilson und Frieda übernachteten zwar in

Marialinden, aber der Junge musste zur Arbeit nach Köln. Vielleicht hatte er sich ein paar vergessene Sachen geholt.

Maline nahm den Zettel von der Tür.

:-//

»Interessant«, sagte Lâle, die Maline über die Schulter sah. »Da ist wohl jemand sauer auf dich.«

»Wieso?«, fragte Maline und hängte den Zettel zurück.

»Weil dieses Emoticon für ›sehr verärgert‹ steht.«

Wilson. Sie hatte den Jungen wohl mehr verärgert, als sie gedacht hatte.

»Der Auflauf ist im Ofen«, sagte Maline, als Lâle eine halbe Stunde später frisch gebadet in die Küche kam. »Meinst du, ich kann dich einen Moment allein lassen? Ich möchte schnell zu Michel rübergehen und meine Fotosammlung vom Dachboden holen. Mein Vater ist ganz verrückt danach. Morgen früh will ich ihn endlich besuchen und sie mit ihm zusammen ansehen.«

Lâle fühlte, wie die Anspannung der vergangenen Tage von ihr abfiel.

»Klar, geh ruhig. Ich lege mich aufs Sofa und lasse mich von der Glotze berieseln.«

»Aber ich gehe nur, wenn es wirklich okay für dich ist.«

»Alles ist gut«, gähnte Lâle.

Maline legte eine flauschige Decke über sie und machte den Fernseher an. »Du kannst auch mitkommen.«

»Ich bin zu müde.«

»Okay. Wenn du was brauchst, ein Bier, Mineralwasser oder so was, findest du alles im Keller neben dem Heizungsraum. Das hatte ich dir ja vorhin gezeigt. Und vergiss den Auflauf nicht, die Eieruhr klingelt, wenn er fertig ist.«

»Ist gut. Beeilst du dich?«

»Bin schon weg.«

Lâle hörte, wie die Haustür ins Schloss fiel.

Allein. Ruhe.

Sie stand auf, kochte Tee und schaltete zum »heute journal« um. Ohne echtes Interesse folgte sie Gundula Gause einige Minuten durchs Weltgeschehen. Es fiel ihr schwer, sich zu konzentrieren.

Ihre Gedanken waren bei Dana. Ihr Traum fiel ihr wieder ein. Maden. Dana auf dem Grund des Rheins. Vorahnung. Sie hatte gespürt, dass sich Dana in Lebensgefahr befunden hatte.

Müdigkeit überfiel sie, und es dauerte nicht lange, bis ihre Lider schwer wurden. Harte Tage und kurze Nächte lagen hinter ihr, deshalb wehrte sie sich nicht gegen den Schlaf. Mit der melodischen Stimme der Nachrichtensprecherin im Hintergrund glitt sie in hoffentlich wohltuende Träume.

Köln-Kalk, Evangelisches Krankenhaus, Buchforststraße

Lou war kein Mensch, der Konflikte aufschob. Sie wollte mit Clemens sprechen, und da er sich an diesem Tag nicht hatte blicken lassen, blieb ihr nur eine Wahl: Sie musste nach Köln-Ehrenfeld, ihn am besten in seiner Wohnung mit seinen Lügen konfrontieren und somit jede Gelegenheit für Ausflüchte zunichtemachen.

Dazu musste sie für zwei Stunden aus dem Krankenhaus verschwinden. Erfahrungsgemäß zeigte sich die Nachtschwester im Laufe des Abends nur einmal, und Lou konnte sich nicht vorstellen, dass ihr Fehlen bemerkt wurde.

Mit einem Arm dauerte es etwas, bis sie ihre Joggingsachen gegen Jeans und Pullover getauscht hatte. Eine weitere Ewigkeit verstrich, bis der hell erleuchtete Flur leer und einsam vor ihr lag. Unbemerkt schlich sie zum Treppenhaus. Den Fahrstuhl mied sie lieber, eilte die Stufen hinab, an der Lobby vorbei zum Taxistand.

»In die Takustraße nach Ehrenfeld bitte«, sagte sie und ließ sich auf den Rücksitz fallen.

Keine fünf Minuten später schoss das Taxi über die Zoobrücke. Lou warf nur einen flüchtigen Blick auf das nächtliche Panorama. Rechts das AXA-Hochhaus, auf der anderen Seite der beleuchtete Dom, davor das blaue Musicalzelt. Ihre nervöse Unruhe machte Platz für Entschlossenheit. Sie konnte es kaum erwarten, Clemens gegenüberzustehen.

Köln-Nippes, Neusser Straße

Maline öffnete die Haustür mit dem eigenen Schlüssel, stieg die Stufen hinauf und drückte auf den Klingelknopf ihrer ehemaligen Wohnungstür. Hannas Worte kamen ihr in den Sinn. *Dann gehst du eben kurz in die Wohnung. Michel hat nichts zu verbergen.*

Maline klingelte noch einmal. Ohne weiter darüber nachzudenken, steckte sie ihren Wohnungsschlüssel ins Schloss.

***

Der Fernseher läuft. Ich kann eine Gestalt auf der Couch liegen sehen, eine dunkle Silhouette unter einer Decke im Licht der Mattscheibe. Der Junge und die Kleine sind nicht da. Gut so, gegen die Kinder habe ich nichts.

Sie ist es, die ich will.

Nur noch wenige Schritte. Sie ist ein guter Fang, ein würdiger Abschluss in dieser Stadt. In gewisser Weise erheitert mich die Situation. Gejagt hat sie mich, nach mir gesucht, dabei lief ich in ihrem Schatten. Ich muss sagen, das ist ein besonderer Nervenkitzel gewesen, auch wenn dieser Effekt Zufall war.

Am heutigen Tag beende ich meine Mission in Köln fürs Erste, aber ich werde wiederkommen. Besondere Brutstätten müssen mit Regelmäßigkeit aufgesucht werden.

Ich werde keine Risiken eingehen beim Reinigen dieser vorerst letzten Linie.

Sie hält sich für unverwundbar, dabei ist sie nur zwei Stiche vom Tod entfernt, der Endlichkeit so nah.

Diesmal ist die Distanz zum Fluss erheblich, trotzdem trage ich einen Neopren unter meinem Mantel. Der Anzug ist neu, den alten musste ich sozusagen ausrangieren. Ich schleiche ums Haus, setze die enge Kapuze des Tauchanzugs auf und streife die Sturmmaske darüber. Ohne Hast hole ich den Schlüssel unter der Gießkanne hervor und lasse mir Zeit beim Öffnen der Terrassentür.

Köln-Ehrenfeld, Takustraße

Lou fand die richtige Klingel sofort und schellte bei »C. Kohlmann«. Ihr wurde flau im Magen.

Keine Reaktion. Dafür steckte eine Nachbarin den Kopf aus der Tür gegenüber hervor. »Da ist niemand.«

Blutrote Lippen. Kupferhaut. Blicke, die Lou taxierten. Abschätzend. *Hübsch.* Die Frau schien sich ihrer Wirkung bewusst, das spürte Lou sofort und fühlte sich deplatziert. Das Krankenhaus dünstete aus ihren Poren, und sie kam sich bescheuert vor, wie sie dastand, mit dem ausgestreckten Arm und dem Verband um die Stirn. Zerzaust. Ungeschminkt.

»Kennen Sie Clemens Kohlmann?« Lou presste die Worte hervor.

Abschätzende Blicke, jetzt von beiden Seiten.

»So weit würde ich nicht gehen«, flötete die Nachbarin. »Der Typ ist nicht sehr gesprächig, aber süß.«

Lou kramte ihr Handy hervor. Sie hatte den Schnappschuss neulich beim Italiener geschossen. Clemens war nicht besonders gut getroffen, aber zu erkennen.

Eine gefühlte Ewigkeit versank die Frau in der Fotografie auf dem Display.

»Das ist er.« Schokoaugen blitzten. »Und Sie sind?«

»Das spielt keine Rolle.« Lou hatte genug erfahren, machte auf dem Absatz kehrt und lief die Treppe hinab.

Auf dem Bürgersteig schnappte sie nach Luft. »Clemens Kohlmann, du bist ein verdammt blödes Arschloch!«

Köln-Nippes, Gustav-Nachtigal-Straße

Die Eieruhr klingelte. Lâle schreckte hoch. Der Duft des Gemüseauflaufs hing in der Luft. Comedy im Fernsehen. Gleich dreiundzwanzig Uhr. Wo blieb Maline?

Schwerfällig erhob sie sich vom Sofa und nahm ein Smartphone vom Tisch. Gehend bemerkte sie, dass sie Malines Telefon in der Hand hielt. Shit. Die Dinger sahen sich aber auch zum Verwechseln ähnlich. Sie schob es in die tiefe Tasche der Jogginghose und steuerte schlaftrunken durch die Küche auf die Tür der Gästetoilette zu.

Für den Bruchteil einer Sekunde registrierte sie eine schnelle Bewegung am Rand ihres Sichtfeldes. Jemand machte sich an der Tür zum Garten zu schaffen.

»Maline?« Keine Antwort. »Frieda, Wilson?«

Nichts. Stille.

Sofort war Lâle hellwach. Sämtliche Alarmlampen glühten.

Blitzschnell maß sie Entfernungen. Die Haustür? Zu weit. Entschlossen ließ sie das Gäste-WC links liegen, riss stattdessen die Kellertür auf und lief die wenigen Stufen hinab.

Bei der kurzen Hausbegehung vorhin hatte Maline ihr einen winzigen Trockenraum gezeigt. Beim zweiten Anlauf fand sie die richtige Tür und huschte hinein. Völlige Dunkelheit umfing sie. Ihre Hand tastete nach dem Schloss.

Kein Schlüssel.

Ihre Gedanken überschlugen sich.

Anderer Raum. Weitersuchen. Vielleicht gibt es noch etwas zum Verschließen.

Schritte.

Keine Zeit. Bleib, wo du bist.

Leise schloss Lâle die Tür, tastete sich vorwärts und verbarg sich in einem schmalen Hohlraum zwischen Waschmaschine und Wand.

Köln-Ehrenfeld, Takustraße

»Lou?« Eine Stimme, aufgeregt, flüsternd, den Tränen nah. »Hier ist Lâle. Ich rufe von Malines Handy an, meins liegt ... deine Nummer ist gespeichert ...«

»Lâle? Ich verstehe dich kaum.«

»Ich kann nicht lauter sprechen. Hier ist jemand ...«

»Wo bist du?«

»In deinem Haus! Ich hab schreckliche Angst. Lou ... hallo ...?«

Das Gespräch brach ab.

Lou reagierte sofort, hielt ein Taxi an und riss die Beifahrertür auf. »Gustav-Nachtigal-Straße in Nippes, nehmen Sie die Innere Kanalstraße. Und geben Sie Gas!«

Der Fahrer wendete, trat das Pedal durch und raste die Subbelrather Straße stadteinwärts.

Hastig drückte Lou Malines Handynummer. Freizeichen, aber sie nahm das Gespräch nicht an.

Lou wählte die 110. »Ich bin eine Kollegin. Jemand ist in mein Haus eingedrungen.« Sie nannte die Adresse.

Als die Fahrt im sogenannten Afrikaviertel endete, zahlte Lou, sprang aus dem Fahrzeug, mied den Vordereingang und schlich durch den Garten in ihr Haus.

Wo blieb die Streife? Warten oder reingehen? Lou entschied sich, allein ihr Haus zu betreten. Lâle brauchte sie.

Nirgends brannte Licht, lediglich der Fernseher lief und spendete eine matte Beleuchtung. Malines Freundin war nicht zu sehen. Eine sehr junge Pastorin sprach das Wort zum Sonntag: »... ich frage mich manchmal, ob ich schon *den* Fehler gemacht habe, der mir in zwanzig, dreißig Jahren alles zunichtemachen kann. Als Pastorin bin ich eine öffentliche Person, und wer weiß, ob auch ich irgendwann einmal einer gnadenlosen Meute ausgeliefert sein werde ...«

Lous Lieblingswolldecke lag auf dem Fußboden. Im Kamin glühten zwei Holzscheite. Sie ging um den Couchtisch herum, schaltete den Flachbildschirm aus und lauschte.

Im Haus war es absolut still.

Im Ofen verbrannte ein Auflauf. Lou schaltete den Herd aus, zog ein Messer aus dem Küchenblock und näherte sich der Treppe zum Obergeschoss.

Sie schlich die Stufen in den ersten Stock hinauf. Auf der Tür zum Gästezimmer befand sich ein Post-It.

:-//

»Böse sein« oder »sauer werden«. Dank Frieda kannte Lou sich mit Emoticons aus. Ihre Tochter benutzte sie in fast jeder SMS.

Ich habe Wilson mit pädagogischem Sachverstand und Einfühlungsvermögen dazu gebracht, dass er keine Post-its mehr schreibt.

Malines Einfluss war offenbar nicht sehr nachhaltig. Aber die Kinder befanden sich in Marialinden, oder nicht? Hatte Lâle überreagiert, Frieda und Wilson für Einbrecher gehalten?

Zielstrebig ging Lou in Friedas Zimmer. Kein Hinweis auf eine verfrühte Rückkehr. Nach und nach betrat sie sämtliche Räume. Arbeitszimmer. Gästezimmer. Bäder. Ihr eigenes Reich. Keine Spur von Kampf oder Einbruch.

Hier oben ist niemand. Runter. Schnell.

Lou eilte die Treppe hinab.

Die Tür zum Keller stand einen Spalt offen. Licht fiel durch den schmalen Schlitz.

Eben war das Licht nicht angeschaltet gewesen. Ganz bestimmt nicht.

Hau ab. Es ist eine Falle!, schrie alles in Lou.

Nein. Lâle hatte sie um Hilfe gebeten.

Ihre Finger berührten den kalten Griff. Beherzt riss sie die Tür auf.

Stufe für Stufe stieg sie die Kellertreppe hinab und wäre um ein Haar über Friedas alten Fahrradhelm gestolpert. Mit dem Messer in der Hand öffnete sie die Tür zur Waschküche, aber außer einem Laken auf der Leine war der Raum leer.

Mit trockener Kehle ging Lou vorwärts. Als das Licht erlosch, stand sie zwischen Gartentür und Trockenraum. Im gleichen Moment packte sie jemand unsanft an ihrem verletzten Arm. Lou schrie vor Schreck und Schmerz auf.

Köln-Nippes, Neusser Straße

Maline hatte sich fast durch sämtliche Kisten gewühlt. Die ganze Aktion dauerte doch länger als geplant. Sie wollte Lâle anrufen und bemerkte, dass sie ihr Handy nicht eingesteckt hatte, schimpfte mit sich wegen ihrer Nachlässigkeit und suchte weiter. Natürlich waren die gewünschten Fotos im untersten Karton. Zielstrebig griff sie den Packen, schloss den Deckel und war dabei, alles wieder ordentlich aufeinanderzustellen, als sie hörte, wie die Wohnungstür aufgeschlossen wurde.

Anscheinend kam Michel zurück. Sie hörte ihn fluchen.

»Verdammt! Was ist denn hier los?«

Maline verpasste den Moment, um sich gleich bemerkbar zu machen. Sie hatte Michels Wohnung ohne sein Einverständnis betreten, und das fühlte sich auf einmal falsch an, auch wenn Hanna es erlaubt hatte. Es war klar, dass Michel die ausgefahrene Leiter zum Dachboden sehen würde, sobald er das Schlafzimmer betrat. Aber offenbar hielt er sich im Wohnraum auf. Maline hörte ihn schimpfen, dann wurde ein Wasserhahn aufgedreht.

Leise schlich sie die Treppe hinab und kam sich vor wie ein Kind, das man beim Griff in die Weihnachtskeksdose erwischt hatte. Von der letzten Stufe rutschte sie ab und stieß mit dem Knie gegen einen grünen Schuhkarton, der Deckel hatte nur lose daraufgelegen und drohte nun von der Schachtel zu rutschen. Geschickt fing Maline ihn auf. Unwillkürlich erfasste sie den Kartoninhalt. Ausweise. Plastikkarten und einige bordeauxrote Reisepässe.

Sie nahm einen Ausweis in die Hand. Johanna Feldhaus. Maline hatte das Gefühl, dass der Boden unter ihren Füßen schwankte.

»Was zur Hölle hast du denn hier verloren?« Michel stand im Türrahmen, ein Messer in der Hand.

Maline schreckte zurück, ließ den Ausweis fallen und riss instinktiv ihre Pistole aus dem Holster.

Lachend hob Michel die Hände. »Hey, ich bin's! Kein Grund zur Panik.«

»Bleib stehen!«, schrie Maline, richtete die Waffe auf Michel, den Zeigefinger am Abzug. »Keinen Schritt weiter.«

»Ganz ruhig, Maline, okay? Ich habe ein Geräusch gehört, mir das Messer geschnappt und wollte nur nach dem Rechten sehen.« Er machte einen Schritt auf sie zu.

Maline hielt die Pistole mit beiden Händen und zielte weiterhin auf Michel. »Bleib stehen. Ich schieße. Wirklich.«

Er zeigte sich unbeeindruckt und kam näher. »Hier stinkt doch irgendwas total zum Himmel.«

»Das denke ich auch.« Maline deutete mit dem Kinn auf den Schuhkarton mit den Ausweisen.

Michel blieb stehen. »Die Sachen sind aus Clemens' Garage.«

Maline glaubte ihren Ohren nicht zu trauen. »Clemens? Du meinst Lous Freund?«

Michel nickte.

»Du spinnst doch!«

»Ich weiß ja auch nicht, was das zu bedeuten hat«, sagte Michel. »Ich habe sie zufällig entdeckt, als Wilson und ich die Vespa für Frieda abgestellt haben. Ich hab eine Zange gesucht.«

»Und warum hast du nichts gesagt? Solche Sachen übergibt man ja wohl der Polizei, oder nicht?«

»Ich wollte Clemens Gelegenheit geben, sich dazu zu äußern.«

»Du lügst doch! Keine Ahnung, was in deinem kranken Hirn vorgeht, aber du legst das Messer jetzt auf den Boden. Sofort!«

Michel gehorchte, er wirkte ängstlich. »Ich verstehe dich nicht. Was ist denn los mit dir? Warum sollte ich lügen? In Clemens' Garage sind noch mehr Sachen. Brieftaschen. Handys. Pumps, eine Mülltüte mit Frauenklamotten und auch noch mehr Ausweise. Sie liegen zusammen mit Schlössern in alten Bikersatteltaschen. Ich glaube, Clemens hat sie von der Brücke am Dom entfernt, weißt du … diese Liebesschlösser. Fahr doch hin, wenn du mir nicht glaubst.«

Maline stutzte. Die Sache mit den Ausweisen war inzwischen von der Presse breitgetreten worden, aber von Frauenschuhen, Handys oder Geldbörsen war nie die Rede gewesen, geschweige denn von den gestohlenen Schlössern. Niemand aus der MK »Messer« hatte bisher einen Zusammenhang zwischen den

Morden und den Schlössern hergestellt, folglich war dazu auch nichts in die Öffentlichkeit gegangen. Entweder sagte Michel die Wahrheit, oder hier stand der Täter.

»Ich lüge nicht«, beteuerte er erneut.

»Gib mir dein Handy!« Maline streckte die linke Hand aus, ohne die Pistole zu senken. »Und denk daran, eine falsche Bewegung, und ich schieße.«

Köln-Bilderstöckchen, Escher Straße

Blaulicht. Überhöhte Geschwindigkeit. Mit irrsinnigem Tempo folgte Ben einem Funkstreifenwagen über den Parkgürtel Richtung Ehrenfeld. Ein weiteres Fahrzeug klebte fast an ihrer hinteren Stoßstange. Lou saß neben Maline auf dem Rücksitz.

»Ich finde es unverantwortlich, dass du aus dem Krankenhaus abgehauen bist«, wetterte Maline. »Du bist doch gar nicht richtig einsatzfähig!«

»Fang bitte nicht wieder damit an«, sagte Lou und klang genervt.

»Wirklich, du solltest nicht in diesem Auto sitzen.« Ben drehte sich zu ihr um. »Mir wäre auch wohler, wenn dich die Kollegen in die Klinik zurückgebracht hätten.«

Lou verschränkte die Arme vor der Brust und starrte aus dem Fenster. Die letzten Stunden hatte sie wie in Trance erlebt. Einiges deutete darauf hin, dass Clemens der Serientäter war, nach dem sie suchten. In Gedanken ging sie Situationen durch, die sie gemeinsam erlebt hatten, suchte nach Hinweisen, die Clemens entlasteten. Sie fand Ungereimtheiten, denen sie sich nicht verschließen konnte. Geheimniskrämereien, aber auch handfeste Lügen, und außerdem waren sie zu keinem der Zeitpunkte zusammen gewesen, an denen die schrecklichen Taten verübt worden waren, was nicht bedeutete, dass er kein Alibi hatte. Aber sie konnte ihm keins geben.

»Du bleibst auf jeden Fall gleich im Auto«, befahl Ben.

»Aber …«

Er drehte sich zu Lou um. »Keine Widerrede. Ansonsten halte ich direkt an und schmeiße dich raus.«

»Ist ja gut.« Lou holte Luft. »Ich bin wirklich fassungslos. Clemens hat mich ganz offensichtlich belogen, und er ist in gewisser Weise undurchsichtig, aber ein Serientäter … ich kann mich doch nicht dermaßen getäuscht haben.«

Maline legte eine Hand auf Lous Arm. »Michels Angaben waren sehr detailliert und lassen sich leicht überprüfen. Und ich finde es auch plausibel, dass er unsicher war, weil er die Sachen aus Clemens' Garage mitgenommen hat. Auch wenn es zuerst absurd klang. Ich bin nur froh, dass ich nicht auf ihn geschossen habe, ich war kurz davor, als ich Johanna Feldhaus' Namen las. Ich habe mich im Bruchteil einer Sekunde dagegen entschieden. Mir wird jetzt noch ganz schlecht.«

»Wilson hat seine Aussagen bestätigt«, sagte Ben. »Der Junge war ganz verstört, auch wenn er sich in der Garage anscheinend nicht viel bei den Funden gedacht hat.«

»Wilson ist doch noch ein halbes Kind«, sagte Maline. »Ich kann verstehen, dass er durch den Wind ist. Er hat Clemens gesagt, wo der Terrassenschlüssel zu finden ist. Oh Mann, und offenbar war ich die Nächste auf seiner Liste! Ihm muss es gehörig in den Fingern gejuckt haben, mir gegenüberzusitzen und gute Miene zum bösen Spiel zu machen.«

»Er hätte dich kaltgemacht«, sagte Ben. »Da habe ich nicht den geringsten Zweifel.«

»Lâle konnte den Kerl nicht beschreiben, der im Haus war«, sagte Lou.

»Unwichtig«, meinte Ben. »Ist doch logisch, dass es Clemens war. Außerdem hat der Erkennungsdienst Fingerabdrücke im ganzen Haus gesichert, ich wette, seine sind dabei.«

»Das dürfte kein Beweis sein, immerhin ist er bei mir ein und aus gegangen, aber …« Lou spürte einen Kloß im Hals. »Du meine Güte, ich darf gar nicht daran denken, wie nah er uns allen gekommen ist.«

»Ich bin sicher, dass wir in der Garage Beweise finden, die ihn für eine ziemlich lange Zeit hinter Gitter bringen«, sagte Ben.

»Ich kann nur hoffen, dass er da ist. Ich will ihm in die Augen sehen, wenn …«

»Nichts da!«, schnaubte Ben. »Du verlässt dieses Fahrzeug nicht.«

Lou kniff die Lippen zusammen.

Der Streifenwagen vor ihnen näherte sich mit Blaulicht und Martinshorn der Kreuzung an der Merheimer Straße und überquerte die Fahrbahn trotz Rotlicht. Ben setzte ihm nach.

»Ich mache mir echt Vorwürfe, weil ich Lâle so lange allein gelassen habe«, sagte Maline.

»Ihr geht es gut«, sagte Lou.

»Gott sei Dank ist ihre Mutter sofort aus Frankfurt angereist«, sagte Maline. »Lâle braucht jetzt einfach jemanden, der sich um sie kümmert, ihr beisteht und darauf achtet, dass sie zur Ruhe kommt. Auch in Bezug auf Dana kann sie jeden emotionalen Beistand gebrauchen.«

Mit quietschenden Reifen bog Ben hinter dem Streifenwagen in die Escher Straße ein. Hier, in der Nähe der Kleingartenkolonie, hatte Clemens eine Garage angemietet.

Unerwartet stieg Ben auf die Bremse. Vor dem Einsatzfahrzeug fuhr ein Wagen Tempo dreißig. Offenbar suchte der Fahrer in aller Ruhe einen Parkplatz. Eigentlich war die Straße breit genug für ein Überholmanöver, aber die Gegenfahrbahn wurde von einem Lkw mit Anhänger blockiert, der offenbar eine Panne hatte. Orange Warnlichter blinkten.

»Machen Sie bitte die Straße frei«, tönte es aus dem Streifenwagen.

Der Mann fuhr bedächtig weiter.

»Los! Runter von der Straße!«, echauffierte sich Ben und drückte auf die Hupe. »Platz da, du Pappnase!« Kurz entschlossen lenkte er das Zivilfahrzeug auf den breiten Gehweg. Ein alter Mann mit Rollator sprang zur Seite. Maline sah, wie er wild gestikulierte.

Ben überholte den Streifenwagen sowie das schleichende Auto und setzte sich an der nächsten Stelle, an der eine Ausfahrt war, vor beide Fahrzeuge. Der Autofahrer war stehen geblieben und ließ auch den zweiten Funkstreifenwagen vor, der Bens Beispiel gefolgt war. Endlich reagierte auch der Fahrer des Civics, gab Gas, fuhr dann rechts ran und ließ die Kollegen vorbei.

Die Einfahrt zum Hof, in dem sich die Garagenboxen befanden, war nicht zu verfehlen. Michels Beschreibung erwies sich als präzise. Ben bog als Erster auf den Hof ein.

Bis auf Lou sprangen alle beinahe gleichzeitig aus ihren Fahrzeugen und postierten sich mit gezogenen Schusswaffen vor Box 17. Die unscheinbare Tür, die ebenfalls in die Garage führte, fanden sie sofort.

Ben fackelte nicht lange, nachdem er sich vergewissert hatte, dass Lou tatsächlich im Einsatzwagen sitzen geblieben war.

»Eintreten!«, befahl er.

Scheppernd sprang die dünne Blechtür aus den Angeln.

Clemens hockte neben seinem Motorrad, schraubte am Motor und wich zurück, als er die gezogenen Pistolen realisierte.

»Ich hätte euch auch die Tür aufgemacht«, sagte er trocken.

»Auf den Boden!«, brüllte ein Schutzpolizist und zielte mit gezogener Waffe auf ihn. »Runter auf den Bauch!«

Ein weiterer kräftiger Polizist warf sich auf ihn, ein Dritter fasste seine Arme. Sekunden später ließ Maline die Handschellen klicken.

»Was soll denn das?«, schrie Clemens.

Erst jetzt betrat Lou die Garage.

Clemens' Gesichtszüge verzogen sich vor Schmerz. »Lou! Verdammt, was ist denn in euch gefahren?«

Sie beachtete ihn nicht, sondern machte sich wie Ben daran, die Regale des Schuppens zu durchstöbern. Während die Kollegen von der Schutzpolizei Clemens unter lautem Protest nach draußen führten, entdeckte Maline unter einer alten verschlissenen Decke die Motorradtaschen, von denen Michel gesprochen hatte, und öffnete die massiven Druckknöpfe.

»Seht mal, was ich gefunden habe!« Sie zog ein paar Ausweise heraus, in einer weiteren Tasche lagen Vorhängeschlösser aller Couleur, die mit Namen versehen waren: »Gerd & Udo«. »Ulla & Ute«. »Steffi & Vera«.

»Scheiße«, murmelte Lou. »Und gleich daneben liegt ein Bolzenschneider.«

Tom riss eine Plane von einem der hinteren Regale. »Ein Neoprenanzug«, verkündete er.

Einer der Kollegen von der Schutzpolizei entdeckte eine Plastiktüte unter einem Regal und beförderte ein handliches Messer zutage.

Maline sah, wie Lou wankte, und hielt sie am Arm.

Köln-Kalk, Polizeipräsidium, Polizeigewahrsam

Der Fahndungserfolg tat gut. Die Presse feierte die MK »Messer«.

Clemens Kohlmann hatte nicht nur kaltblütig gemordet, er hatte auch eine Art Tagebuch geführt. Fein säuberlich hatte er über vierhundert Seiten mit seinen widerlichen Ausschweifungen gefüllt. Computerausdrucke, ordentlich geheftet. Kistenweise hatten die Beamten Beweismaterial aus der Garage getragen, das Einblicke in die tiefsten Abgründe seiner Fantasien und Taten bot. Was sie dort fanden, war abstoßend und erschreckend. Allerdings beteuerte Kohlmann beharrlich seine Unschuld. Ben Stollberg wollte ein Geständnis.

»Die Laboranalyse hat ergeben, dass sich an dem Messer, das wir in Ihrer Garage sichergestellt haben, auch Blutspuren von Dana Blumenberg befinden. Was sagen Sie dazu?«

Kohlmann wich Bens Blick aus, starrte an den beiden anwesenden Schutzpolizisten vorbei zu den vergitterten Fenstern des Vernehmungsraums und schwieg.

Ben stützte die Ellenbogen auf dem Tisch auf. »Das gilt als Mordversuch. Die junge Frau wäre fast verblutet und wird wahrscheinlich ihr Leben lang mit den Folgen des Verbrechens zu kämpfen haben. Möchten Sie dazu nichts sagen?«

Keine Reaktion.

»Herr Kohlmann!« Ben holte tief Luft. »Wir haben etliche Beweise in Ihrer Garage sichergestellt!« Er blätterte im Gutachten des LKA. »DNA an einem der Tatorte, Haare! Wie erklären Sie sich das?«

Kohlmann schloss die Augen.

»Wir haben unter den Fingernägeln der Opfer Partikel von Neopren gefunden, die zu dem Anzug passen, den wir in Ihrer Garage gefunden haben.«

»Der Taucheranzug gehört mir nicht!«

»Es gibt eine Zeugin, die Sie mehrfach in der Nähe des Tatortes in Köln-Flittard gesehen hat. Sie wurden im Rahmen einer Wahllichtbildvorlage zweifelsfrei erkannt.«

Kohlmanns Pupillen weiteten sich. »Dann lügt diese Zeugin!«

»Ach ja?«, schnaubte Ben. »Am Tatort in Niehl und in Flittard ist ein Motorradfahrer aufgefallen, der schon Tage vor den Verbrechen dort herumlungerte! Sie fahren Motorrad. Sie sind Linkshänder, und Sie haben für keine Tatzeit ein Alibi! Was sagen Sie dazu?«

»Ich habe Durst.« Kohlmanns Stimme klang brüchig.

Ben reichte ihm einen Becher mit Wasser. »Geben Sie es doch zu! Sie haben diese abscheulichen Morde begangen!«

»Nein.«

»Und wie kommt dann das Messer in Ihre Garage? Daran haftet das Blut von zwei Opfern! Können Sie mir darauf eine vernünftige Antwort geben?«

»Die Wahrheit wird ans Licht kommen, und dann werden Sie ganz schön blöd aus der Wäsche gucken«, sagte Kohlmann und verschränkte die Arme vor der Brust.

Kohlmanns Kaltschnäuzigkeit brachte Ben auf die Palme. Er brauchte ein Geständnis. Wütend stand er auf. »Wenn Sie sich entschließen, die Wahrheit zu sagen, dann lassen Sie es mich wissen.«

Bergisches Land, Marialinden

Wilson und Frieda räumten den Tisch ab und halfen Nikodemus beim Abwasch.

Maline lehnte sich zurück. Nikodemus hatte sich mal wieder selbst übertroffen. Seeteufelfilet an Mohnkartoffeln. Einfach lecker. Gemeinsam mit Hanna und Lou wechselte sie auf die gemütlichen Sessel vor dem Kamin. Helene Vanheyden lag auf dem Sofa und schlief.

»Seitdem sie zurück ist, schläft sie beinahe ununterbrochen«, flüsterte Lou. »Und wenn sie wach ist, hat sie irrsinnigen Hunger.«

»Bei so einer Pilgerreise kommt jeder an seine Grenzen, und für den Körper ist es eine enorme Belastung«, sagte Hanna. »Immerhin ist deine Mutter Mitte siebzig.«

Maline trank einen Schluck Wasser. »Hat es ihr denn gefallen?«

»Unheimlich, nächstes Jahr will die Walkinggruppe die Alpen überqueren.«

»Du meine Güte.« Hanna grinste schief. »Und ich schaffe es nicht mal, zu Fuß von Nippes in die Innenstadt zu gehen.«

»Was hat sie zu den Schüssen auf dich gesagt?«, fragte Maline.

»Das möchte ich hier lieber nicht wiederholen«, antwortete Lou. »Aufgeregt hat sie sich, und den armen Nikodemus hat sie deswegen auch zur Schnecke gemacht. Nächstes Mal rufen wir sie doch besser an.«

»Es wird kein nächstes Mal geben«, sagte Hanna. »Du hast es versprochen.«

Helene Vanheyden murmelte etwas im Schlaf. Maline, Lou und Hanna lauschten, verstanden aber kein Wort.

»Und wie geht es deinem Vater?«, fragte Lou nach einer Weile. »Hast du dir mit ihm die Fotos angesehen?«

»Ich habe es versucht«, antwortete Maline. »Aber es ist schwer zu sagen, was er davon mitbekommt. Eine eindeutige Reaktion gab es nicht.«

»Geh einfach davon aus, dass er sich gefreut hat«, schlug Lou vor und lächelte Maline aufmunternd zu.

Die Flammen im Kamin loderten auf.

»Ich bin so froh, dass ihr den Fall gelöst habt.« Hanna legte einen Arm um Lou. »Aber ich verstehe Clemens' Motiv einfach nicht. Das ist mir einfach schleierhaft.«

Maline gähnte und hielt sich die Hand vor den Mund. »Mit Logik kommen wir in dem Fall nicht weiter. Der Typ ist krank.«

»Ich bin nicht sonderlich überrascht«, gab Hanna zu. »Ich meine, dass ist natürlich heftig, weil uns der ganze Fall so nah gekommen ist, aber jeder weiß doch, dass man einem Mörder seine Gesinnung nicht ansieht. Da ist Clemens so gut oder schlecht wie jeder andere Mensch. Feige finde ich allerdings, dass er keine Stellung bezieht. So bleibt immer ein Rest Unsicherheit.«

»Er muss gar nichts sagen.« Maline stopfte sich ein zweites Kissen in den Rücken. »Seine Aufzeichnungen sind eindeutig. Ich habe den Mist quergelesen und muss sagen, da bleibt mir die Luft weg. Und wisst ihr, was das Schlimmste ist: Ich glaube, dass der Typ tatsächlich viele Sympathisanten hat. Er ist zwar extrem, und natürlich würden die meisten Menschen nicht so weit gehen wie er, aber mit seiner Grundeinstellung steht er nicht allein.«

»In Clemens kommt Homophobie in seiner schrecklichsten Form zum Ausdruck«, sagte Lou. »Ich verstehe diesen Hass einfach nicht.«

Sie schwiegen einen Moment.

»Ich kann immer noch nicht glauben, dass er es auf dich abgesehen hatte, Maline«, sagte Hanna. »Stellt euch mal vor, er hätte … nein, nicht auszudenken.«

»Aber es ist wahr«, sagte Lou leise, um ihre Mutter nicht zu wecken. »Er wollte Maline töten. Es gibt eine Stelle in den Unterlagen, wo er beschreibt, wie er in mein Haus gegangen ist und sich vorstellt, Maline umzubringen. Da stellen sich mir wirklich die Nackenhaare auf.«

»Vorbei«, sagte Hanna und drückte Malines Hände. »Er kann dir nichts mehr anhaben.«

Nikodemus stellte ein Tablett auf den Couchtisch, verteilte hauchdünne Teetassen und verschwand wieder in der Küche.

»Einige Dinge sind allerdings nach wie vor merkwürdig«, sagte Lou. »An dem Neoprenanzug, den wir in der Garage gefunden haben, wurde zwar DNA gefunden, aber Clemens lässt sie sich nicht zuordnen. Fingerabdrücke von Clemens wurden auch nirgends entdeckt, und Schuhe, die zu dem Profil passen, das am Tatort in Mülheim gesichert wurde, haben wir nicht gefunden.«

»Die Größe des Abdrucks kommt hin, die Schuhe kann er entsorgt haben«, sagte Maline. »Und mit Sicherheit hat er die ganze Zeit Handschuhe getragen. Ich verstehe deine Zweifel nicht.«

»Ich weiß auch nicht, ich bin einfach erschüttert«, meinte Lou. »Ich bin ja nicht täglich mit einem Serientäter zusammen. Wahrscheinlich suche ich deshalb immer nach Ungereimtheiten.«

»Das kann ich verstehen«, sagte Maline. »Es ist aber so: Die Beweislast ist erdrückend. Der Typ ist clever vorgegangen. Er hat sich unser aller Vertrauen erschlichen. Und vergiss nicht, Dana hat er auch auf dem Gewissen.«

»Aber sie hat ihn bisher nicht wiedererkannt«, sagte Lou.

»Weil ihr Erinnerungsvermögen noch nicht wieder funktioniert«, sagte Maline heftig. »Aber egal, wir haben ihr Blut an der Tatwaffe.«

»Stimmt es, dass Dana Fortschritte macht?«, fragte Hanna.

»Jeden Tag ein bisschen. Die Ärzte sind zuversichtlich, dass irgendwann die Erinnerung an die Ereignisse zurückkehrt«, sagte Maline.«

»Was mich stört, ist, dass wir ausschließlich Indizien haben«, sagte Lou und hob die Schultern.

»Das ist in gewisser Weise unbefriedigend«, stimmte Maline zu. »Aber auch wenn es nur Indizien sind, bis zur Haftprüfung sitzt Clemens erst einmal ein.«

»Ich habe mit seinem Anwalt gesprochen«, sagte Lou. »Er hört nicht auf, seine Unschuld zu beteuern.«

»Solche Täter sind Meister der Manipulation«, sagte Maline.

»Dich hat er doch auch eingewickelt, und irgendwie hältst du immer noch zu ihm.«

»Das ist doch Unsinn«, verteidigte sich Lou. »Ich bin nur so … ich habe Angst, dass ich in Zukunft weder meiner Wahrnehmung trauen kann, noch jemals wieder so unbedarft sein werde. Kannst du das nicht nachvollziehen?«

Maline lächelte und nahm Lous Hände. »Natürlich verstehe ich dich. Wirklich. Aber glaub mir, früher oder später legt Clemens ein Geständnis ab.«

Nikodemus brachte Tee, gesellte sich mit Wilson und Frieda in die Runde.

»Genug jetzt von den bösen Menschen! Ihr verschreckt mir ja die Kinder«, sagte er.

»Wann holen wir unseren Mädelsabend nach?«, fragte Hanna betont fröhlich. »Mein Gesicht könnte etwas Quark vertragen.«

»Kommenden Samstag«, schlug Lou vor. »Da sind die Kinder auf einer Party, und wir haben das Haus für uns.«

Maline und Hanna nickten zustimmend.

»Hört ihr das?«, sagte Nikodemus. »Heute heult der Wind ganz schön um St. Mariä Heimsuchung.«

Helene Vanheydens Haus stand im Schatten der zweitürmigen Kirche des Ortes.

»Mariä wer?«, fragte Wilson zur allgemeinen Verwunderung, normalerweise schien er nie irgendetwas mitzubekommen.

Umso erfreuter fing Nikodemus den Ball auf. Er gab gerne historisches Wissen zum Besten. »Der Legende nach hat man in einer von sieben hohlen Linden ein Gnadenbild der Muttergottes gefunden und es entfernt. Als es sich am nächsten Tag auf wundersame Weise wieder zeigte, wurde an diese Stelle eine Kirche gebaut.«

»Krass.« Mehr fiel Wilson dazu offenbar nicht ein.

»Ganz richtig ist das allerdings nicht«, korrigierte Nikodemus sich selbst. »Historisch korrekt ist, dass an der Stelle der Sakristei früher eine Wegkreuzung und …«

»… eine Jagdkapelle der Grafen von Bernsau gestanden hat«, sagten Lou und Frieda im Chor. Sie hatten die Story schon hundertmal gehört.

Nikodemus verstummte und rückte seine Fliege zurecht.

Alle Blicke wanderten zu Wilson, der sich längst wieder seinem Smartphone zugewandt hatte. Allgemeines Gelächter. Seine Aufmerksamkeitsspanne war bei bestimmten Themen auffallend kurz.

Maline drehte sich zu Hanna. »Und wie verdaust du Michels Absage?«

»Wahrscheinlich ist es besser so«, sagte Hanna. »Zuerst hat es mich echt getroffen, dass er nun doch nichts von meinem Geschäft wissen will. Aber nachvollziehen kann ich seine Entscheidung, immerhin steht er jetzt in seinen Augen wie ein Versager da.«

»Du wolltest mir doch Bescheid sagen, wenn du mit ihm sprichst«, sagte Lou.

»Es ging alles so schnell und hat sich dann einfach ergeben«, antwortete Hanna. »Michel hat gesagt, dass er in der Lehre war, abgeschlossen hat er sie nicht. Deshalb hat er die angeblichen Arbeitsstellen erfunden, weil er sonst bei der Geschäftsübernahme keine Chance gehabt hätte.«

»Das ist ja ein Ding«, rief Lou. »Aber du hast doch gesagt, dass er richtig gut ist.«

»Das stimmt auch, aber ich glaube, meine Konfrontation mit seinem Lügengerüst hat ihm ganz schön zugesetzt. Mit Sicherheit wollte er auch deshalb nicht bleiben, und das kann ich nachvollziehen. Letztlich hätte ihn das Geschäft überfordert, das hat er auch erkannt, weigerte sich aber lange, sich das einzugestehen. Also, liebe Lou: Die Bäckerei Morgenroth wird erst einmal nicht verkauft.«

»Er hätte sich wenigstens mal verabschieden können«, brummte Wilson. »Geld schulde ich ihm auch noch. Er hat mir den neuen Auspuff für die Vespa vorgestreckt.«

Frieda kuschelte sich an ihn. »Ich finde es so süß, dass du mir einen Roller gekauft hast.«

Wilson wurde rot.

»Er ist tatsächlich ziemlich Hals über Kopf verschwunden«, sagte Maline. »Hat er denn schon alle Sachen mitgenommen?«

»Fast.« Hanna setzte die Teetasse ab. »Ein paar Kleinigkeiten stehen noch auf dem Speicher. Er hat gesagt, er holt sie nächste

Woche. Ehrlich gesagt glaube ich, dass er mir aus dem Weg gehen will.«

»Und …«

»Können wir jetzt das Thema wechseln, ansonsten fange ich an, die Fenster zu putzen!«, fuhr Nikodemus Maline ins Wort.

Lous Mutter schreckte hoch. »Wann gibt es denn endlich etwas zu essen?«

Zwei Wochen später
Köln-Chorweiler

»Die Viecher kommen seit Wochen unter der Tür durch!« Die Frau deutete demonstrativ auf die abgewetzte Fußmatte und schraubte ihren toupierten Kopf in die Höhe. »Ich traue mich kaum noch, die Wohnung zu verlassen!«

Der Mann vom Ordnungsamt trat zur Seite, während Chiara gemeinsam mit Polizeikommissar Hoffmann die Wohnungstür von Apartment 502 inspizierte. Das Schloss war eine preiswerte Ausgabe, der Schlüsseldienst hatte es bei der ersten Öffnung nicht beschädigt.

»Wenn Sie dann bitte wieder in Ihre Wohnung gehen würden, Frau …«, sagte Hoffmann.

Chiara fuhr gerne mit ihm Streife. Er ließ sie ziemlich selbstständig arbeiten, ähnlich wie Maline.

Die Toupierte bewegte sich keinen Zentimeter. »Ich habe den Herren eben schon gesagt, dass sie erst gar nicht zu klingeln brauchen! Außer den Viechern geht da seit Monaten keiner rein oder raus.«

Hoffmann machte ein breites Kreuz. Er war nicht besonders groß, trotzdem nahm er der Nachbarin die Sicht auf die Geschehnisse. Deutlich widerstrebend verschwand sie schließlich in ihrer Wohnung.

Chiara sah den jungenhaften Typ vom Amt auffordernd an. »Was haben wir?«

»Die übliche Geschichte. Mietrückstände. Missachtete Mahnungen. Heute sollte zwangsgeräumt werden. Der Gerichtsvollzieher und ich hatten den Schlüsseldienst kommen lassen, weil Frau Braun die Tür auch nach mehrfacher Aufforderung nicht öffnete. Die Wohnung besteht aus einer winzigen Diele, die durch einen Rundbogen in einen großen Raum führt.«

»Und die Leiche?«

»Liegt auf einem Sofa in Sichtweite. Ziemlich scheußlicher Anblick, schon auf die Entfernung. Wir sind nicht rein. Irgendwelche widerlichen Fäden hängen von der Decke. Nee, ganz ehrlich, in die Wohnung setze ich keinen Fuß.« Der Mann zog den Reißverschluss seiner Jacke zu. »Also, wenn Sie mich fragen, dann bin ich fürs Erste hier überflüssig. Der Schlüsseldienst müsste jeden Moment hier sein.« Er lächelte gequält, bevor er die Treppe hinunterlief. »Zu blöd, dass ich die Tür wieder zugeschlagen habe, aber ich bin dermaßen erschrocken.«

Chiara murmelte Verständnis.

»Zwangsräumungen können Überraschungen bereithalten und übel verlaufen«, sagte Hoffmann, »und in diesem Fall ist die Mieterin offenbar tot.«

Suizid oder eine natürliche Ursache, das erschloss sich den Beamten nach den bisherigen Fakten nicht. Vielleicht hatte Roberta Braun aufgegeben und sich zum Sterben hingelegt. Oder sie hatte ihrem Leben ein Ende gesetzt, weil es ihr entglitten war. Jobverlust. Trennung. Möglicherweise war ihr der Tod als letzter Ausweg vor dem wachsenden Schuldenberg erschienen.

Wo blieb nur der Schlüsseldienst?

Chiara hoffte, dass das Zwanzig-Quadratmeter-Apartment nicht völlig verdreckt war, wie die Wohnung des toten Rentners vor zwei Tagen, die eine ganze Kakerlakenarmee geentert hatte. Da drehte sich einem wirklich der Magen um.

Endlich kam der Mann vom Schlüsseldienst die Stufen hinauf. »Ein drittes Mal komme ich aber nicht.« Den Satz und ein spöttisches Grinsen konnte er sich nicht verkneifen. Keine Minute später war die Tür offen.

Nachdem die erforderlichen Papiere unterschrieben waren, übertrat Chiara zögernd die Türschwelle. Muffiger Geruch schlug ihr entgegen. Sie zog wie Hoffmann die Maglite aus der Hüfttasche.

Im Licht der Lampe wurden feine Fäden sichtbar, die dicht an dicht von der Decke hingen. Aufgeschreckt durch den Lichteinfall und die unerwartete Zugluft krabbelten mehrere Spinnen an den gespenstigen Fäden Richtung Decke. Chiara schluckte ihren Ekel herunter. Bei Spinnen entwickelte sie immer einen latenten Brechreiz. Schemenhaft sah sie die Leiche auf dem Sofa liegen und wich zurück. Hoffmann hatte schon sein Handy am Ohr.

»… eine Tote und merkwürdige Spinnennetze, dünn wie lange graue Haare«, flüsterte er. »Der ganze Flur ist voll davon.«

Lou lenkte den Dienstwagen über den Militärring nach Chorweiler. Hochhäuser, die das Panorama dieses nördlichen Stadtteils prägten, ragten in die Höhe. Chiara und Hoffmann erwarteten sie im Schatten eines tristen Betonklotzes, vor dem zwei Klettergerüste verrosteten.

Nach der herzlichen Begrüßung betraten sie gemeinsam das Mietshaus.

»Gritt ist die Freundin unseres Stellvertreters, und sie ist Biologin«, sagte Lou, als sie Hoffmanns fragenden Blick bemerkte. »Wir dachten, es könnte nicht schaden, sie dabeizuhaben.«

Er nickte und schien erleichtert, dass er die Einsatzortleitung dem Fachkommissariat übergeben konnte, jedenfalls hielt er sich von da ab auffällig im Hintergrund.

Die Leute vom ED bauten im Hausflur des achten Stockwerks bereits einen Scheinwerfer auf, um den Hoffmann am Telefon gebeten hatte.

»So können wir den Eingangsbereich optimal ausleuchten«, sagte Maline.

»Amphibien und Reptilien sind mein Thema«, sagte Gritt zu Chiara und stopfte ihre Haare unter die Plastikhaube. »Ich liebe diese Arbeit, aber Spinnen finde ich ebenfalls faszinierend. Wussten Sie, dass sie Sinneshaare an den Beinen haben, mit denen sie ›hören‹?«

Gritts Augen strahlten vor Neugier und Vorfreude, in jeder Hand hielt sie ein deckelloses Einmachglas. »So, nun ganz vorsichtig die Tür öffnen. Wir sollten möglichst vermeiden, die Spinnennetze zu zerstören.«

Lous Magen rumorte. Sie war nicht scharf darauf, dieses Apartment zu betreten.

Behutsam schob Maline die Tür auf, die sich quietschend öffnete. Spinnen stoben davon. Dünne graue Fäden reichten von der Decke bis auf den Boden. Der Fotograf schoss Bilder.

Der modrige Mief, der aus der Wohnung kam, erschien Lou ziemlich intensiv, und sie sah, dass Gritt zurückwich, eine Sekunde verharrte, bevor sie zaghafte Schritte in den Flur unternahm. Zwangsläufig rissen einige Fäden.

»Hier ist ewig niemand entlanggegangen«, bemerkte Maline, während Gritt geschickt eine große Spinne einfing, die ihren Oberarm Richtung Schulter hinaufgelaufen war, und das Gefäß mit einem Schraubdeckel verschloss. Ihr anfängliches Unbehagen hatte sie ohne Zweifel überwunden.

Lou hätte dagegen beinahe vor Abscheu geschrien. Beim Anblick der Spinnen drängte ihr Mittagessen nach oben. »Wir müssen jetzt aber hier rein«, sagte sie so locker wie möglich.

»Nur noch einen Augenblick.« Gritt gelang es, eine weitere Spinne zu fangen, in dem sie das zweite Glas flink über ihren rechten Oberschenkel schob und es mit der Hand zuhielt. »Das dürfte reichen. Spinnen sind territorial, ich kann nicht mehrere zusammensperren, die würden sich gegenseitig fressen. Ich ziehe mich zu einer raschen Analyse in den Streifenwagen zu meinem Laptop zurück«, verkündete sie, während Lou und Maline sich in das Apartement begaben.

Wohnen, schlafen und kochen auf wenigen Quadratmetern. Kein Badezimmer, nur eine Toilette mit Waschbecken. Wenige Möbel. An der Tapete hingen Schwarz-Weiß-Fotografien, überwiegend Landschaftsaufnahmen ohne Rahmen, Stecknadeln hielten sie an den Wänden. Spinnfäden gab es auch hier, aber sie hingen nicht so dicht.

Glassplitter bedeckten stellenweise den moosgrünen Teppich, mit dem die gesamte Wohnung ausgelegt war.

Die Leiche lag mumifiziert, nur mit einem altmodischen Slip bekleidet, auf einer verschlissenen Couch. Am gesamten Körper war die Muskulatur zu harten Fasern und Strängen vertrocknet, die Haut wies eine derbe Beschaffenheit auf, wie gegerbtes Leder. Die äußeren Konturen waren gut erhalten, die Augen geschlossen. Auf dem Spalt zwischen Lid und Augenwinkel bröselten weiße Eierpakete. Im Bauchbereich klafften mehrere ausgetrocknete Schnittwunden.

Der Rechtsmediziner traf ein. Heinrich Meller trug bereits einen Schutzanzug. Lou begrüßte ihn erfreut. Er gehörte zu den ältesten und erfahrensten Medizinern der GM.

»Wie war dein Urlaub?«, fragte Lou.

Meller berichtete kurz von seiner Reise in die Toskana, bevor er sich an die Arbeit machte.

Lou und Maline begannen, Schränke und Schubladen nach persönlichen Sachen durchzusehen. In drei Kommoden fanden sie unzählige Disketten, auf denen offensichtlich Fotos gespeichert waren, wie aufgeklebte Etiketten vermuten ließen. Auf einem Regal standen stapelweise Kisten, die CDs mit weiteren Bildern enthielten.

»Da werden wir wieder stundenlang sichten müssen«, stöhnte Maline.

»Entweder war die Tote Fotografin, oder sie hat ihrem Hobby sehr gerne gefrönt«, sagte Lou.

Maline machte ein langes Gesicht.

»Die Mumifikation ist weit vorangeschritten«, sagte Meller nach kurzer Begutachtung der Leiche und hob den Körper mit einer Hand an. »Sie ist ganz leicht, durch den enormen Wasserverlust verringert sich das Eigengewicht.«

»Wie lange liegt sie hier?«, fragte Lou.

»Schwer zu sagen«, erwiderte der Rechtsmediziner. »Für eine solch starke Mumifizierung braucht es mehrere Wochen, wenn nicht sogar Monate. Genaueres kann ich erst sagen, wenn ich die Leiche obduziert habe. Allerdings kann ich nicht nachvollziehen, wie es zu einer derartigen Konservierung gekommen ist. Das ist nur möglich, wenn das Austrocknen des Körpers schneller geschieht als das Zersetzen der Leiche durch Fäulnis. Dazu muss außergewöhnliche Kälte oder Hitze vorherrschen, und ich sehe nicht, wie sich das in dieser Umgebung bewerkstelligen lässt. Nicht mal die Larven hatten Zeit zum Schlüpfen, und das trotz offenkundiger Wunden.«

»Vielleicht ist dieses Gerät verantwortlich«, sagte Lou und deutete auf einen kleinen Heizstrahler, der unter dem Couchtisch stand. Die Lüftung war der Leiche zugewandt.

Meller ging in die Hocke. »Das könnte tatsächlich die Ursache sein.«

»Strom gibt es in der ganzen Wohnung nicht«, sagte Maline. »Offensichtlich sind die Sicherungen rausgesprungen.«

»Vielleicht hat sich der Strahler über Tage heiß gelaufen«, spekulierte Lou. »Und dann ist die Sicherung durchgeknallt.«

»Oder der Strom wurde von der GEW abgestellt«, sagte Meller. »Wie auch immer, das Heizgerät erklärt die Mumifizierung.«

Nachdem weitere Fotos im Kasten waren, untersuchte der Rechtsmediziner die Tote auf Gewalteinwirkung am restlichen Körper.

»Nichts, keine weiteren Einstiche«, sagte er schließlich. »Aber genauere Angaben kann ich erst machen, wenn ich sie obduziert habe. Durch die starke Verfärbung des Körpers kann ich Wunden oder Hämatome kaum ausmachen.«

Gritt platzte in die Untersuchungen und wirkte, als hätte sie Land entdeckt. »Die Spinnen gehören zur Gattung der Baldachinspinnen. Eigentlich hätte ich sie gleich an ihren charakteristisch verworrenen Netzen erkennen müssen. Ihr Gebilde besteht im Prinzip nur aus Alarmier- und Stolperfäden. Die Vielzahl von Exemplaren auf so kleinem Raum schließt sich eigentlich aus, wie gesagt, normalerweise müssten sie sich gegenseitig auffressen. Und wie sie in dieser Menge in die Wohnung gelangen konnten, ist ebenfalls ein Rätsel.«

»Ist es nicht«, sagte Chiara und deutete auf große Glasbruchstücke. »Die Scherben, die hier überall auf dem Boden verstreut liegen, stammen mit Sicherheit von Terrarien.«

Lou setzte Maline gegen Mitternacht bei Charlie ab und fuhr nach Hause. Frieda und Wilson schliefen. Sie duschte, so heiß sie konnte, wusch sich zweimal die Haare und versuchte, die Bilder des Tages aus dem Kopf zu bekommen. Es gelang ihr nicht. Brust und Bauch. Zwei Einstiche. Das Unbehagen verschwand nicht.

In dieser Nacht träumte sie von Clemens. Er wurde von kurzbeinigen behaarten Spinnen durch die Kanalisation von Köln verfolgt, verfing sich dabei ständig in Alarmierfäden und bat Lou verzweifelt, ihm zu helfen.

***

Ich bin zurück, schneller, als mir lieb ist.

Eigentlich ist alles perfekt gelaufen, meine Ablenkungsmanöver sind geglückt. Ich bin abgetaucht, habe sämtliche Spuren verwischt, mein Aussehen verändert und versuche mich in einem anderen Betätigungsfeld. Ich fahre Pizza aus und patrouilliere auf neuen Linien. Aber die Kölner provozieren mich, rotten sich zusammen und bezeichnen meine Taten als stümperhaft. Die Presse ist voll mit Lügen. Kundgebungen haben stattgefunden. »Gemeinsam gegen Homophobie, Ausgrenzung und Gewalt« – diese Stadt ist nicht zu belehren, von Dankbarkeit keine Spur.

Der Trauerzug für die beiden Schwulen aus Mülheim war angeblich kilometerlang. Menschenmassen säumten die Straßen und hielten weiße Lilien in den Händen. Alles, was Rang und Namen hat, wohnte der Beerdigung bei. Hochstilisiert wurden die Toten, erhoben zu Märtyrern. Ein Gedenkstein ist im Gespräch.

Und allen voran schreitet diese Kommissarin. In sämtliche Kameras hängt sie ihre Visage, wird nicht müde zu betonen, wie leicht es am Ende war, mich dingfest zu machen. Aber ich laufe immer noch frei herum!

Mir ist es ein Rätsel, dass sie diesem einfältigen Clemens meine Taten zutrauen.

Ich bin gezwungen, meine Deckung aufzugeben, auch wenn ich es ungern mache, aber ich schätze, dass ich keine Wahl habe. Ich muss sicher sein, dass ihr regelmäßiger Atem nicht mehr existiert.

Danach breche ich meine Zelte für eine Weile ab. In diesem Land wird es mir zu heiß. Ungarn, Russland oder Frankreich könnten mir gefallen.

Es wird mir guttun, mich eine Zeit lang dort aufzuhalten, wo man meine Arbeit zu schätzen weiß.

Aber zuerst konzentriere ich mich auf meinen letzten Streich. Ich kann es kaum erwarten, ihr dümmliches Gesicht zu sehen, wenn sie die fatalen Fehler erkennt, die sie gemacht hat, brenne darauf, den Moment zu erleben, in dem sie begreift, dass ihr alle Verknüpfungen nichts nutzen.

Mein Herz rast. Ich versuche, im gleichen Rhythmus wie sie zu atmen. Ein. Aus. Was für ein Kick. Ihr Leben hängt an einem seidenen Faden. Um Haaresbreite vom Tod entfernt. Sie liegt unbeweglich. Ich wage kaum Luft zu holen. Unbeschreiblich.

Köln-Nippes, Gustav-Nachtigal-Straße

Ein Luftzug. Maline öffnete die Augen, setzte sich auf. Da, ganz leise, ein Geräusch. Vielleicht aus dem Erdgeschoss oder aus dem Keller.

Du bist allein im Haus. Lou und die Kinder sind in Cornwall.

Maline hatte sie zu der Reise ermutigt, sie regelrecht aus der Stadt gescheucht.

Lautlos glitt sie auf die Füße, zog die Schublade des Nachttischs auf und nahm die geladene P99 heraus. Sie hatte Rufbereitschaft, wollte für alle Fälle präpariert sein. Auf Zehenspitzen durchquerte sie den halbdunklen Raum und trat auf den Flur. Die Türen von Friedas und Lous Zimmern waren geschlossen.

Sie setzte ihre nackten Füße Schritt für Schritt. Einem Impuls folgend drehte sie sich zu ihrer Tür um, bevor sie die Treppe ansteuerte. Ein gelbes Post-it klebte am Rahmen.

8-#

»Schön, dich zu sehen.«

Wie in Zeitlupe wandte Maline sich um. Michel. Gemächlich kam er den schmalen Flur entlang. In der linken Hand glänzte die Klinge eines Messers.

Malines Mund wurde trocken.

»Vielleicht ist dir das Zeichen auf dem Post-it nicht geläufig«, fuhr er mit melodischer Dozentenstimme fort und kam näher. »Es ist das Emoticon für Tod. Eine interessante Kommunikationsform, diese Kürzel. Perfekt, geradezu gemacht für mich, und ich muss sagen, ich war Wilson und seiner Zettelmanie sehr dankbar, zu gerne hätte ich ihm dies persönlich gesagt.«

Maline hob die Pistole und zielte auf Michels Brust.

»Du bist ziemlich einfältig für eine Kommissarin«, lachte er. »Schieß! Bitte!«

Entschlossen zog sie den Abzug durch. Ein leises Klick. Mehr nicht.

»Ich habe die Patronen entfernt«, sagte Michel lachend und hielt das Magazin in die Höhe.

Maline schluckte. *Flieh, renn ins Bad, schließ dich ein und schrei die Nachbarschaft zusammen! Los, beweg dich!*

»Denk nicht mal daran«, zischte Michel. »Den Badezimmerschlüssel habe ich in meiner Hosentasche, und wenn du einen Mucks machst, erwarte ich deine kleine Familie, wenn sie von ihrer Reise zurückkommt, und mache sie der Reihe nach kalt.«

Maline dachte fieberhaft nach. Wenn sie sich jetzt auf ihn stürzte und es schaffte, an ihm vorbeizurennen, verletzte er sie vielleicht, aber töten konnte er sie nicht so schnell. Mit Glück fiel Michel durch die Wucht des Aufpralls rückwärts die Treppe hinab. Sie musste es wagen, das Überraschungsmoment nutzen. Den Abstand zwischen ihnen schätzte sie auf maximal vier Meter.

»Jetzt, wo alles vorbei ist, möchte ich, dass du weißt, dass ich keines meiner Opfer kannte, na ja, bis auf eine Ausnahme. Meine Tante ging mir schon seit Ewigkeiten im höchsten Maße auf die Nerven.«

»Tante?«

»Nicht einmal das habt ihr herausgefunden.« Michel verzog den Mund zu einem spöttischen Grinsen und schüttelte den Kopf. »Ehrlich gesagt muss ich mich wundern, wie stümperhaft ihr arbeitet.«

»Du bist eben einfach genial«, erwiderte Maline. »Eine Nummer zu groß für uns, überdurchschnittlich intelligent und vorsichtig. Ich verstehe nur nicht, warum du es dabei nicht belässt. So wie du uns einschätzt, wären wir doch nie auf dich gekommen.«

»Du bist der Grund!« Michel blieb stehen. »Ich kann nicht verschwinden, ohne dich abzustechen. So einfach ist die Sache.«

Maline versuchte, in Michels Gesicht zu lesen. Sie kannte ihn nur als unscheinbaren Bäcker, der sie nie sonderlich interessiert hatte. Gut aussehend, aber schüchtern. Jetzt stand er breitbeinig da und bedrohte sie mit einem Messer.

»Dein Gehabe erinnert mich an sie. Meine Tante und ihresgleichen … Sie konnte auch nicht ihr Maul halten, wusste nie, wann es genug ist. Ich musste sie zum Schweigen bringen und hoffe, dass die Spinnen über sie hergefallen sind.«

»Die Fotografin in Chorweiler.« Maline traute ihren Ohren

nicht. In diesem Fall war erst ein Teil der Beweismittel gesichtet. Hinweise auf einen Verwandten oder gar auf Michel hatte es bisher keine gegeben. »Das war deine Verwandte …?«

»Ja, ich bin ihr Neffe«, sagte Michel triumphierend. »Dir kann ich es ruhig schon verraten.«

»Warum hast du sie getötet?«, fragte Maline.

Er lachte. »Sie war einfach ekelhaft. Als meine Eltern starben, hat sie mich bei sich aufgenommen, die gute Tante. Letztlich hat sie sich den Tod ins Haus geholt. Man sollte aufpassen, wem man die Tür öffnet.«

Er hört sich gerne reden, dachte Maline. Das ist jetzt seine Bühne. Stell ihm eine Frage, er ist eitel und wird sie beantworten wollen.

»Ich verstehe.« Sie schlug einen unterwürfigen Ton an. »Aber was lässt dich so hassen? Wie kommt es …?«

»Schnauze«, sagte Michel und machte einen energischen Schritt auf sie zu. »Verschon mich mit deinem Gelaber! Du verstehst gar nichts, ich habe getan, was getan werden musste.«

Der Typ war irre und zu allem entschlossen. Maline dachte an seine Aufzeichnungen, sie musste alles auf eine Karte setzen. Er stand mit dem Rücken zur Treppe. Sie beschloss, sich jetzt auf ihn zu stürzen und mit aller Kraft die Stufen hinunterzustoßen.

Michel kam wieder näher, machte kleine Schritte auf sie zu.

Noch zwei Schritte, höchstens, und er konnte ihr das Messer in den Körper stoßen.

Los! Spring! Jetzt!

Maline legte all ihre Kraft und Wut in diesen einen Sprung. Sie schrie aus Leibeskräften, um sich selbst zu unterstützen. Prallte gegen Michel. Blitzschnell stach er zu, erwischte ihren Arm und zog das Messer gleich wieder heraus. Schmerz durchfuhr Maline. Er lag auf ihr, holte aus. Aber Maline war schneller. Es gelang ihr, seine Faust zu umschließen und ihm das Messer aus der Hand zu schlagen. Gleichzeitig rollte sie sich zur Seite, bekam seine Arme zu fassen, riss sie auf seinen Rücken, hielt ihn fest und rammte ihr Knie zwischen seine Schulterblätter.

Michel wehrte sich, versuchte nach ihr zu treten. »Du blöde Schlampe!«

Er schaffte es, loszukommen. Blitzschnell wälzte er sich zu seinem Messer.

Maline sprang auf die Beine und trat ihm mit voller Wucht gegen die Schläfe. Michel jaulte, wollte sich aufrichten. Ohne nachzudenken, nahm Maline den massiven Kerzenleuchter von der Fensterbank und schlug ihm damit auf den Kopf.

Bewegungslos blieb Michel liegen. Blut sickerte auf den Boden.

Maline bückte sich über ihn, riss ihm das Magazin aus der Hosentasche, schob es in ihre Waffe und atmete tief durch.

Ohne den Blick von ihm zu nehmen, ging sie rückwärts in ihr Zimmer. Das Handy lag neben dem Bett. Sie wählte die 110, verständigte die Kollegen und war einen Moment unachtsam.

»Es ist noch nicht vorbei.«

Michel stand im Türrahmen. Am Kopf klaffte eine stark blutende Wunde, in der Hand hielt er das Messer. Als er eine ruckartige Bewegung machte, zögerte Maline nicht. Sie riss die P99 hoch, zielte auf sein Herz und schoss.

Michel war sofort tot.

Martinshörner näherten sich. Mit der Waffe in der Hand ging Maline die Treppe hinab und trat vor die Haustür.

Im Osten färbte sich der Himmel leicht lila. Morgengrauen kündigte sich an. Zwei Streifenwagen bogen in die Gustav-Nachtigal-Straße ein. Maline ging den Kollegen entgegen, bereit, sich ihren Fragen zu stellen.

Ich danke:

Jill, Madlene, Erik, Juan und Micha für ihre Offenheit.
Den verschiedenen Spezialisten des Kölner Polizeipräsidiums für hilfreiche Einsichten.
Dem Gezeiten-Team. Ihr fehlt.
Meiner Lektorin Stefanie Rahnfeld für die wirklich konstruktive und hilfreiche Kritik.
Christiana Zwicker und Pia Kluth für unzählige Rettungsaktionen und Maren Leisner für die umfassende Unterstützung und die Brooklyn Bridge.

In diesem Buch zitiere ich eine Stellungnahme Hermann Roerens von 1907 aus dem Buch »Anders als die Andern« und Zeilen aus dem Song »Marilyn« von der Band Rosenstolz.

Myriane Angelowski
GEGEN DIE ZEIT
Broschur, 256 Seiten
ISBN 978-3-89705-486-8

»Spannend bis zur letzten Seite ist der Wettlauf ›gegen die Zeit‹ – und am Ende möchte man unbedingt wissen, wie es weitergeht im Leben der Hauptkommissarin Lou Vanheyden.« Kölner Stadt-Anzeiger

»Der Kriminalroman ist so spannend, dass man ihn ungern aus der Hand legt.« Kölnische Rundschau

Myriane Alice Angelowski
FINKENMOOR
Broschur, 256 Seiten
ISBN 978-3-95451-024-5

»Myriane Angelowski zeichnet in ihrem Krimi ›Finkenmoor‹ ihre Figuren so plastisch und realitätsnah, dass man als Leser ständig zwischen Verstehen, Mitleid, Wut und Ekel hin- und hergerissen ist.« Sonntags Post

»Mit ›Finkenmoor‹ hat Myriane Angelowski einen Kriminalroman geschrieben, der herkömmliche Muster durchbricht und auf schonungslose Art und Weise die schwere Zeit nach einem Verbrechen thematisiert. Ein düsteres und nachdenklich machendes Buch, das den Leser lange beschäftigt.« www.media-mania.de

www.emons-verlag.de